KB116257

이별전후사의 재인식

이별전후사의 재인식 김도연 소설

재인식

문학동네

차례

꾸꾸루꾸꾸 빨로마

전나무 꼭대기에서 까마귀가 울었다.

장작을 패던 그는 시간을 확인하고 인상을 찌푸렸다. 아직 정오도 되지 않은 시간이었다. 패지 않은 통나무가 남았지만 어쩔 수 없었다. 그는 장작개비들을 서둘러 아궁이 옆에다 쌓았다. 땀에 젖은 등허리에서 쉰내가 풍겼다. 아궁이에다 장작 몇 개를 더 넣고 돌아앉아 등을 말렸다. 담배 생각이 불쑥 떠올랐지만 주머니에서 은단 통을 꺼내 은단 몇 알을 입에 넣는 걸로 대신했다. 까마귀는 확실히 전과 다르게 울었다. 그 소리에 귀 기울이며 등에 달라붙은 속옷을 떼어냈다. 은단 향이 입속에서 피어났다. 그는 얼굴만 내밀고서 약수터로 올라오는 눈길을 살핀 뒤 삐걱거리는 부엌문을 안에서 걸어잠갔다.

"형씨가 기르는 까마귑니까?"

며칠 전 약수터를 찾아와 부엌문을 두드렸던 낯선 사내는 그의 허락 따위 구할 것도 없다는 듯 태연하게 큰 가방을 메고 들어오며 까마귀에 대해 물었다. 그는 벌써 자리를 잡고 앉은 방 안의 사내를 못마땅한 얼굴로 바라보았다.

"신기하네! 사나운 발바리새끼처럼 짖어대다 형씨 말 한마디에 조용해지니."

그는 방으로 들어가지 않고 부엌에서 버텼다. 졸지에 주인과 객이 뒤바뀐 것 같았다.

"……무슨 일로?"

"아, 밖에 있는 자판기가 고장났더라고! 너무 추워 그러니 차나 한잔 얻어 마십시다."

사내는 앉은뱅이탁자 위에 놓인 커피포트와 책들을 제 물건인 양 만지작거렸다. 그는 목덜미가 달아오르는 걸 느꼈다.

"난 관리인이 아니라 여기 투숙객이오!"

"아! 난 그것도 모르고. 이거 미안하게 됐습니다. 너무 추워서 머릿속까지 얼어버린 모양입니다."

그러나 사내는 방에서 일어나지 않았다. 처음 방바닥에 붙인 엉덩이를 조금도 움직이지 않은 채 얼굴만 좌우로 돌려 반들거리는 눈으로 방을 살폈다. 그는 결국 방으로 들어갔다. 서둘러 커피 한잔을 먹여 보내는 게 더 빠를 것 같아서였다. 한 잔이 채 나올까 싶을 정도의 물을 커피포트에 넣고 삼류 모사꾼 같은 인상의 사내를 살폈다. 그가 가장 싫어하는 유형의 얼굴이었다. 게

다가 심한 발냄새까지 풍겼다. 커피포트를 이리저리 흔들었지만 물이 끓는 소리는 피어나지 않았다. 그는 뚜껑을 열고 시위하듯 안을 들여다보았다.

"어디…… 아파서 요양차 오셨소?"

사내도 그를 살핀 모양이었다. 그는 대답하지 않았다. 물도 쉽게 끓지 않았다.

"예전엔 이곳이 얼굴 누리끼리한 폐병쟁이들로 득시글거렸지. 꽤 유명한 요양소였다오. 그 사람들 상대로 하는 장사가 쏠쏠했었지. 몸에 좋다면 돈 같은 건 안 아꼈거든! 약초꾼들이며 땅꾼들이 하루가 멀다 하고 찾아왔지. 지금이야 폐병이 병도 아닌 세상이 됐지만. 하여튼 그때가……"

"내가 좀 바쁩니다. 마시고 일어나시죠."

그는 미지근한 물에 탄 커피를 사내에게 내밀었다. 사내는 두 손으로 잔을 잡고 그의 눈치를 살폈다. 그는 아예 자리에서 일어나 문 옆에 서서 사내가 커피를 다 마시길 기다렸다. 긴장을 하자 어깨가 콕콕 쑤셨고 사내의 발냄새 때문에 머리까지 멍해졌다. 사내도 만만찮았다. 한 손으론 커피잔을 움켜잡고 다른 손으론 재빨리 큰 가방을 앞으로 끌어당겼다. 초등학생이 들어가도 될 만한 가방이었다. 방에서 더 오래 머무를 수 있게 하는 그 무엇이 가방에 들어 있다는 확신에 찬 표정으로 사내는 입을 열었다.

"선생님, 이런 외진 곳에 혼자 있다보면 불편한 게 한두 가지가 아니지요. 해서 제가 선물 하나 드리겠습니다."

그는 벌어진 입을 다물지 못한 채 사내가 꺼내놓은 다양한 성행위 보조기구들을 내려다보았다. 건전지로 작동되는 남녀의 인조 성기를 포함한 각종 자위기구들이 야릇한 빛을 뿜어냈다. 사내는 그중 하나를 내밀었다.

"이게 꽉꽉 조여주고 풀어주면 홀딱 까무러칩니다!"

"당장 나가!"

그는 부엌에서 방으로 들어오는 문도 잠갔다. 창의 커튼까지 치자 방 안은 저녁처럼 어둑해졌다. 약수터로 올라오는 사람들이 와자하게 떠드는 목소리가 까마귀 울음을 지워버렸다. 고작 장작 한 아름을 팼는데 기운이란 기운은 모두 빠져나간 것처럼 힘이 없었다. 그는 며칠 전 큰 가방을 메고 온 사내가 놓고 간 남자 성기를 작동시켰다. 소음을 내뱉는 성기는 방바닥 위에서 저 혼자 요동치며 맴을 돌았다. 왜 그 물건을 놓고 갔는지 도무지 알 수가 없었다. 내쫓은 사내의 얼굴이 낯설지 않은 것도 이상했다. 성기는 그의 몸에서 빠져나간 기운을 모두 빨아들이기라도 한 듯 분기탱천했다. 그는 그 소리를 들으며 눈물이 흘러내리는 눈을 감았다. 구들장은 따스하게 데워져 있었다. '교선膠仙에 이르기를, 심心은 신명神明의 사舍가 되니 가운데 빈 곳이 한 치 정도에 불과해도 신명이 그곳을 수거守居하여 사물의 변화와 치란治亂의 분잡紛雜과 파도의 심험深險한 것을 충분히 치료하는데, 심心이란 것은 놀라고, 조망燥妄하고, 사려思慮해서 하루에도 잠깐 사이에 방촌方寸의 지역에서 염염炎炎하기가 불과 같다.' 그는 『동의보

감』에 적혀 있는 내용을 눈물이 그칠 때까지 반복해서 암송했다. 좁디좁은 땅에서 활활 타오르는 마음이란 걸 다스려보려고. 그동안에도 인조 성기는 계속해서 윙윙거리며 맴을 돌았다.

"계시우?"

대답이 없으면 가리라 여겼던 손님은 좀처럼 포기하지 않았다. 방 안에 그가 있다는 걸 아는 눈치였다. 빛이 들어오지 않는 방은 더 어두워져 있었다. 약수를 마시거나 떠가려고 찾아온 사람들이 왜 매번 엉뚱한 방문을 두드리는지 알 수 없었다. 이번엔 나이 든 여자의 목소리였다. 그가 묵묵부답을 고수하자 아예 쪽마루에 자리를 잡고 앉아 한없이 게으르게 내리는 눈송이를 연상시키는 목소리로 〈정선 아라리〉를 나직하게 불렀다. 시작은 있지만 끝이 없을 것 같은 노래였다. 아니 읊조림이었다. 그는 커튼 뒤에서 한숨을 내뱉었다.

"안에 기셨구만. 옷 구경 좀 하시우."

"옷이라구요?"

옷장수는 분명 머리에 이고 왔을 큼직한 보따리를 풀었다. 그는 별 관심이 없다는 듯 저만큼 떨어져 앉아 옷장수가 꺼내놓은 옷들을 건성으로 기웃거렸다. 대충 보아도 하나같이 촌스러웠다. 칠십 년대에나 어울릴 법한 조잡한 색과 디자인이었다. 옷장수가 권하는 털옷을 입으면 온몸에 두드러기가 날 것 같았다. 그는 은단 세 알을 입속으로 던져넣고 결국 입을 열고 말았다.

"이런 옷들이 요즘 팔립니까?"

"옛날 같지 않아요. 그저 푼돈이나 버는 거지 뭐. 그러지 말고 하나 골라봐요. 아직 마수걸이도 못 했어요."

"옷을 팔려면 사람들 많은 곳에 가서 팔아야지, 아무도 없는 약수터에 와서 팔아요!"

"보따리 이고 걷다보니 여까지 와버렸소. 옛날 생각도 나고."

"옛날 생각이라뇨?"

옷장수는 입고 있던 몸뻬 주머니에서 담배를 꺼내 물었다. 없어진 지 오래된 '청자'라는 이름의 담배였다. 성냥도 그가 어렸을 적에 보았던 상표의 그 성냥이었다. 그는 옷장수 여자를 자세히 들여다보지 않을 수 없었다. 튀어나오려는 의문들을 진정시키려고 은단 세 알을 더 삼켰다. 옷장수는 폼 나게 담배를 피웠다.

"그 담밴 어디서 구했습니까?"

"맘만 먹으면 못 구할 게 어디 있어. 다 구하지."

틀린 얘기는 아니었다. 옷장수의 콧구멍에서 담배연기가 술술 빠져나왔다. 하지만 아무도 구입하지 않을 것 같은 옷을 보며 그는 고개를 끄덕일 수 없었다. 옷장수는 그의 생각을 읽었는지 마지막으로 볼을 힘껏 오므려 담배를 맛있게 빨곤 눈 위에 꽁초를 던져버렸다.

"예전엔 강릉에서 물건 한번 떼오면 남은 건 여기서 다 팔았소. 아픈 사람들일수록 새 옷 욕심이 많았지. 자기 건 물론이고 떨어져 사는 식구들 옷도 한꺼번에 샀다오. 그거 다 입어보기나 하구 저세상으로 갔을라나……"

"연세도 지긋하신 듯한데 옷보따리 이고 다니려면 힘이 안 부칩니까? 이제 그만 자식들 효도 받으며 쉬지그래요."

"늙으면 고뱅이하고 잔뎅이 아픈 건 당연한 거고, 혼자 사는 처지니 놀면 우떠하오. 한푼이라도 벌어야 입에 풀칠이라도 하지."

"자식들이 없습니까?"

"낳은 자석은 없어도 이 고라댕이 저 고라댕이에 정 준 자석은 많소. 옷 팔러 댕기며 가끔 그애들 만나는 재미에 산다오. 그나저나 이 옷이 맘에 안 드시우? 내 보기엔 딱인데."

"……줘요."

그는 촌스럽기 그지없는 스웨터를 건네받았다. 옷장수는 펼쳐놓았던 옷들을 보자기에 다시 쌌다. 흡족한 얼굴로 새 담배에 불을 붙인 옷장수는 어둑어둑해지는 약수터의 전나무들을 둘러보았다. 대견하다는 눈빛으로.

"……한 이십 년 만에 왔는데 많이 자랐어, 많이. 남그가 사람보다 나아. 암!"

옷장수가 그만 가주길 바라며 그는 먼저 일어나 집 안으로 들어가 소리나지 않게 부엌문을 잠갔다. 아궁이 불은 꺼져 있었다. 하루 두 번씩 빠뜨리지 않고 아궁이에 불을 때는 일도 그에겐 세 끼니를 거르지 않고 먹어야 하는 것만큼이나 고역이었다. 시간이 흐르자 처음 약수터로 민박을 정했을 때 잔잔하게 일렁거렸던 흥취는 온데간데없이 사라졌다. 방엔 그 흔한 텔레비전도 없었고 또 약수터 일대는 휴대폰마저 통하지 않았다. 불편한 게 한두 가지가 아니었지만 오직 아궁이에 불을 땔 수 있다는 점 때문에 흔쾌히 결정한 민박이었다. 하지만 믿었던 아궁이는 그의 흥취를 오래 지켜주지 못했다. 따끈따끈하던 구들장은 새벽이 되기 무섭게 차갑게 식어 오히려 그의 온기를 달라고 할 정도니 없던 병도 새로 생길 지경이었다. 머리맡의 물주전자를 얼지 않게 하려면 매일 새벽 세네시에 일어나 아궁이에 불을 피워야만 했다. 장작이야 운동 삼아 팬다고 하지만 새벽의 기상은 곤욕이 아닐 수 없었다. 아직 새벽잠이 없을 나이에는 다다르지 않았기 때문이었다. 민박과 매점, 식당 관리를 하던 주인 할머니는 눈이 퍼붓는 혹독한 겨울이 시작되면서 손님이 뚝 떨어지자 별로 미안할 것도 없다는 표정으로 그에게 양해를 구했다.

"몸도 아픈데 혼자서 겨울을 날 수 있겠소?"

겨울 동안은 가까운 진부에 있는 아들집에서 지내기로 결정했다는 통고였다. 추우면 원 없이 장작을 패서 때도 된다는 선물을 그에게 던져주곤 손님처럼 약수터를 떠나버렸다. 오랜만에 들어온 장기 투숙객에게 얼씨구나 하고 약수터 부대시설 관리를 떠맡긴 거나 다름없었다.

"계시우?"

까마귀가 울었다. 불이 붙느라 아궁이에서 나오는 연기에 눈물을 찔끔 흘릴 때 옷장수의 목소리는 그를 다시 찾았다. 무슨 볼일이 또 남았기에 되돌아왔는지 그로선 알 방법이 없었다. 문을 열자 부엌 천장 아래에 몰려 있던 연기가 어두컴컴한 바깥으로 뭉

실뭉실 빠져나갔다. 옷장수는 머리에 보따리를 인 채 서 있었다.

"무조건 쉬어야 합니다."

그가 만난 마지막 의사도 똑같은 말을 했다. 사람들은 그에게
할 말이 그게 전부인 것 같았다. 다소 강단이 있어 보이는 어느
의사는 딱 한마디만 더 보탰다.

"쉬지 않음 죽을 수도 있습니다."

이 병은 어디에서 왔을까. 이 병을 내보낼 방법은 무엇일까.
이 병은 나를 어디로 데려갈까. 이 병과 함께 평생 살아야 한다
면…… 이 병은 내 안에서 흐르는 저 붉은 피를 타고 왔을까. 아
니면 내가 뛰어들어 헤엄치던 세상의 웅덩이로부터 들어온 것일
까. 혹…… 나도 모르게 내가 이 병을 불러온 것은 아닐까. 모
르겠다. 대체 이 병의 진짜 이름은 뭘까. 내게 무슨 말을 하고
싶은 건 아닐까. 하지만…… 내가 이해할 수 있는 건 아무것도
없다. 단지 내 안 어디에, 의사들도 길을 잃고 헤매는 미궁 속에
이 병이 똬리를 틀고 앉았다는 것뿐. 정체를 숨기고 있지만 조
금씩 내 몸과 마음을 누에처럼 갉아먹고 있다는 것뿐.

아프다고 신음하면 온몸이 극심한 피로에 휩싸인다. 머릿속에
서 작은 쇠공들이 제멋대로 부딪치는 것 같다. 아파! 하고 신음
을 뱉으려다가 삼키면 온밤을 잠들지 못하고 뒤척거려야 한다.
귓속에서 낯선 목소리들이 들끓는다. 살을 비집고 무수한 벌레
들이 꼬물대며 기어나오는 것 같다. 날카로운 죽창 같은 것이

명치 바로 앞에서 금방이라도 뚫고 들어올 듯 파르르 떨고 있다. 피가 날 정도로 입술을 깨물면 죽은피가 몸 곳곳에서 검푸른 꽃을 피운다.

"야야, 입때껏 뭘 했기에 몸이 이 모냥이냐, 응? 불쌍한 것……"

"……누구?"

"어미다, 어미! 삼복더우도 아닌 한겨울에 뭔 땀을 이러 흘려."

그는 누워 꼼짝 못한 채 물수건으로 땀을 닦아주는 여자를 올려다보았다. 이 세상에 없는 어머니가 돌아올 리 없었다. 막차를 놓쳤다고 다시 찾아온 옷장수였다. 할 수 없이 그는 옆방을 내주고 말았었다. 그런데 어머니라니?

"을매나 끙끙거리는지 옆방에 있는 내가 더 겁나더라니까. 열은 많이 내려갔네."

옷장수는 땀에 전 베개 대신 그의 머리를 자신의 허벅지에 올려놓고 손부채질을 해주었다. 마흔이 넘은 낯선 사내의 땀내 풍기는 머리를 식혀주다니. 그는 죄스럽고 미안했지만 세상 어느 것보다 편안한 베개에서 머리를 뗄 수 없었다. 산속 나무들을 쓸고 가는 바람이 강물 소리처럼 쏟아지는 밤이었다. 그의 눈이 스르르 감겼다.

"근데…… 니는 아무래도 내가 생각 안 나는 모냥이다. 하기사 세월이 흘러도 한참 흘렀지. 똘똘하던 꼬맹이가 하머 이러 커서 나랑 똑같이 늙어가고 있으니……"

"옛날에…… 우리 집에도 옷을 팔러 왔었습니까?"

"그럼! 니는 내가 골라준 옷만 입었다."

"……그랬군요."

"날 따라가서 내 아들이 되겠다고 온 동네가 떠나가도록 울어댔
단다. 널 낳아준 부모가 서운해할 정도였지. 쬐끄만 놈이 고집은
을매나 센지 수수빗자루에 얻어맞으면서도 내 다릴 안 놓더라. 그
때나 지금이나 나는 가진 게 옷밖에 없는데. 정말 기억 안 나냐?"

"……산골에 살아서 바깥세상이 궁금했었나봐요."

감은 그의 눈에서 눈물이 그치지 않았다. 거칠게 흘러가는 밤
의 강물에 실려 약수터의 허름한 민박은 정처 없이 떠가는 것만
같았다. 옷장수는 그의 숨소리가 안정을 되찾자 소리없이 방을
나갔다. 바람 소리가 잦아들면 부엌에서 장작 타는 소리가 가느
다랗게 피어났다.

발자국은 그가 머무는 방 앞에서 망설였다가 약수가 솟는 샘
으로 이동했다. 쇳내가 나면서 톡 쏘는 약수를 한 바가지 들이켠
발자국은 밖으로 나가는 길로 방향을 바꿨다. 그는 눈 위에 찍힌
발자국을 따라 아침산책을 나섰다. 코끝을 얼얼하게 만드는 시
린 공기를 조금씩 마셨다가 뱉어내기를 반복하며. 『내경內經』에
이르기를, 오장五臟이 간직한 것 중에 심心은 신神을 간직하고 있
으며, 폐肺는 백魄을 간직하고, 간肝은 혼魂을 간직하며, 비脾는
의意를 간직하고, 신腎은 지志를 간직하고 있다. 또한 비脾는 의意

와 지智를 간직하며, 신腎은 정精과 지志를 간직하고 있는데 모두 합하면 칠정七精이 되는 것이다.' 그는 머리를 젖혀 눈을 뜷고 하늘로 치솟는 듯한 전나무들을 쳐다보았다. 줄기에서 뻗어나간 무성한 가지들이 제멋대로 뒤엉켜 있었다. 시작은 보이는데 끝을 찾을 수 없었다. 이게 저것 같고 저게 이것 같았다. 아니, 모두가 다 헛것으로 보였다. 자그마한 몸뚱이 안에서 독기를 품은 뱀들이 갈 곳을 몰라 우글거리고 있었다. 『의설醫設』이란 책에선 오장五臟의 기가 끊기면 신神이 집을 못 지키고 밖에 나타난다고 하였다. 신神은 무엇인가? 귀신인가, 영혼인가, 마음인가, 정기인가…… 겨울엔 직원이 출근하지 않는다는 매표소 옆에서 그는 곱은 손가락을 주무르며 옷장수의 발자국이 찍혀 있는 눈길을 오래 바라보았다. 눈길을 헤치고 또 누가 올라올지 알 수 없었다.

약수터의 하루 일정은 단순했다. 특별한 일이 없는 한 낮에는 간단한 운동을 하는 게 전부였고 밤엔 한방과 관련된 책을 읽었다. 금단증세가 완전히 사라진 건 아니지만 술과 담배에 더이상 기대지 않아도 견딜 만했다. 하루 한 번 밥하고 국만 끓이면 식사 문제도 해결됐다. 열흘에 한 번꼴로 찾아오는 아내가 만들어놓은 반찬은 늘 남아서 약수터에 사는 까마귀와 멧비둘기에게까지 돌아갈 정도였다. 의사의 권유대로 나무랄 데 없이 잘 쉬고 있었다. 얼굴조차 알 수 없는 병만 업고 있지 않다면 누가 보더라도 부러워할 만한 자연 속에서의 소요음영逍遙吟詠하는 삶이었다. 오랜만에 만난 의사는 진심으로 부러움을 드러냈다.

"좋은 곳에 가셨네요. 시간 나면 저도 한번 가서 눈 구경 좀 실컷 하고 싶네요. 병을 업고 있다고 생각하면 그 무게감 때문에 힘들어집니다. 사람은 태어나면서부터 크고 작은 병과 관계가 생깁니다. 병은 인류와 역사를 같이하고 있습니다. 함께 가는 것이라고 여기는 게 어쩌면 마음 편할지도 모르죠."

그렇다고 하더라도 의사가 할 말은 아닌 것 같았다. 그는 이불 속에서 빠져나왔다. 까마귀가 울고 있었다. 또 누군가가 약수터를 찾아오는 모양이었다. 스키파카를 입고 털모자를 찾아 썼다. 숨는다고, 피한다고 될 일이 아니란 걸 옷장수가 다녀간 뒤에야 비로소 알아차린 것이었다.

울울한 전나무 가지 사이로 눈송이가 내려왔다. 잿빛 하늘이 숲의 우듬지를 덮고 있었다. 그는 볼이 넓은 플라스틱 삽으로 눈을 치며 약수터로 내려갔다. 주인이 떠나간 매점과 식당 마당은 치우지 않은 눈 위에 찍혀 있는 발자국들로 어지러웠다. 매점의 침침한 유리창 너머엔 빈 물통들이 가득 쌓여 있었다. 사람이 살지 않는 집은 피가 돌지 않는 몸처럼 을씨년스럽게 보였다. 더구나 약수터는 공원으로 지정돼 있어 건물의 증축과 개축이 일절 불가능했다. 민박집과 매점, 식당 건물은 처음 지은 이후로 한 번도 옷을 갈아입지 못한 채 다만 서서히 낡아갈 뿐이었다. 길눈이라도 내리면 모든 게 흔적도 없이 사라질 것 같았다.

그는 약수터로 건너가는 다리 위에서 걸음을 멈췄다. 약수터의 정자 안에는 한복을 입은 두 여자가 앉아 있었다. 주전자에

물을 받는 여자는 젊었지만 쭈그리고 앉아 담배를 피우는 여자는 노파였다. 그를 바라보는 두 여자의 검게 파인 눈매에서 만만찮은 기운이 뿜어나왔다. 그는 가볍게 목례를 하고 다리 난간에 걸터앉았다. 여자들의 정체를 얼추 짐작할 수 있었다. 추운 듯 볼이 발갛게 상기된 젊은 여자가 주전자를 다 채우자 바가지의 약수를 노파에게 건넸다. 노파는 물 한 모금을 입에 담고 한참을 음미하다가 넘겼다.

"맛이 변했어! 옛날 같지 않아."

노파는 물맛이 변한 게 그의 탓이기라도 한 것처럼 노려보았다. 노파의 눈언저리는 약수가 솟는 돌확처럼 어두웠는데 눈동자만 빛을 발했다. 그는 노파의 시선을 피해 삽으로 눈을 퍼서 얼어붙은 개울에 버리며 약수 대신 변명을 했다.

"……약수도 나이가 들었으니 그렇겠죠."

"궬 할망구가 돈만 밝히고 기돌 게을리해서 그런 거야. 사람 안 찾아온다고 객한테 집을 떠맡기질 않나. 쯧쯧!"

"주인 할머닐 아세요?"

"다 담았으면 날래 산신당으로 가져가서 상 차리지 않고 뭘해! 쇠때 여기 있다."

노파는 그의 말엔 대꾸도 않고 젊은 여자에게 열쇠꾸러미를 건넸다. 약수터 뒤편 산자락에 자리한 산신당에서 제를 지내려는 모양이었다. 그곳으로 가려면 무릎까지 빠지는 눈을 쳐야 했다. 그는 손에 쥐고 있는 삽을 보며 스스로 대견해했다.

"조금만 기다리세요. 눈을 쳐야 갈 수 있습니다."

"그 몸으로 눈이나 지대루 치겠나……"

주인 할머니를 통해 노파는 그의 상태를 알고 있는 것 같았다. 그는 다른 세상으로 통하는 문처럼 보이는 노파의 눈을 훔쳐보며 웃음을 흘렸다. 가을부터 약수터에 기거하고 있었지만 못 들어가본 곳이 산신당이었다. 문고리에 매달려 있는 주먹만 한 자물쇠는 어떤 열쇠도 받아들이지 않을 것처럼 완강했다. 눈이 내리기 시작하자 방문객들의 발길마저 아예 끊겨버린 곳이 산신당이었다. 사오백 년은 족히 살았을 것 같은 굴참나무 아래에 자리 잡은 산신당은 흰 눈을 잔뜩 인 채 약수터를 내려다보고 있었다.

"저 안에 뭐가 있습니까?"

배낭을 메고 주전자를 든 채 졸졸 따라오는 젊은 여자에게 그는 물었다. 여자는 그의 얼굴에서 흘러내리는 땀을 보고 배낭에서 수건을 꺼내 건넸다. 향내가 배어 있는 수건이었다.

"산신령님이 호랑이와 함께 계십니다."

짐작했던 그대로였다. 언젠가 다른 곳에서 산신도를 본 적이 있었다. 그는 눈 위에 올려놓은 주전자를 들어주려고 했지만 여자는 정색을 하며 손을 내저었다. 부정을 탄다는 듯한 눈빛이었다. 화가 났지만 애써 참았다. 노파는 그렇다 치고 젊은 나이에 할 일이 그렇게 없냐는 힐난을 눈과 함께 삽에 꾹꾹 눌러담아 아무 데나 던져버렸다. 여자는 그런 그의 속내를 아는지 모르는지 태연하게 서서 길이 뚫리길 기다렸다.

"고상했소. 우리 신령님이 흡족해하시네!"

그는 댓돌에 걸터앉아 땀을 식히며 산신령의 표정을 살폈지만 노파의 말대로 흡족한 표정을 짓고 있는지 잘 알 수 없었다. 다소 애매한 표정의 산신령은 호랑이를 애완견 다루듯 옆에 앉힌 채 오랜만에 열린 문 밖을 내다보고 있었다. 산신당 청소를 끝낸 젊은 여자는 상을 차리느라 바빴다. 촛불과 향불이 켜지고 배낭에서 나온 과일들과 알록달록한 과자들이 제단 위에 자리를 잡았다. 약수와 술, 찹쌀도 올려졌다. 어둠만 고여 있던 산신당이 순식간에 잔칫집으로 변한 듯했다. 전나무숲의 까마귀들과 멧비둘기들이 이 나무 저 나무에서 하나둘 울기 시작했다. 준비가 끝나길 기다리며 담배를 피우던 노파가 눈을 찌푸리며 전나무 위를 살폈다. 그는 약수터로 올라오는 눈길을 내려다보았다.

"까마귀가 울면 손님이 옵니다."

"체장수 영감이겠지. 하이간 냄새 하난 기맥히게 잘 맡는다니까."

"체장수요?"

"눈 치느라 고상했는데 부탁 하나 더 합시다. 쥔 할망구한테 얘기했으니 빈방에 불이나 좀 때주시게. 밤새우려면 따스한 방 하난 있어야지. 체장수 영감도 젯밥만 먹고 가진 않을 테고."

"……할머니, 저는 여기 손님입니다."

"그러니까 부탁하는 거지. 내 특별히 아저씨 병도 낫게 해달라고 기도할 거야."

졸지에 약수터의 불목하니가 된 기분이었다. 산신당에서 징소리가 흘러나왔다. 두 여자가 제를 올리고 기도하는 모습을 구경하고 싶었지만 노파가 말한 체장수가 분명할 사내가 그가 머무는 집을 좀도둑처럼 기웃거리고 있어 서둘러 내려오지 않을 수 없었다. 징소리는 게으르게 지상으로 떨어지는 눈송이를 다른 생명체로 변신시키는 주문처럼 은은하게 전나무숲을 떠다녔다.

"여기서 뭐 하는 겁니까?"

"이 방 주인이오? 불러도 대답이 없기에 염치 불구하고 들어왔소. 이십여 리를 걸었더니 불알까지 다 얼었소. 산신당에 가봤자 더 추우면 추웠지 따스할 린 없고. 마침 아궁이에서 타는 불을 보고, 에라 용서는 나중에 구하자, 이렇게 나 혼자 결정하고 들어온 거외다."

그는 부엌문 앞에 서서 말문이 막힌다는 얼굴로 체장수 영감의 너절한 사설을 들었다. 다행히 방에는 들어가지 않은 것 같았다. 쪽마루 위에는 체장수가 가져온 체들이 노끈에 줄줄이 묶인 채 놓여 있었다. 세상에…… 쳇바퀴라니. 이걸 대체 누가 쓴단 말인가. 그는 쪽마루 끝에 걸터앉아 오랜만에 보는 체를 만지작거렸다. 어린 시절로 돌아가 맷돌질을 하는 기분이었다.

"이게 다 내 손으로 직접 만든 거라오."

체장수는 그가 관심을 보이는 줄 알고 부엌에서 나와 자랑을 늘어놓았다. 건너편 산신당에선 징소리가 그치고 요란한 방울 소리가 그 뒤를 이었다. 조용한 약수터가 아니라 시골 장거리였다. 체장수가 먼저 산신당을 향해 투덜거렸다.

"저 할망구가 마침내 산신령 약발을 받은 모양이구만!"

"아시는 분이세요?"

"알고말고! 지겨울 정도로 잘 알지."

"유명한 무속인인 모양이죠?"

"유명하긴! 죽을 뻔했던 몇 사람 어쩌다가 살려낸 거 가지고 호들갑 떠는 거지. 아무리 그래봤자 다 다람쥐 쳇바퀴 도는 인생에서 벗어날 수 없어. 그게 불변의 진리야."

"근데…… 요즘에도 쳇바퀴 쓰는 사람이 있습니까?"

"많지. 농삿집 치고 쳇바퀴 없는 집이 없지. 그리고 이게 보기엔 단순하지만 만들기 쉬운 게 아냐. 허공에다 대고 징 치고 방울 흔드는 것보다 생활에 필요한 체 하나 만드는 게 훨씬 유익한 일이지. 안 그런가?"

"뭐…… 생각하기 나름이겠지요. 근데…… 혹시 예전에 절 본 적이 있습니까?"

"글쎄. 쳇바퀴 짊어지고 몇십 년을 이 집 저 집, 이 골짜구니 저 골짜구니 돌아다녔으니…… 봤을까, 못 봤을까?"

"어디선가 영감님을 만났던 것 같습니다. 아, 맞아! 우리 집 사랑에 살던 친구 아버지도 체장수였어요. 성이 안씨였는데. 아닙니까?"

"세상에 체장수가 어디 나 하나뿐이겠는가."

쪽마루에 체들을 남겨둔 채 체장수는 몸을 녹였으니 술이나 얻어먹겠다며 산신당으로 건너갔다. 그는 촘촘한 쳇불을 손으로 쓰다듬었다. 여전히 게으르게 내리는 눈송이는 쳇불을 빠져나가지 못했다. 마당에 쌓인 눈을 담아 체를 흔들자 마루 위에 설탕 같은 눈가루가 내려앉았다. 어렸을 적에 체장수를 아버지로 둔 친구와 많이 했던 놀이였다. 그러고 보니 친구의 아버지는 일찍 돌아가셨다는 사실이 새롭게 떠올랐다. 그런데도 체장수는 친구와 많이 닮아 있었다. 그는 손가락으로 눈가루를 찍어 맛을 보았다. 달지 않았다. 소금처럼 짜지도 않았다. 체장수가 건너간 뒤로 산신당에선 더이상 방울 소리가 건너오지 않았다. 산신령과 호랑이가 마신 술을 음복하는 모양이었다. 그는 쳇바퀴 안에 얼굴을 넣고 쳇불을 통해 산신당을 바라보았다. 쳇불에 걸린 기억의 부스러기가 요란하게 쳇바퀴를 돌렸다. 그러고 보니 부모를 졸라 오갈 데 없는 체장수 아들을 집에서 내쫓은 것도 그의 모난 마음 때문이었다는 사실도 새롭게 떠올랐다.

몹시 피곤했던 모양이었다. 그는 저녁밥상도 치우지 않고 초저녁잠에 빠졌다가 꿈속에까지 들어온 북소리를 듣고서야 벌떡 일어났다. 이불 속에선 땀내가 진동했다. 시곗바늘은 고작 저녁 아홉시를 가리켰다. 징에서 방울, 북까지 동원해서 낮부터 밤까지 계속되는 두 여자의 기도 내용이 대체 무엇일까 궁금했다. 세상의 병을 고칠 수 있는 능력을 구하려는 것일까. 그는 방바닥에 펼쳐놓은 두꺼운 책을 건성으로 넘겼다. 작은 글자들은 그의 눈길이 머무를 때마다 마치 읽혀지기를 거부하는 것처럼 꿈실거렸다. 『단계丹溪』에 이르길, 만약 성을 내서 간肝을 상傷한 증세는 근심으로 이기게 하고 두려움으로 풀어주며, 기쁨이 마음을 상한 증세라면 두려움으로 이기게 하고 성냄으로 풀어주며, 생각이 비脾를 상한 증세라면 성냄으로 이기게 하고 기쁨으로 풀어주며, 근심이 폐肺를 상한 증세라면 기쁨으로 이기게 하고 생각으로 풀어주며, 두려움이 신腎을 상한 증세라면 생각으로 이기게 하고 근심으로 풀어주며, 놀람이 담膽을 상한 증세라면 근심으로 이기게 하고 두려움으로 풀어주며, 슬픔이 심포心包를 상한 증세라면 두려움으로 이기게 하고 성냄으로 풀어주어야 한다.' 알 듯 모를 듯한 이야기들이 그의 머릿속에서 제멋대로 엉켰다가 결국 원상회복이 불가능한 상태가 돼버렸다. 병과 약은 너무 먼 거리에서 서로를 그리워하고만 있는 것 같았다. 산신당에서 건너오는 북소리는 얼굴을 바꿔 이번엔 잠을 불러왔다. 그는 퀴퀴한 땀냄새가 피어나는, 옹관묘 같은 솜이불 속으로 다시들어갔다. 밤인데 까마귀가 울기 시작했다. 어둠 속을 떠돌던 귀신들이 젯밥을 얻어먹으려고 산신당으로 몰려오는 것인가.

"안에 계세요?"

간절한 소리는 다다르지 못하는 곳이 없는 모양이었다. 방금 꾼 꿈속에서 울면서 그를 찾던 여자는 꿈 밖에서도 똑같이 그를 찾고 있었다. 단지 울음만 그친 채. 부엌문 밖에 서 있는 여자는 손에 팥시루떡과 주전자를 든 채 떨고 있었다. 얇은 치마저고릴 입고 산신당에서 겨울밤을 지새우기엔 아무래도 무리였다. 두 사람이 모시는 신의 위용이 얼마나 되는지는 모르겠지만.

"어머니께서 드시랍니다."

문 앞에 앉은 여자는 방 안을 찬찬히 살폈다. 북소리는 그쳤지만 까마귀 울음은 멈추지 않았다. 그는 커피포트의 물이 끓길 기다리면서 물었다.

"체장수 말고 다른 사람들도 와 있습니까?"

여자는 고개를 끄덕이곤 가지고 온 주전자에서 술을 따라 그에게 내밀었다. 그는 고개를 저었다.

"약술입니다."

술 한잔이 조심스럽게 그의 입으로 들어갔다. 여자는 빈 잔을 채웠다. 그는 장판 위에 쏟아져 흩어지는 팥알처럼 술기운이 빠르게 퍼지는 걸 느꼈다. 모두 세 잔을 마시자 여자는 술 따르기를 멈추고 떡 한 조각을 떼어 내밀었다. 그는 잘 넘어가지 않는 떡을 침과 함께 애써 삼키다가 그제야 생각났다는 듯 여자의 얼굴을 똑바로 바라보았다. 여자는 꿈에서처럼 울었다.

"이제 날 알아보겠어?"

"······어떻게?"

세 잔의 술은 염염炎炎히 타오르는 불처럼 그의 머릿속을 뜨겁게 달궜다. 아니, 온몸이 발갛게 달아오른 무쇠난로로 변한 것 같았다.

"어디 아주 멀리 가버린 줄 알았는데, 병들어 고작 여기 숨어 있었네. 개자식!"

"미안해…… 늘 마음 한쪽에 옹이처럼 네가 자리하고 있었어. 여기까지 찾아오다니……"

"나쁜 자식! 찾아오긴 누가 찾아와. 네가 아프니 날 불러낸 거잖아. 아프지 않음 삼십 년이 지나도 넌 날 결코 찾지 않을 놈이야!"

"미안해. 너무 아파서 나도 모르게 널 부른 모양이야."

"그래, 그래! 넌 원래 그런 놈이야. 니 몸이 아프다고 삼십 년 전에 죽은 사람을 불러낸 놈이야!"

약수터를 덮고 있는 어둠에 깊은 굴을 뚫으며 징이 천천히 세 번 울렸다. 누군가를 부르는 듯한 징소리였다. 여자는 징소리가 넘어오는 창을 향해 인상을 찡그렸다. 그녀가 신경질적으로 방문을 걷어차자 부엌에서 찬바람이 왈칵 들어왔다. 하지만 달아오른 그의 몸은 쉽게 식지 않았다. 알 수 없는 두려움이 그를 꼼짝 못하게 만들었다. 갑자기 저고리를 풀어헤친 여자는 어조를 바꿔 누가 엿듣기라도 하는 듯 작은 소리로 제안을 했다.

"사실 널 데리러 왔는데, 나도 가기 싫네. 우리…… 문 닫아걸고 오랜만에 사랑이나 할까? 지금 밖엔 온통 널 괴롭히려는 치들뿐이야."

"날? 왜? 누가?"

"니 입으로 얘기했잖아. 너무 아파서 불렀다고. 나만 부른 게 아냐. 어떻게 할 거야?"

징소리가 다시 밤의 전나무숲을 건너왔다. 그는 여자가 가져온

30

약술을 몇 잔 더 마시고 스키파카를 걸쳤다. 『강목綱目』에 이르기를, 두려움과 놀라움이 서로 같은 것 같으나 놀라움은 스스로 모르는 사이에 일어나고 두려움은 자신이 알면서도 억제를 못 하는 것이다. 예를 들면 놀라움은 큰 음향을 들어도 놀라는 것이고, 두려움은 마치 남이 자기를 잡으려는 것 같고 혼자 앉아 있지도 누워 있지도 못하고 반드시 반려가 있어야 공구恐懼하지 않고 또한 밤에 반드시 불을 밝혀야 안심되고 불이 없으면 두려워서 못 견디는 것을 말한다.' 손전등을 찾아 든 그는 징소리를 따라 방을 나섰다. 삼십 년 전과 조금도 달라진 게 없는 여자가 주전자를 부엌으로 내던졌지만 그는 놀라지 않았다. 그러나 그가 불렀다는 것들을 찾아가는 걸음의 앞과 뒤는 여전히 두려웠다.

"이 나쁜 놈아, 호랑이한테 확 물려가라!"

약수터를 희미하게 밝히는 두 개의 외등 불빛 속에서 눈송이는 여전히 게으르게 내렸다. 손전등 빛 기둥이 아름드리 전나무 사이를 재빠르게 쏘다녔다. 나타났다가 사라지는 나무들의 검은 그림자는 귀신들의 그림자인 것만 같았다. 그는 좁은 눈길 밖으로 벗어나지 않으려 했지만 오랜만에 마신 술 때문인지 몸이 말을 잘 듣지 않았다. 징과 까마귀 소리는 합쳤다가 헤어지기를 반복했다. 밤에 까마귀가 울면 반란이나 살인사건이 난다고 했던가. 우는 까마귀의 위치나 방향에 따라서도 길흉이 갈라진다고 이 땅의 사람들은 믿고 있었다. 그는 손전등으로 까마귀를 찾았지만 눈송이만 다투어 들어왔다. 매점과 식당은 변함없이 캄캄했다. 두꺼운 얼음장에 금이 갈 정도의 징소리가 어둠을 가르며 긴 여운을 남긴 뒤부터 방울 소리가 피어났다. 징소리에 금이 가고 조각조각 깨어진 어둠을 위무하려는 소리 같았다. 그는 눈길이 갈라지는 곳에서 손전등을 껐다. 산신당에서 사람들이 웅성거리는 소리가 들렸다. 언덕길을 달려내려가 약수터에서 그만 도망치고 싶었다. 자가용은 매표소 바로 옆에 주차돼 있었다. 그는 한참 동안 갈림길의 눈더미에 기대앉아 고민에 잠겼다.

몇 달 만에 마신 술은 몸과 마음을 모두 장악해버린 듯했다. 까마귀 울음을 들으며 눈길을 내려가는 걸음은 허공에 붕 떠오른 것처럼 가벼웠다. 숨이 가쁘지도 않았다. 눈 덮인 전나무숲을 한 마리 나비로 변해 날아가는 기분이었다. 그동안 온몸을 누르고 있던 그 무엇인가가 모두 어디론가 감쪽같이 사라진 듯했다. 기뻤지만 동시에 두려웠다. 하지만 두려움이 그의 걸음까진 막지 못했다. 어두운 전나무숲을 뒤지며 그를 찾는 징소리도 위력을 잃고 있었다. 울고 있는 여자의 얼굴이 떠올랐지만 냉정하게 잘라버렸다. 할 수만 있다면 그를 괴롭히는 모든 것들을 단지 속에 담아 영원히 봉인해버리고 싶었다.

"에구머니!"

스키선수처럼 속도를 늦추지 않고 휘어진 길을 유연하게 돌려다가 그는 무엇인가와 부딪쳐 그만 눈 속으로 꼬꾸라졌다. 비린내가 확 풍겼다. 얼굴에 묻은 눈을 털고 일어나려다가 그는 섬뜩한 감촉에 엉덩방아를 찧고 말았다. 손전등을 찾아 불을 켜니 눈 위 여기저기에 고등어가 널려 있었다. 그는 생선장수와 함께 나자빠져 있는 밤색 고무대야를 이해할 수 없다는 눈으로 멍하니 바라보았다. 손전등 조명을 받은 생선장수가 마침내 쭈글쭈글한 입으로 포문을 열었다.

"아이고, 이를 우째! 귀한 고등얼 팔아보지도 못하고 다 베렸네! 이를 우째, 우쨌다냐!"

"몸은 괜찮으세요?"

"갠찮긴 이놈아, 이게 갠찮아 베키는 거냐! 아이구 잔뎅이야ㅡ, 고뱅이야ㅡ!"

생선장수는 깊은 산중에서 봉을 잡았다는 듯 그악스럽게 요란을 떨었다. 죽은 고등어들이 손전등 불빛 속에서 슬픔이 가득한 눈으로 그를 바라보았다.

그는 한 손에 검은 비닐봉지를 세 개나 든 채 눈길을 터덜터덜 걸었다. 고등어가 든 봉지는 눈으로 덮었지만 비린내는 사라지지 않았다. 매표소 옆에 세워둔 차까지는 멀고멀었다. 손전등 불빛은 사타구니에서 덜렁거리는 불알처럼 흔들렸다. 밤의 눈길에는 생선장수만 있지 않았다. 김이 피어나는 찐빵을 양동이에 담아 이고 올라오는 찐빵장수도 만났다. 심지어는 엿장수도 있었다. 어린 시절에나 만날 수 있었던 봇짐장수들이었다. 그의 기억에서 가장 멀리 있는 추억 속의 사람들이 찾아와 물건을 내미는 것 같았다. 그는 거의 강매당한 물건들을 어떻게 할까 망설이다가 길옆의 눈을 파고 한꺼번에 묻어버렸다. 개장수와 소장수에게 개와 소를 사지 않은 것만 해도 천만다행이었다. 눈발만 날리던 조용한 약수터가 갑자기 시골장터로 뒤바뀐 것 같았다. 지겨웠던 장거리를 떠나 가장 멀고 조용한 곳으로 숨었는데 그곳이 다시 장거리가 되다니…… 그것도 단 한 명밖에 없는 손님을 놓고. 그는 잠들지 못하는 까마귀를 찾아 그 까닭을 물어보려고 불빛과 함께 허공을 건너다녔지만 보이는 것은 정처 없이 떠도는 눈송이들뿐이었다.

"어딜…… 가려고?"

길은 하나인데 방에서 저고리를 풀어헤쳤던 여자가 언제 앞질러와 차에 타고 있는지 알 수 없었다. 하지만 더이상 두려움과 놀라움은 자리하지 않았다. 오래전에 죽은 애인을 태우고 아내가 있는 집으로 갈 수 없다는 난처함뿐이었다.

"도망갈 곳은 어디에도 없어. 네가 더 잘 알잖아."

"……모르겠어. 정말 저들을 내가 불렀단 말이야?"

여자는 방에서처럼 저고리를 풀어헤쳤다. 조금이라도 건들면 젖이 나올 것처럼 젖가슴은 탱탱하게 부풀어 있었다. 여자는 그 젖가슴을 내밀었다. 그는 물러날 수 없다는 걸 알았다. 젖에서는 이루 말할 수 없을 정도로 고약한 악취가 풍겼지만 입을 뗄 수조차 없었다. 그는 여자의 품에 사로잡힌 힘없는 젖먹이일 뿐이었다. 여자는 그의 머리를 쓰다듬으며 나른한 목소리로 중얼거렸다.

"우리 아기 한 방울도 흘리지 말고 다 먹어, 알았지? 옳지, 잘

한다!"

그제야 그는 오래전에 여자의 몸에 아기가 섰던 일을 기억해 냈다. 그의 눈에서 흘러내리는 눈물에선 더 심한 악취가 피어났다. 그는 눈물과 젖을 꾸역꾸역 삼켰다. 그를 쫓아온 사람들이 밖에서 차 문을 두드리지 않았으면 밤새도록 먹고도 남을 것 같은 젖과 눈물이었다. 그를 뺏기지 않으려고 꽉 그러안은 여자의 눈에서 불똥이 튀었지만 점점 힘을 잃고 있었다.

산신당은 온갖 무구들이 내지르는 소리들로 가득했다. 제단을 밝히는 촛불들은 작은 바람에도 흔들거리며 제 몸을 태웠다. 허공으로 치솟은 향은 흔적도 없이 사라졌다. 까옥 깍 까옥―, 하고 까마귀가 울었다. 그는 자신이 어디에 있는지 알 수 없었다. 산신당에서 나오는 술을 마시고 박수를 치는 구경꾼들 사이에 있는가 하면 어느새 산신도 속의 호랑이 발밑에 깔려 버둥거렸다. 고막이 터질 듯한 제금 속에도 갇혀 있었다. 꾸꾸루꾸꾸―, 하고 멧비둘기가 울었다. 훨훨 나는 듯 춤을 추다가 득달같이 체장수에게 달려간 그는 소년의 목소리로 용서를 구하며 두 손을 비볐다. 옷장수의 치맛자락을 붙잡고 아기처럼 칭얼거렸다. 까옥 깍 까옥! 긴 겨울밤 속에서 눈송이는 여전히 게으르게 허공을 서성거렸다. 그는 젖을 드러낸 채 앉아 있는 여자의 옷고름을 정성 들여 매어주었다. 그리고 돌연 표정을 바꿔 개장수, 소장수와 한참을 싸우다가 노파의 중재로 화해했다. 꾸꾸루꾸꾸! 두 사람이 끌고 온 개 소 들이 약수터 마당에서 길게 울었다. 그도 따라서 한참을 울다가 산신당의 마룻바닥으로 힘없이 무너졌다. 온갖 소리들도 눈송이처럼 가만가만 내려앉았다. 겨울밤이 천천히 쳇바퀴를 돌리고 있을 때 예리한 칼날이 어둠을 가르며 산신당 마당으로 날아가고 있었다. '『정리正理』에 이르기를, 몸 밖에는 일만팔천이 되는 양신陽神이 있고, 몸 안에는 일만팔천의 음신陰神이 있는데, 모두 다 헤아릴 수는 없어도 강궁진인降宮眞人인 심군心君이 한 몸의 주장主張이 되니 만신萬神이 그의 명령을 듣기 때문에 충분히 허령虛靈하고—마음이 잡념 없이 영묘하고—지각知覺이 있어 천변만화千變萬化가 된다고 한다.' 하늘이 조금씩 벗겨지고 사람들은 하나둘 제 짐을 꾸렸다. 옷장수는 보따리에서 두툼한 털옷을 꺼내 그의 몸을 덮어주었다. 산신당에 모인 사람들은 이번 나들이는 아쉬움이 많이 남는다고 투덜거리며 그의 몸에 뚫려 있는 구멍이란 구멍 속으로 마치 연기처럼 변해 차례차례 들어갔다.

산신당은 날이 밝기 직전의 짙은 어둠과 침묵에 잠겼다.

문밖이 시끄러웠다. 그는 눈을 뜨지 않은 채 그 소리를 들었다. 산신당 마당에 떨어진 곡식을 새들이 쪼아먹는 모양이었다. 손을 뻗어 조심스럽게 문을 열었다. 까마귀와 멧비둘기 들이 날개를 퍼덕거리며 가까운 나무 위로 날아갔다. 새들은 목소리를 서로 바꿔서 울고 있었다. 마치 다른 새의 아픔을 위로해주듯이. 그는 말없이 새소리를 들었다. 눈은 그쳐 있었다.

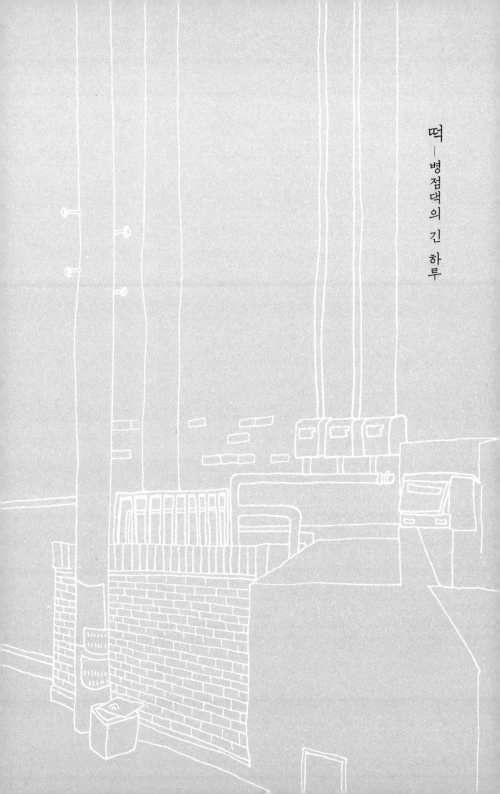

떡
— 병점댁의 긴 하루

"짜오 찌!"

"안녕하세요."

공사중인 아파트 외벽에 설치해놓은 승강기 안에서 사내가 인사를 한다. 언제부터 사내가 내 고향말로 인사를 했는지 모르겠다. 사내가 한 손으로 잡은 리어카에는 회색 벽돌이 수북하게 실려 있다. 인상은 다소 험상궂지만 눈빛만큼은 맑다. 멀리서 핸드카를 끌고 오는 나를 발견하고 일부러 기다려준 것도 고맙다. 사내가 마련해준 자리에 핸드카를 밀어넣고 승강기 안으로 들어간다. 사내가 바깥 쇠문을 닫았지만 사방이 쇠창살처럼 되어 있는 승강기 안은 여름인데도 무덥지 않다. 손바닥이 붉은 장갑을 낀 사내가 유선 리모컨의 단추를 누르자 승강기는 덜컹 하는 소음과 함께 지상을 떠난다. 짧은 현기증이 피어났다가 사라진다.

"병점댁, 몇층으로 가요?"

"……"

"오늘은 십오층부터 가는 게 좋을 겁니다."

나는 미소와 함께 고개를 끄덕인다. 일하는 사람들이 십오층에 많이 몰려 있다는 얘기다. 공터에 부려놓은 벽돌을 승강기를 이용해 아파트 안으로 실어나르는 일을 전문으로 하고 있으므로 사내는 누구보다도 공사 상황을 잘 알고 있다. 이십층이나 되는 아파트를 오르내릴 수 있는 승강기는 단 하나뿐이기에. 나는 쇠창살을 꼭 움켜잡은 채 발 아래를 내려다보지 않으려 애쓴다. 승강기는 지상과 점점 멀어진다. 빽빽하게 들어찬, 공사중인 아파트들이 저 아래로 가라앉는다. 발밑을 내려다보고 싶은 마음과 그러지 않으려는 마음이 서로 토닥거리며 싸운다. 어느 쪽 손을 들어줄지 망설이고 있을 때 사내가 헛기침을 한다. 돌아보니 내 가슴께에 머물러 있던 한없이 선한 눈빛이 후다닥 달아난다.

"오늘도 진짜 이름 안 가르쳐줍니까?"

"……죄송합니다. 전, 그냥 병점댁이 좋습니다."

"알았어요! 죄송한 거 아니니까 염려 말아요. 십오층 다 왔어요. 많이 팔아요!"

"고맙습니다."

"헨 갑 라이!"

사내는 '안녕'이란 말을 남기고 승강기와 함께 밑으로 내려간다. 나를 태워주기 위해 일부러 십오층까지 올라온 것이다. 나는 밑을 내려다보지 못하고 뒤로 물러난다. 이름을 가르쳐주지 않은 게 조금 후회된다. 공사장 입구에서 길을 막고 사사건건 트집을 잡는 현장사무실의 사내에 비하면 승강기 사내는 천사나 다름없으니까. 다음에…… 다음에 마음이 내키면 가르쳐줘도 된다.

문이 하나도 없는 아파트 십오층으로 지나가는 바람은 시원하다. 지상에서는 없는 바람이 위에서는 수시로 분다. 나는 심호흡을 한다. 짐이 실린 핸드카를 밀고 미로 같은 길을 따라 걷는다. 브래지어를 착용하지 않은 탓에 걸음을 옮길 때마다 젖가슴이 출렁거린다. 넓은 치마 속으로 바람이 부풀어오른다. 아오자이를 입는다면 더 많은 돈을 벌 수 있을지도 모른다. 하지만 그러고 싶지는 않다. 핸드카의 고무바퀴는 귀여운 강아지처럼 돌돌 구르며 따라온다. 길은 거실과 방, 베란다, 복도 순으로 되풀이된다. 인부들은 그 어느 곳에서 자신들의 일을 하고 있을 것이다. 얼굴이 익은 사람도 있고 그렇지 않은 사람도 있다. 나름대로 장단점이 있기에 개의치 않는다.

두 집을 지그재그로 통과하니 비로소 작업복을 입은 한 사내가 보인다. 사내는 작은방 귀퉁이에서 고개를 숙인 채 소변을 보고 있다. 오줌이 그의 작업화 사이로 흘러나온다. 사내의 오른손이 사타구니 근처에서 몇 차례 흔들린다. 지린내가 피어오른다. 나는 반쯤 돌아서서 기다린다.

"어, 병점댁!"

나를 발견한 사내의 목소리가 환하다. 이름은 모르지만 얼굴은 아는 사람이다. 벽돌을 쌓는 기공이다. 짓궂긴 하지만 나쁘지 않은 사내다.

"오랜만이야! 그렇지 않아도 기다렸어."

"잘 지내셨습니까."

"잘 지내긴! 병점댁 떡 맛을 못 봐서 시름시름 앓았어!"

"농담이, 심하십니다."

"진짜야! 자자, 저쪽으로 가자구."

사내의 손이 자연스럽게 내 허리를 감싸안는다. 슬금슬금 엉덩이로 내려온다. 손으로 밀쳐내니 허리를 한 바퀴 돌아 거침없이 젖가슴을 찾아온다. 브래지어가 없는 맨 가슴임을 확인한 사내의 입에서 짧은 탄성이 빠져나온다. 핸드카의 고무바퀴는 돌돌거리는 소리를 내며 거실과 부엌을 지나 다용도실까지 따라온다. 문이 하나도 없는 공간에서 그나마 가장 은밀한 곳이다. 바닥에는 두꺼운 스티로폼이 깔려 있다. 숨소리가 거칠어진 사내는 때가 타 얼룩덜룩한 스티로폼에 나를 눕힌다.

"떡은 끝내고 먹자구."

공사장에서 일하는 사람들은 개인적으로 쉴 수 있는 시간이 많지 않다. 점심시간과 참 먹는 시간을 제외하면 고작해야 담배 한 대 피우는 시간이 전부다. 그러하기에 사내처럼 떡과 차가 아닌 걸 요구하는 사람들은 어쩌다 설사가 나서 공터의 간이화장실에 갔다 올 정도의 시간 정도만 허락되는 셈이다. 치마를

허리께로 올려주자 급하게 팬티를 벗긴다. 자신의 바지와 팬티
는 발목과 무릎에 걸쳐놓은 채 내 몸으로 올라온다. 나는 사내
가 젖가슴을 주무르거나 젖꼭지를 빨기 편하도록 헐렁한 상의를
목까지 끌어올린다. 사내는 제 물건으로 내 사타구니를 비비더
니 이윽고 끙 하는 소리와 함께 들어온다. 나는 준비한 노래를
꺼내놓는다.

"아, 아파요! 살살……"

한국에 온 지 칠 년이 지났다. 스무 살이 되는 해였다. 한국에
와서 처음으로 눈이란 걸 보았다. 남편이 살고 있는 곳은 겨울
이 길었다. 겨울 내내 춥고 많은 눈이 내렸다. 그 긴 겨울 동안
아버지 같은 남편은 술에 취해 살았다. 수전증에 걸려 손을 벌
벌 떨면서도 술잔을 놓지 않았다. 남편은 나를 부둥켜안고 울면
서 말했다. 미안하다고. 자신을 견딜 수 없다고. 나는 그 말이
무엇을 의미하는지 알 수 없었다. 자신을 견딜 수 없다니. 자기
를 견디지 못하면 대체 무엇을 견딘단 말인가.

내 몸에 올라탄, 얼굴이 발개진 사내의 몸놀림이 빨라진다. 나
는 재빨리 다음 노래를 고른다.

"아아, 미칠 것, 같아요! 좀더! 조금만 더!"

술이 깨어 있는 얼마 되지 않는 시간에 남편은 허깨비 같은
몸을 끌고 내 위로 올라오곤 했다. 남편의 무게는 마른 야자수
잎 한 장 배 위에 올려놓은 것처럼 가벼웠다. 그 잎에서 간신히
짜낸 듯한, 한 줌도 되지 않는 진액을 내 몸에 쏟아내곤 다시 술

병이 있는 곳으로 엉금엉금 기어가는 게 전부였다. 술에 전 듯한 진액 속에서 두 번이나 생명이 움텄다는 사실이 신기할 정도였다.

내 젖가슴을 움켜쥔 사내의 손에 힘이 들어간다. 사내의 얼굴에서 땀방울이 뚝뚝 떨어진다. 사타구니를 오므리며 나는 마지막 노래를 토해낸다.

"아이이, 죽을 것, 같아요!"

사내도 더운 숨을 내 젖가슴에 토해낸다. 나는 누운 채로 손을 뻗어 핸드카를 끌어당긴다. 이제 떡과 시원한 차를 팔아야 할 차례다. 사내가 옷을 모두 입고 담배에 불을 붙이기까지의 시간은 금방이다. 나는 사내에게 인절미와 냉커피를 건네고 누르스름하게 때가 오른 스티로폼 위에 쪼그려앉아 옷매무새를 정리한다.

"흐흐, 인절미 맛이 병점댁 그 맛이랑 비슷하단 말이지!"

콩고물이 묻은 사내의 손이 내 사타구니를 가리킨다. 나는 배시시 웃어준다.

"당신은 어땠어?"

"아주 좋았어요!"

콧노래를 흥얼거리는 사내는 콩고물이 묻은 지폐를 내 치마 위에 던져놓고 일어난다. 거스름돈은 사양하며. 한 장 한 장 정성껏 지폐를 닦은 뒤 핸드카에 묶어놓은 가방 깊숙한 곳에다 감춘다. 첫 개시를 잘한 것이다.

길은 변함없이 오른쪽 왼쪽으로 꺾어지기를 거듭한다. 바닥에는 작업을 하고 버린 자재들이 어지럽게 널려 있다. 똑같은 거실, 베란다, 안방, 작은방을 계속해서 걷다보면 어느 순간 머리가 멍해질 때가 생긴다. 마치 하루 종일 제자리걸음을 하고 있다는 기분마저 든다. 허공에 걸려 있는, 번지수도 없이 촘촘한 개미집 속을 헤매는 심정이랄까. 떡과 음료수를 팔기 위해. 어지럼증을 달래려고 바깥을 봐도 마찬가지다. 수많은 회색 아파트들이 뙤약볕을 뒤집어쓴 채 뚝딱거리는 소음만 피우고 있을 뿐이다. 돌돌거리며 따라오는 핸드카의 바퀴 소리만이 샘을 빠져나오는 물소리처럼 그나마 답답한 가슴을 풀어준다. 나는 뜨거운 입김을 오래 내뱉고 숨을 들이켠다.

"떡, 사세요! 시원한, 커피도 있어요!"

벽돌을 쌓고 모래와 시멘트를 섞어 반죽을 만드는 남자와 여자 들이 내 목소리를 듣고 일제히 바라본다. 좀 전의 사내도 거기에 섞여 있지만 알은체하지 않는다. 사내도 마찬가지다. 그들에게 몇 걸음 더 다가간다. 하지만 나를 바라보던 그들의 눈길은 아무 일 없다는 듯 원래 자리로 되돌아간다. 조금 머쓱해졌지만 한 걸음 더 다가가 보따리를 풀기라도 하듯 아예 벽돌 위에 걸터앉는다. 이 정도 환대는 아무것도 아닌 것이다.

"날씨가, 덥네요!"

"한여름이니까 당연히 덥지."

반응이 없지 않아서 다행이다.

"그래도, 제가 살았던, 남쪽나라에 비하면, 아무것도 아닙니
다."

"남쪽나라 어디?"

대꾸를 했던 늙은 사내의 시선이 내게로 돌아온다. 나는 씩
웃으며 고개를 끄덕인다. 흙손을 든 늙은 사내의 눈빛이 내 얼
굴에 달라붙더니 한동안 떨어지지 않는다. 탐욕스러운 눈빛이지
만 나는 다시 웃어준다. 늙은 사내는 시멘트반죽 위에 벽돌을
올려놓는 일을 계속하며 질문을 한다. 지폐에 콩고물을 묻혀 내
게 건네주던 사내는 아무 말도 않은 채 일만 하고 있다. 좀 야속
하지만 어쩔 수 없다. 세상 살아가는 게 그렇다는 걸 대충은 알
고 있으니까. 이것저것에서 다 만족을 얻을 순 없는 거니까.

"그 나라 아가씨들이 착하다는 게 사실이야?"

"예, 착합니다."

"말도 잘 듣고 도망도 안 간다면서?"

"……남편을 사랑하고, 시부모님을 공경합니다."

"당연히 그래야지. 돈을 얼마나 들였는데. 근데 너무 비싸!"

"……시원한, 커피 한잔, 드시고 일하십시오."

"이봐, 색시! 내가 여기 냉커피 한잔씩 돌릴 테니까, 색시가
중매 좀 설 수 있겠는가?"

"제가요? ……누굴?"

"누구긴 누구야! 바로 나지. 늙다리 마누라 바가지가 하도 심
해서 아무래도 새장갈 가야겠어. 색시도 괜찮고."

끊어지지 않는 웃음소리가 핸드카의 바퀴 소리를 지운다. 콘크리트와 벽돌뿐인 아파트에선 목소리가 과장되게 울린다. 노래를 부르면 근사하게 들릴 것 같다. 하지만 막상 부르려니 아무런 노래도 떠오르지 않는다. 나는 핸드카를 품에 안고 계단을 노려본다. 난간이 없는 계단 사이로 보이는 바닥은 현기증이 날 정도로 깊다. 자꾸 내려다보면 그 깊이에 홀려 나도 모르게 몸을 들이밀 것만 같다. 다리에 알이 밸 정도로 재빨리 계단을 올라간다. 십육층이다. 앙가슴과 겨드랑이, 등, 사타구니가 동시에 가려워진다.

"이 맛에 담배를 피우는 게 맞아."
왼쪽으로 전망이 트인 베란다에 앉아 떡으로 이른 점심을 때우고 담배를 피운다. 일하는 사람들이 오전 참을 먹으려고 줄지어 아파트에서 빠져나간다. 공사장 안에 매점과 식당이 없으면 떡이 훨씬 잘 팔릴 텐데 현실은 그렇지가 않다. 떡을 만들어 팔던 시어머니는, 이 나라에서 가장 오래된 음식이 떡인데 요즘 사람들은 식성이 변해 잘 먹지 않는다고 한숨을 내뱉곤 했다. 알코올중독자인 남편의 습관적인 구타를 참으며 견딘 이유 가운데 하나도 떡이었다. 나는 인절미의 맛에 그만 반해버린 것이다. 백설기의 포근한 맛이 멍든 데를 어루만져주었던 것이다. 물론 그 모든 것의 밑바닥에는 자기 자신을 견디지 못하겠다는 남편의 자학이 대체 무엇인지 알아내겠다는 궁금증이 깔려 있었다.

나는 울음을 밖으로 내뱉지 않고 효과적으로 삼킬 수 있는 인절미와 백설기를 입에 넣은 채 우물거리며 한동안 살았던 것이다.

"어이, 떡장수 아줌마!"

예상했던 대로 아파트에는 참을 먹지 않고 일을 하는 사람들이 남아 있다. 혼자서 콘크리트벽에 작은 구멍을 뚫고 있던 사내가 손가락을 자기 쪽으로 까딱까딱 움직인다. 본 듯도 하고 처음인 듯도 하다. 사내의 허리띠에는 각종 공구들이 주렁주렁 매달려 있다. 끝이 날카로운 그 공구들에 찔린 듯 왠지 온몸이 따끔거리지만 조심스럽게 사내에게 다가간다.

"떡, 드릴까요? 냉커피?"

"배고프니까 아무 떡이나 줘."

내가 저 남쪽나라에서 왔다는 걸 알아차린 사람들은 나이를 떠나 대부분 반말을 한다. 뭐, 한국에 처음 와서 말을 배울 때 나도 그랬으니 억울할 것도 없다. 플라스틱 통 위에 걸터앉은 사내의 눈길이, 쪼그려앉아 고개를 숙인 채 떡을 꺼내는 내 젖가슴에 붙어 있다는 것쯤은 확인하지 않아도 알 수 있다. 아무 거리낌 없이 침 삼키는 소리가 내 귓속으로 들어온다. 떡과 커피를 건네주고 모로 비껴 앉는다.

"아줌마…… 그것도 판다며?"

사내는 사레가 걸렸는지 연거푸 기침을 한다. 하긴, 도시락 하나에 여덟 개가 든 인절미를 순식간에 먹어치웠으니. 나는 재빨리 바닥에 놓인 냉커피를 건네준다.

"한 번 하는 데, 콜록, 얼마야?"

"하고 싶으십니까?"

"외국 여자랑 한번 해보는 게 내 꿈이거든. 야, 근데 너 병 걸린 거 아니지?"

고개를 저어주고 가방 옆에 붙은 작은 주머니를 열어 콘돔을 꺼낸다. 시계를 들여다본 사내는 재빨리 주위를 두리번거린다. 사내는 주방과 붙은 방으로 나를 데리고 간다. 하지만 그곳에는 조각난 벽돌과 못들, 스티로폼 부스러기만 널려 있다. 난감한 얼굴의 사내가 도움을 청하듯 나를 바라보지만 나 또한 난감하다. 한곳에서 오래 머무르며 작업하지 않는 전기기술자들이 다용도로 쓰이는 커다란 스티로폼을 준비하고 있을 리 없다. 당장 내일부터라도 가방 속에 깔개를 준비해야겠다.

"할 수 없지!"

사내는 나를 벽으로 붙인다. 사내의 넓은 허리띠에 매달린 공구들이 덜그럭거리다가 바지와 함께 흘러내린다. 두 발은 들리고 두 손은 사내의 목을 그러안은 채 나는 사내와 콘크리트 벽 사이에서 오도 가도 못 한다. 사내의 송곳 같은 사타구니가 밀고 들어올 때마다 등과 엉덩이는 불이 붙은 것처럼 화끈거린다. 톱니 같은 사내의 이빨이 젖가슴을 깨물 때마다 콘크리트에 박히지 못한 못이 튕겨나가듯 외마디 비명이 떨어진다. 하지만 나는 나를 견딘다. 입술을 깨물고 눈물을 삼키며 준비한 노래를 부른다.

"아, 아파요! 살, 살⋯⋯"

해가 지날수록 남편은 모든 일에서 하나하나 손을 놓았다. 그 일들은 고스란히 내게로 넘어왔다. 남편이 할 수 있는 건 술을 마시고 주먹을 휘두르고 그러다 지치면 시도 때도 가리지 않고 내 몸에 올라타는 것뿐이었다. 나는 조금씩 배우고 있는 한국말로 조심스럽게 남편에게 물었다. 무엇 때문에, 당신 자신을 견딜 수 없습니까? 돌아온 것은 남편의 대답이 아니라 밥상이었다. 제가, 뭘 잘못했는지 말해주세요. 고치겠습니다. 남편은 내 얼굴을 벌레 보듯 노려보곤 집을 나가버렸다.

"아아, 미칠 것 같아요! 좀더! 조금만 더!"

콘크리트 벽과 마찰하는 등과 엉덩이만 아니라면 나로서는 힘하나 들지 않는 편안한 자세였다. 사내의 얼굴은 땀으로 범벅이돼 있지만. 나는 사내의 눈으로 흘러드는 땀을 닦아준다. 사내의입에서 신음소리가 새어나오며 몸놀림이 빨라지자 사타구니에힘을 주며 마지막 노래를 부른다.

"아이이, 죽을 것⋯⋯"

벌어졌던 입을 천천히 다물지만 사내의 어깨너머에서 눈을 돌리진 못한다. 벽돌을 싣고 승강기를 운전하던 사내는 문 없는 문 옆에 서서 나를 바라보고 있다. 내 허벅지를 껴안은 전기기사의 손에 마지막 힘이 들어간다. 나는 승강기 사내의 눈을 바라보며 마지막 노래를 완성한다.

"아이이, 죽는 줄, 알았어요!"

종아리가 절굿공이처럼 딱딱하다. 이십층 베란다 밖으로 보이는 풍경이 그나마 탁 트여 있어 몸 곳곳에 배어 있는 피로를 조금이나마 씻어준다. 무릎 관절도 시큰거린다. 계단을 무리하게 오르내린 모양이다. 나는 벽에 기대고 앉아 다리를 쭉 뻗고 남쪽으로 이어진 고속도로를 내려다본다. 자그마한 자동차들이 점점이 이어져 있다. 그 옆 철길로 기차가 달려간다. 모두가 장난감 같이 현실감이 떨어진다. 가방을 뒤져 소주를 꺼낸다. 몇 잔 들이켜고 휴식을 취해야만 남은 하루를 무사히 건너갈 수 있다. 방바닥에 물이 엎질러지듯 빠른 속도로 번지는 술기운은 이내 졸음을 불러온다. 한국으로 시집와 두 아이를 낳고 시어머니와 남편의 장례를 차례로 치르면서 배운 것은 술과 담배뿐이다. 천애고아가 된 심정으로 두 아이를 데리고 시골을 떠나 도시의 변두리에 짐을 풀면서 어금니를 악다물 수 있게 해준 것도 독한 소주였다.

"저도…… 소주 한잔 줄래요?"

눈을 감고 입에 머금은 술을 가만히 음미하고 있을 때 건너온 말이다. 승강기 사내는 벽돌을 실은 리어카도 없이 거실과 베란다를 구분 짓는 벽에 기대어 변함없이 선한 눈빛을 흘린다. 그는 물방울이 잡혀 있는 박카스 한 병을 손에 쥐고 있다. 아까부터 계속 나를 따라다닌 건가? 아니면 저 사내도 다른 뜻이 있어 나를 찾아다닌 걸까…… 순간 사내의 선한 눈빛 너머에 무엇이 숨어 있는지 궁금해진다. 곧이어 불안도 따라온다. 나는 흐트러진 자세를 바로잡는다. 어떤 까닭인지 몰라도 몸소 나를 찾아왔으니 손님은 손님인 것이다. 하지만 종이컵에 소주를 반쯤 따라 마른오징어와 함께 건네는 마음은 어딘지 모르게 불편하다.

"한여름인데도 아파트 꼭대기라 그런지 가을 같네요."

승강기 사내는 철길이 사라지는 곳쯤에 눈을 고정시킨 채 중얼거린다. 그곳까지 따라갔던 내 눈길은 고속도로를 타고 되돌아온다.

"아깐 죄송합니다. 지나가다가 그만……"

이번에는 내 눈이 먼저 철길을 타고 내달린다. 달리다가 급하게 멈춘다. 황급히 되돌아온다.

"아닙니다. 제 일인걸요. 아저씨도, 생각 있으시면, 언제든지 말씀하십시오."

"예?"

나는 발딱 일어난다. 베란다를 벗어나려는 걸음이 어지럼증에 휘청거리지만 용케 주저앉진 않는다. 가까스로 핸드카에 몸을 의지한다. 승강기 사내가 다가와 팔을 부축하지만 냉정하게 뿌리친다. 나는 핸드카를 끌고 얼마 못 가 팩 돌아서서 물방울이 떨어지는 박카스를 손에 든 사내의 눈을 똑바로 바라본다.

"아차, 인절미 드시겠습니까? 냉커피도 있어요!"

"예?"

씩씩거리며 거실과 방, 복도를 차례로 빠져나간다. 고래고래 고함을 지르고 싶지만 겨우 참는다. 핸드카를 안고 계단을 내려가 굽이를 돌면서 뒤돌아본다. 다시 계단을 내려가 거실로 들어서려다 말고 뒤돌아본다. 복도와 계단엔 콘크리트 냄새만 가득하다. 큰아이가 어린이집에서 배워온 말을 그대로 뱉어놓는다.

"바보! 말미잘! 멍게! 해삼!"

몇 층을 내려왔는지 모른다. 더이상 걷지 못하고 쌓아놓은 벽돌 더미에 앉아 더운 숨을 고른다.

"박카스!"

내 말에 답례라도 하듯 거실 너머 베란다에서 쇳소리가 들리더니 승강기가 내려간다. 나는 벌떡 일어난다. 하지만 손에 박카스를 든 사내는 풀이 죽은 듯 뒷모습만 잠시 보여주고 사라진다.

온몸의 근육이란 근육은 모두 딱딱하게 굳어버린 듯하다. 사타구니가 욱신거리고 두 다리는 저절로 후들거린다. 천 개의 계단도 더 넘게 오르내렸을 것이다. 차가운 물로 샤워를 하고 싶은 마음이 간절하지만 공사중인 아파트의 수많은 화장실에선 아직 물이 나오지 않는다. 물론 수도꼭지도 없다. 나는 아파트의 맨 구석방에서 벽돌 두 장에 발을 올려놓고 쪼그려앉아 볼일을 본다. 일하는 사람들도 이 방을 아예 화장실 대용으로 사용했는지 지린내가 진동한다. 화장지 뭉치가 곳곳에 널려 있다. 나는 치마를 둘둘 말아 옆구리에 끼우고 물병의 물을 조금씩 사타구니에 붓는다. 허벅지 안쪽으로 말라붙은, 사내들이 흘리고 간 끈적끈적한 이물질을 손으로 씻어낸다. 이번 달엔 좀 넉넉하게 고향으로 돈을 부칠 수 있을 것 같다. 그 돈이면 당장 급한 불을 끌 수 있을 것이다. 너무 세게 문질렀는지 사타구니가 얼얼하지만 멈추지 않는다. 나 하나의 고생으로 고향집의 지긋지긋한 가난이 끝날 수만 있다면 하지 못할 일은 없다. 이보다 더한 일도 할 수 있다. 술주정을 하던 남편이 어느 날 구토하듯 내뱉었던 말도 당시엔 미쳐버릴 정도로 화가 났지만 사실 맞는 얘기였다.

"넌 내가 자그마치 이천만원이나 주고 사온 물건이야!"

그 돈의 일부로 동생들을 학교에 보냈고 아버지의 소원이었던 땅도 조금 살 수 있었다. 그러기 위해 나는 빚을 내서 결혼중개소에 등록을 하고 병원에 가서 처녀증명서를 떼야만 했다. 수십 차례에 걸쳐 나이든 한국 남자들 앞에서 나를 점찍어 달라고 웃음을 흘렸다. 그 수모를 겪었지만 그래도 남편을 만났을 때는 기뻤다. 가무잡잡한 얼굴에 나이보다 훨씬 늘어 보여서 남몰래 한숨을 쉬었지만 뒤늦게 발견한 남편의 맑은 눈빛은 다른 실망을 덮어버리기에 충분했다. 저쪽도 가난하고 선해 자기 땅에서 배우자를 만나지 못했구나. 어렵게 목돈을 마련해 여기 남쪽나라까지 내려왔구나 생각하니 도리어 측은한 마음까지 들 정도였다. 저 눈빛이라면 이역만리 한국까지 따라가 믿고 살 수 있을 것 같았다. 그랬던 남편은 채 일 년도 걸리지 않아 딴사람으로 변했다. 남편의 고향 말을 어렵사리 배워갈 무렵이었다.

"이 집의 가장이 어째 그 모양이냐? 내가 니 색시 볼 면목이 없다."

"속에서 열불이 치솟는데 난들 어쩌란 말이우!"

핸드카의 바퀴 소리처럼 끊어지지 않고 따라오는 시어머니와 남편의 티격태격하는 말과 함께 걷는다. 두 사람이 그럴 때면 나는 시어머니의 표현대로 닭똥 같은 눈물을 뚝뚝 떨어뜨리며 부엌에서 씻은 그릇을 씻고 또 씻었다. 급기야 분을 이기지 못한 남편이 소리를 버럭 지르고 집을 뛰쳐나갈 때까지. 시어머니는 주름이 쪼글쪼글한 손으로 물에 불은 내 손을 주무르며 당부를 잊지 않았다.

"니가 빨리 애를 가지면 된다. 사내란 것들은 저러다가도 애가 생기면 괜찮아진단다."

시어머니의 말에 희망을 걸고 아이를 갖기 위해 나름대로 노력을 기울였다. 갖가지 노력의 마지막을 장식하기 위해 관계를 끝내고 나가떨어진 남편 몰래 엉덩이 밑에 높은 쿠션을 받치고 한 방울도 새어나가지 못하게 있는 힘을 모두 사타구니에 쏟아부은 채 밤을 지새우기도 했다. 그런 노력 끝에 두 아이가 태어났지만 남편의 맑은 눈빛은 원래대로 돌아오지 않았다.

삼층에서 보일러 관을 깔고 있는 인부들에게 냉커피와 떡을 팔고 베란다로 나오니 멀쩡하던 하늘에 먹구름이 몰려들고 있다. 회색의 아파트 숲이 더더욱 어둑어둑해진다. 아파트 안은 한층 더 침침하다. 문짝이 들어온 이층은 어느 정도 집의 모양새가 갖춰졌다. 바닥이며 천장도 말끔하다. 도배를 하고 전등만 달면 당장이라도 들어와 살 수 있을 것 같다. 언젠가 남편에게 아파트에서 사는 게 꿈이라고 말했다가 퉁바리를 맞은 적이 있다. 지금 갖고 있는 집과 땅을 다 팔아야만 살 수 있는 게 아파트란다. 그저 텔레비전의 연속극에 몰입해 꿈꾸듯 살아보는 게 전부다.

다른 동으로 가기 위해 아파트를 나서니 빗방울이 툭툭 떨어진다. 사내는 어디로 갔는지 보이지 않고 승강기만 일층에 멈춰 있다. 잠시 어디로 갈까 망설인다. 모든 아파트에 다 일하는 사람들이 있는 게 아니다. 일을 처음 시작했을 땐 아무도 없는 건물 속을 헤매고 다녔던 적이 많았다. 사람들이 모두 작당을 해서 나를 피하는 건 아닌가 하는 생각도 들었다. 밖에서 보면 도무지 알 수 없기에 그동안 승강기 사내의 도움이 고마웠던 것이다. 나는 핸드카를 끌고 어지러운 아파트 숲을 걷는다. 빗방울의 개수가 점점 많아진다. 우산은 당연히 가져오지 않았다. 일기예보를 듣지 않은 날 꼭 비가 오는 게 나의 경우다. 점점 거세지는 비를 피하려고 다른 사람들을 따라 가까운 승강기를 향해 뛰어간다.

"몇층까지 가시오?"

리모컨을 잡은 낯선 사내가 노골적인 시선으로 나를 훑어보며 건네는 질문에 나지막한 목소리로 꼭대기층이라고 말해준다. 승강기를 가득 채운 사내들에게서 땀냄새가 진동한다. 바람이 통해서 그나마 다행이다. 단체로 나를 훑고 있는 사내들의 눈을 피하려고 몸을 옆으로 비틀었지만 별 효과는 없는 듯하다. 밖에서 들이친 빗물이 치마를 적셔 엉덩이와 허벅지를 고스란히 보여주고 있으니.

"아줌마, 뭘 팝니까?"

"떡하고 냉커피요."

"한 바퀴 돌고 참 먹을 때 이리로 오시오."

십삼층에서 멈춘 승강기에서 리모컨을 쥔 사내의 일행이 우르르 빠져나가자 나 홀로 남는다. 문도 닫지 않은 채 나는 한동안 리모컨만 노려본다. 한 번도 승강기를 운전한 적이 없다. 머리를 내밀고서 아파트 꼭대기를 올려다본다. 점점 거세지는 빗발이 사납게 얼굴을 때린다. 핸드카를 껴안고 이십층까지 계단을 통해 올라갈 수는 없는 노릇이다. 나는 승강기 사내를 떠올린다. 익숙하게 문을 열고 닫았던 손놀림과 리모컨을 작동하던 모습을. 나는 조심스럽게 쇠줄을 잡아당겨 안쪽 문을 닫는다. 허공에 걸려 있는 독방에 갇혀버린 것 같아 서둘러 리모컨의 상승 단추를 누른다. 그러자 허공의 독방은 비를 뚫고 쇳소리를 내지르며 천천히 올라간다. 아파트 외벽에 붉은 페인트로 써놓은 층수도 따라서 하나씩 올라가더니 이십층을 지나 물탱크가 있는 옥상에서 저절로 멈춘다. 단추를 눌러도 더이상 올라갈 수 없는 곳에 도착한 것이다. 바람을 업고 사방에서 들이치는 빗물이 사정없이 내 몸을 휘감는다.

"몸매 죽이네!"

팬티만 입은 채 비에 젖은 치마를 짜고 있을 때 안전모를 쓴 현장사무실의 사내가 문 입구에 기대 싱글거린다. 부끄러운 마음보다 사내의 옆구리에 꽂혀 있는 검은 노트에 더 당황한다. 돈 한 푼 받지 못하고 사무실의 철제책상에 엎드린 채로 당했던 기억이 멀리 있지 않다. 그가 마음먹기에 따라 나는 잡상인이 되어 쫓겨날 수도 있어서 가능한 한 마주치지 않으려고 애를 썼던 것이다.

"아니, 입지 마. 아직 덜 마른 것 같은데."

사내는 검은 노트로 손바닥을 탁탁 두드리며 다가온다. 내 손에서 치마를 뺏은 사내는 소리나게 털더니 골고루 펴서 창문턱에다 넌다.

"이렇게 해야 잘 마르지. 팬티는 안 젖었나?"

다가오는 손을 뿌리치기 무섭게 사내는 손에 든 노트로 사정없이 내 엉덩이를 후려친다. 그러고는 노트의 겉장을 찬찬히 들여다보고 먼지의 유무를 감별하듯 손가락으로 쓱 문지른다. 사내는 다시 싱글싱글 웃는다.

"젖었네. 것도 벗어서 말려야겠어."

치마와 팬티를 널어놓은 창틀에 나도 빨래처럼 걸려 밀려드는 빗소리보다 더 세게 교성을 내지른다. 안전모를 벗지 않은 사내는 두 손으로 내 엉덩이를 잡은 채 용을 쓴다. 창밖으로 떠오르는 죽은 남편의 얼굴과 승강기 사내를 지워버리자 비에 젖어 검게 변해가는 아파트 숲 사이로 남쪽으로 곧게 뻗은 철길과 고속도로가 보인다. 저 길을 따라 남쪽으로 끝없이 내려가 고향으로 가고 싶다. 하지만 이대로는 절대 돌아갈 수 없다고 고개를 젓

는다. 한국에 시집왔다가 남편을 잃고 두 아이와 고향으로 돌아
간다는 건 자존심이 허락하지 않는다. 뜨거운 비에 지워지는 철
길을 보며 나는 노래한다.

"아아, 미칠 것 같아요! 좀더! 조금만 더!"

동생들 학비를 마련하면 그다음엔 부모님에게 더 많은 농토를
사드릴 것이다. 나는 조그마한 식당을 차릴 예정이다. 부지런히
일하면 모두가 가능한 일이다. 나는 괜찮다. 나는 정말 괜찮다.
한 사람의 희생으로 지긋지긋한 가난에서 벗어날 수만 있다면.
나는 사내의 사타구니로 엉덩이를 더 들이밀며 노래한다.

"아이이, 죽을 것 같아요!"

"씨발년, 많이 늘었네!"

복장을 갖춘 사내는 바닥에 던져놓았던 노트를 집어 바지에다
닦는다. 쪼그려앉은 내게 다가와 슬슬 담배연기를 뿜어낸다. 손
으로 내 볼을 쓰다듬는다.

"가끔 사무실에 들러. 병점댁 인절미는 별미라니까. 쫄깃쫄깃
해!"

사내는 달랑 만원짜리 한 장을 내 가슴에 꽂아주고 간다. 나
는 사내의 손에서 건너온 돈을 깨끗하게 닦는다. 많이 모자라지
만 노래를 했기에 그나마 받은 돈이다. 가방 깊숙한 곳에 돈을
감춘다.

축축한 치마는 미지근한 체온에 의지해 천천히 말라간다. 나
는 시어머니와 남편이 저세상으로 떠나고 두 아이와 함께 지금

까지 떡이 담긴 핸드카를 끌고 두꺼운 책을 한 줄 한 줄 읽듯, 건너뛰지 않고 꼼꼼하게 한 장 한 장 넘기듯 수많은 곳을 방문했다. 고개를 넘고 들판을 지나 개울을 건너갔다. 골목길을 돌고 돌며 담장 안을 기웃거렸다. 이름도 헤아릴 수 없는 많은 사무실의 문을 두드렸다. 들어갔다가 대부분 허탕을 치고 나왔다. 그러다가 알았다. 사내들은 떡이나 김밥보다 다른 것을 먹고 싶어 한다는 것을. 그렇게만 해주면 훨씬 더 많은 돈을 번다는 사실을. 나는 오래 망설이지 않고 쓰레기가 널려 있는 어느 공사장의 창고에서 팬티를 벗었다. 가깝게는 두 아이를 배부르게 먹여야 했고 멀게는 고향의 가족들을 책임질 위치에 바로 내가 서 있다는 사실을 알았기 때문이었다. 고향에 보내는 돈의 액수가 매달 조금씩 늘어나자 자랑스럽기까지 했다. 고단한 하루일과가 끝나는 새벽에 집으로 돌아가면 벅차고 뿌듯한 마음으로 잠들 수 있었다. 손님들과의 관계에서 가끔씩 벌어지는 문제들은 정말이지 소소하기 짝이 없는 것들이었다. 다른 누구도 살면서 한번쯤은 다 겪는 일들이기에. 안전모를 쓴 사내 역시 그렇다. 어쨌거나 이 아파트를 드나들려면 그 사내의 묵인이 필요하니까. 만원이나마 받은 건 차라리 행운인 것이다.

"아, 이제 오는구만!"

"짜오 안!"

"안 오면 사람을 보내 찾으려고 했어. 근데 방금 했던 말은 어느 나라 말이야? 짜오 안?"

"멀리 있는 남쪽나라 인사말입니다. 떡 드릴까요?"

십삼층의 사내들은 일을 하지 않고 거실에 빙 둘러앉아 술타령을 벌이고 있다. 비 때문에 자재 반입이 중단된 모양이다. 떡을 돌린 뒤 나는 그들 뒤에 쪼그려앉아 종이컵에 커피를 탄다. 한쪽에 수북하게 모여 있는 빈병을 보면 돼지 내장과 간, 순대를 안주 삼아 이미 어느 정도 술이 들어간 상태다. 승강기에서부터 말을 건넸던 사내가 술병과 잔을 들고 다가온다. 술잔이 넘치도록 따른다. 반쯤 마시고 꺾으니 이번엔 젓가락으로 순대를 집어서 가져온다. 동시에 뒤로 돌아온 사내의 왼손은 슬그머니 내 엉덩이를 쓰다듬는다. 나는 조금 옆으로 물러나지만 사내도 꼭 그만큼 따라온다.

"모두 얼마야?"

커피를 돌리고 돌아오니 사내는 지갑을 꺼내 돈을 세고 있다. 지갑은 만원짜리의 부피로 인해 터질 듯 배가 불러 있다. 나는 떡값을 받고 컵에 남은 소주를 마신다. 빈 잔의 테두리를 닦은 뒤 사내에게 내민다. 술을 따르는 손이 조금씩 떨린다. 사내는 내 가슴에 그윽한 시선을 올려놓은 채 왼손으로 다시 엉덩이를 더듬는다. 나를 훔쳐보는 다른 사내들의 눈빛은 모두 굶주린 원숭이들의 그것으로 변해가고 있음을 알 수 있다. 나는 고개를 숙인 채 밖에서 피어나는 빗소리에 귀를 기울인다. 사내는 소리나게 침을 삼키더니 입을 연다.

"아줌마 소문은 들었어. 여기 나 빼고 모두 얼마면 되겠어?

이런 경운 할인해줘야 되는 거 아냐?"

단체로 킬킬거리는 웃음소리가 빗소리를 누르고 피어난다. 나는 고개를 들고 사내들이 모두 몇명인지 다시 헤아린다. 엉덩이를 만지던 사내의 우악스런 손은 허리를 돌아와 젖가슴을 주무르고 있다. 작은 소리로 금액을 얘기하자 사내는 젖가슴이 터지도록 세게 움켜쥐었다가 풀었다. 다시 지갑을 꺼낸 사내는 시원스럽게 돈을 세더니 내게 건네주고 자리에서 일어난다. 사내는 일행을 돌아보며 입을 연다.

"살살 해! 내일부턴 바쁘니 한 사람도 지각하지 말고."

"고맙습니다, 반장님!"

나는 핸드카를 끌고 안방으로 들어간다. 오늘을 마지막으로 이곳을 떠나 다른 곳으로 옮겨야 할 때가 되었음을 본능적으로 느낀다. 돈을 재빨리 가방에 숨기고 스티로폼 세 장을 가져와 겹쳐서 바닥에 깐다. 팬티를 벗고 스티로폼 위에 눕는다. 사내들은 거실에서 순서를 정하느라 킬킬거린다. 나이순으로 하자는 쪽과 가위바위보로 결정을 내리자는 쪽, 그리고 미혼과 기혼으로 가르자는 쪽이 맞선다. 분분한 의견은 결국 가위바위보로 정리된다. 나는 눈을 감은 채 빗소리를 들으며 다섯 명의 사내를 기다린다.

"씨팔! 다 벗어야지 빤스만 벗는 게 어딨어!"

첫번째 사내의 거친 손이 치마와 윗옷을 사정없이 벗겨버린다. 나는 흰 스티로폼 위에 알몸으로 누워 빗소리를 듣는다. 온

몸에 소름이 돋는 것 같다. 역한 입냄새를 풍기는 사내가 내 위에서 헉헉거린다. 나는 눈을 감은 채 노래를 한다. 병든 남편에게 나는 말했다. 당신은 당신이 사온 물건의 주인 행세도 제대로 못했다고. 남편은 술병을 내 얼굴로 집어던졌다. 더욱더 병이 악화되는 남편에게 나는 말했다. 당신은 자기 자신을 사랑하지 않았기 때문에 견딜 수 없었던 것이라고. 남편은 손을 부르르 떨었지만 이미 술병조차 들 수 없었다. 대신 눈물만 찔끔찔끔 흘렸다. 그 눈물이 후회의 눈물인지 아니면 술병조차 들지 못한 분노의 눈물인지 지금도 알 수 없다. 두번째 사내가 들어온다. 나는 노래한다. 곰 같은 사내는 더 간드러지게 노래하라고, 기왕이면 내 고향 말로 노래하라며 뺨을 때린다. 하지만 나는 한국 말로 노래한다. 세번째 네번째 사내가 함께 들어온다. 두 사내가 한꺼번에 덤벼들자 나는 더욱 간드러지게 노래한다. 다섯번째 사내가 들어온다. 사내는 다짜고짜 자신의 물건을 내 입에 들이밀어서 나는 노래를 멈춘다. 죽어가는 남편에게 나는 눈물 한 방울 흘리지 않고 말했다. 잘 가라고. 거기 가선 부디 당신 자신을 사랑하는 법을 배우라고. 그래야만 다른 사람을 사랑할 수 있고 다른 사람의 사랑을 받을 수 있다고. 그때 남편이 고개를 끄덕였던가. 이제는 기억도 잘 떠오르지 않는다. 그런데…… 이게 뭔가. 이제야 나타난 남편이 내 옆에 앉아 눈물을 흘리며 고개를 끄덕이고 있으니. 다섯번째의 사내가 진저리를 치곤 내 몸에서 떨어져나간다.

핸드카에 거의 몸을 의지한 채 나는 승강기가 있는 곳을 향해 걷는다. 허벅지를 타고 흘러내리는 *끈끈한 정액*은 멈추지 않는다. 사내들이 쏟아버리고 간 정액이 내 몸속에 가득 차 있는 듯하다. 남편은 왜 이제야 나타났는가. 무슨 까닭으로. 나는 베란다 벽에 기대 죽은 남편의 생각을 읽으려 하지만 힘없이 주저앉는다. 들이치는 빗물이 정액으로 얼룩진 종아리와 허벅지를 씻어준다. 천근만근 나를 누르는 졸음에 눈을 감으려는데 누군가 내 어깨를 톡톡 두드린다. 눈을 뜨니 저만치 뒤편으로 물러난다. 남편이 빗속에 떠 있다. 무슨 말을 하고 있는 것 같다.

"……뭐라고?"

남편은 무어라 계속해서 말하고 있지만 빗소리 때문인지 들리지 않는다. 허겁지겁 자리에서 일어나 베란다 난간 밖으로 귀를 내밀지만 마찬가지다. 빗방울이 헝클어진 머리를 적신다. 남편은 돌아가라는 손짓을 한다. 나는 비가 퍼붓는 난간에 젖은 빨래처럼 걸린 채 소리친다.

"나더러 돌아가라고? 어디로? 내가 갈 곳이 어딘데!"

나는 악을 쓰듯 고함을 지른다. 남편은 나를 처음 봤을 때의 눈빛으로 돌아와 있다.

"한마디만 해주고 가!"

승강기의 문이 열린다. 박카스 사내다. 승강기는 지상을 향해 천천히 내려간다. 박카스 사내는 언제 준비했는지 마른 수건을 내민다. 사내의 눈빛은 남편의 눈빛을 닮았다. 나는 솜이불처럼 포근한 수건으로 젖은 얼굴과 머리카락을 닦는다. 날이 저물지 않았는데도 아파트 공사장에서 인적을 찾을 수 없다. 오직 빗소리만이 틈을 주지 않고 허공을 빽빽하게 채우고 지상의 모든 것을 촘촘하게 적시고 있다. 수건을 돌려주자 사내는 물끄러미 나를 바라보더니 승강기를 세운다. 사내는 말이 없다. 바닥이 훤히 보이는 산골짜기 개울처럼 맑은 눈을 가졌다, 사내는.

"힘들죠?"

그 말과 함께 사내의 주먹이 내 배를 강타한다. 한 번. 두 번. 세 번. 나는 비명 한번 제대로 내뱉지 못하고 승강기 바닥으로 주저앉는다. 사내는 아주 익숙하게 내 가방을 열고 숨겨놓은 돈을 꺼낸다. 그리고 씩 웃는다.

"헨 갑 라이!"

허공에 승강기를 남겨놓은 채 계단으로 도망쳤던 사내가 아파트를 빠져나와 뛰어가는 모습을 가물거리는 눈으로 좇는다. 세상이 빠른 속도로 어두워진다. 어둠 속으로 빗소리만 가득하다. 몸을 일으키려 하지만 꼼짝할 수 없다. 사내를 쫓아가 돈을 되찾아야 하는데…… 어린이집에 맡겨놓은 아이들을 데려와야 하는데…… 아이들에게 저녁을 먹여 재운 뒤 밖에서 방문을 걸고 다시 식당으로 출근해야 하는데…… 허공에 매달린 승강기는 영원히 움직이지 않을 것 같다. 나는 벌레처럼 천천히 기어가서 허공과 연결된 출입문을 연다. 남편은 처음 만났을 때처럼 어색한 미소를 지은 채 허공에 서 있다. 남편을 처음 만났을 때 건넸던 인사를 한다.

"안녕하세요?"

나는 검은 허공을 노려보며 가방에서 빠져나온 인절미를 오래오래 씹는다. 먹고 또 먹는다.

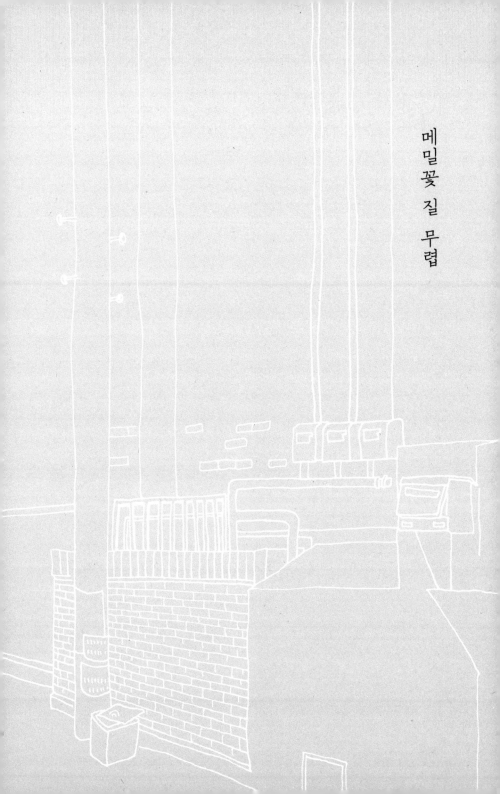

메밀꽃 질 무렵

장터 입구가 갑자기 북적거리는 걸 보니 어느 골에서 빠져나온 시내버스가 도착한 모양이다. 허리가 구부러지고 머리가 센 늙은이들이 더딘 걸음으로 꾸역꾸역 밀려온다. 성질 급한 젊은 놈들은 좁은 장거리를 답답해한다. 물건을 사지도 않으면서 이것저것 볼 것 다 보고 오랜만에 만난 이웃마을 사람들과 긴 안부를 나누며 길을 막고 있는 노인들을 추월하기란 쉽지 않기 때문이다. 장거리는 고속도로가 아니라는 것을 잘 알고 있으면서도 몸과 마음에 밴 습관은 그 느낌을 못 견디고 경적만 울려대는 것이다. 그렇다고 노인들이 쉽게 길을 비켜주는 것도 아니다. 어찌 보면 노인들은 의도적으로 느리게 느리게 장거리를 산보하는 것처럼 보인다. 길고 구불구불한 밭고랑에서 앉은걸음으로 김을 매듯 장거리의 조건에 누구보다도 잘 적응하고 있는 것이다. 노인들은 그렇게 두세 번 장거리를 훑은 뒤에야 비로소 아주 적은 양의 물건만 산다. 그러니 장터에선 젊은 패들이 노선을 바꾸지 않는 한 노인들을 이길 수 없다. 대부분 답답함을 못 이기고 제풀에 나가떨어지기 마련이다.

"할아버지, 한잔 더 드릴까요?"

"……취하는데."

말과 달리 허씨의 손은 소주가 든 종이컵을 받아놓는다. 옆자리에서 생선을 파는 젊은 생선장수는 판촉의 일환으로 늘 좌판 옆에다 연탄을 피우고 생선을 구우며 그 냄새를 장거리에 퍼뜨린다. 덕분에 구운 생선을 안주로 가끔 소주를 얻어먹는다. 생선이래야 그날 팔지 못하면 아무도 사가지 않을, 물이 간 것들이지만. 허씨는 망설이다 말고 단숨에 술잔을 비우고 이제 더이상 마시지 않는다는 뜻으로 컵을 엎어놓는다.

널에 진열해놓은 갖가지 신발들 속에서 나른한 가을햇볕은 다디단 낮잠을 자고 있다. 장거리의 소란함은 차라리 자장가로 들리는 모양이다. 휘장을 치지 않은 터라 햇살은 고스란히 허씨의 몸을 감싼 채 뱃속으로 들어간 술을 조금씩 데우고 있다. 담벼락에 등을 기대고 앉은 허씨는 자우룩하게 변해가는 봉평 장거리를 바라보며 졸음에 빠져든다. 늙고 병든 수탉처럼 자울고 있다. 그의 앞에는 아무도 살 것 같지 않은 싸구려 신발들이 장거리로 가지런히 코를 내민 채 주인을 기다리고 있다. 파란색 고무신, 장화, 등산화, 고무슬리퍼, 스님들이나 신을 털신 들이 아직 점심도 지나지 않았는데 햇살과 술에 취해 잠든 주인을 대신해서 전을 지킨다. 사실 잠이 들어도 신발을 못 파는 건 아니다. 신발을 도둑맞지도 않는다. 어딘가에서 올 신발의 주인을 기다리는 무료함 때문에 가끔 술잔을 잡고 그 여파로 잠시 조는 것뿐이다. 눈을 감고 있어도, 꿈을 꾸고 있어도 장거리는 더더욱 선명하게 보인다는 것을 알고 있기 때문이다. 어디 한두 해 장거리에 좌판을 펼쳐놓았단 말인가.

"정말이세요? 할아버지 성함이 허동이라고요?"

"그렇소만."

"에이, 농담이시죠?"

오일장 취재를 나왔다는 기자란 놈들은 도통 믿으려 들지 않았다. 도리어 당황스러워진 것은 허씨였다. 집안 내력을 환히 꿰뚫으며 들어오는 폼이 예사롭지 않았기 때문이었다. 면사무소에 들러 호구조사까지 마친 듯했다. 기자가 아니라 형사들 같았다. 막걸리와 족발을 미끼로 남의 집 이불 속 일까지 캐내려는 걸 보면.

"「메밀꽃 필 무렵」이란 소설을 정말 모른단 말이죠?"

"몰라, 그게 대체 뭔 소리래?"

"여기 봉평 출신 소설가 이효석이 쓴 유명한 소설이잖아요?"

"몰라, 장사해야 되니까 이제 그만 가게."

눈을 감고 있으면 장거리는 거대한 벌집 속에 들어앉아 있는 듯하다. 분주하게 벌통을 들락거리는 벌소리가 차오르고 가라앉기를 되풀이한다. 누군가 그 벌을 잘못 건드려 쏘이기라도 했는지 야단법석이지만 허씨는 애써 눈을 뜨지 않는다. 눈꺼풀로 스며드는 복사꽃 색깔의 햇살 속에서 유유히 쏘다닐 뿐이다. 벌에 쏘인 곳은 급격하게 부풀어오르지만 시간이 지나면 스스로 가라앉는 법이다. 장이 서고 파하는 게 세상이듯이.

방울 소리에 허씨는 귀를 기울인다. 웅웅거리는 소음을 겨우겨우 빠져나오는 듯 애처롭게 들린다. 승냥이 우는 그믐밤 높은 고개를 넘고 시린 개울을 건너고 있는 것 같다. 곧 쓰러질지도 모를 그 방울 소리를 달려가 잡아주고 싶지만 그러지도 못한다. 눈을 뜨면 그 모든 게 사라지므로 펼쳐놓은 난전 앞까지 저 홀로 무사히 당도하기만 바랄 뿐이다. 끊어질 듯하다가도 이어지는 방울 소리를 듣고 있노라면 애가 타면서도 이내 마음 한쪽이 훈훈하게 데워진다. 종아리까지 덮어주는 푹신한 털장화를 신은 것처럼 흐뭇하다. 허씨의 입꼬리가 길어진다. 마침내 방울을 딸랑거리는 나귀가 도착했는가.

"그렇게 졸다가 신발은 언제 팔려는 게요?"

나귀 대신 호호백발의 할머니가 낡은 한복을 입은 채 앉아 방글방글 웃는다. 알록달록한 코고무신을 만지작거리는 할머니는 쪽 찐 머리에 은비녀까지 꽂고 있으니 허씨로선 눈곱 낀 눈을 몇 번이나 껌뻑거려야 했다. 마치 옛날얘기 속에서 슬그머니 나온 듯하다.

"고무신 사려고?"

키와 덩치가 초등학교 저학년만하니 자연 말이 어름어름 넘어 갔는데 미안한 마음도 없지 않다.

"얼마요?"

"곧 추워질 텐데 차라리 털신이 낫지 않겠소. 싸게 드리리다."

"털신 신을 일 없소. 마지막으로 이거나 신다 가야지."

"어딜 간단 말이오?"

"어디로 가긴! 저세상으로 가지. 얼마냐니깐?"

허씨는 비녀 할머니의 얼굴과 그녀가 만지작거리는 꽃무늬 고무신을 번갈아 바라본다. 그럼 그렇지. 잘못 들었을 리가 있나. 분명 방울 소릴 들었단 말이지. 허씨의 입꼬리가 다시 늘어난다.

"할머니 신발인 모양인데 그냥 가져가세요."

"그냥 가지라고? 참말이오? 에이, 세상에 공짜가 어디 있소. 얼마요?"

"비싼 신발 아니니 그냥 가져가요. 할머니가 하도 고와서 내 공짜로 드리는 거요."

쪼그려앉아 무언가를 망설이는 할머니의 은비녀에서 가을햇 살이 반짝거린다. 허씨는 벙긋 웃으며 검은 비닐봉지에다 꽃무 늬 고무신을 넣어 주름이 넘실거리는 할머니 손에 쥐어준다.

"냉중에 딴소리하면 재미없소? 나 그만 갑니다."

"잘 가세요!"

비녀 할머니는 검은 비닐봉지를 품에 안고 종종걸음으로 사람 들 사이로 사라진다. 맑은 방울 소리를 떨어뜨리며.

"할아버지, 마수걸이를 그렇게 해요?"

잠자코 두 사람의 수작을 지켜보던 생선장수의 뒤늦은 힐책이지만 표정은 도리어 재밌다는 듯 눈웃음을 흘리고 있다. 허씨는 허리를 곧게 펴고 가물가물 사라지는 방울 소리를 듣는다. 오랜만에 방울 소리를 들어서 그런지 왠지 마음이 헛헛하다.

"술 남았나?"

생선 굽는 냄새는 그때그때의 기분에 따라 군침을 당기게도 하고 코를 찡그리게도 만든다. 허씨는 소주 한잔을 비우고 아무런 맛도 나지 않는 생선을 삼키고 자리로 돌아온다. 팔려고 가져온 가을 전어를 보자 입속에 침이 고였지만 생선장수에게 그맛에 대해 묻진 않는다. 대신 파란 가을하늘로 두둥실 떠가는 꽃무늬 고무신 한 켤레를 흐뭇한 얼굴로 쳐다보다가 생각났다는 듯 새 고무신을 꺼내 수건으로 정성껏 닦아 자리에 올려놓는다.

소주 한잔이 불러온 졸음이 다시 허씨의 눈꺼풀을 지그시 누른다. 허공의 고무신은 사라지지 않고 그 자리에 떠 있다. 성서 방네 꽃다운 처녀였던 어머니도 꽃신을 마지막으로 신다가 아버지를 따라 저세상으로 가셨다. 4월, 봉평의 산자락이 참꽃으로 물들기 시작할 때. 그렇게 한 세대가 연분홍 꽃그늘 속으로 조용히 사라졌다. 슬픔을 이기지 못한 하늘이 비를 뿌리지도 않았고 황사를 동반한 강풍이 세상을 뒤흔들지도 않았다. 아버지의 평소 말대로 무섭고 기막힌 밤을 지나 장에서 장으로 가는 길 어디쯤에서 꽃이 피었다가 작은 열매를 남기고 떨어지는 것뿐이

74

었다. 인생은 그런 것이었다. 아버지 허생원은 흔들거리는 등잔 불빛 너머에서 나지막한 목소리로 헤어져 살았던 지난 이십여 년의 날들을 풀어내고 있었다. 성서방네 처녀였던 어머니와 아들 동이에게.

"……변명으로 들리겠지만 이곳 제천바닥을 뒤지고 또 뒤졌다오. 이렇게 허망하게 이십여 년의 세월이 가버리고 말다니."

동이는 벽에 기댄 채 아무 말도 않고 계속해서 술잔만 비웠다. 허생원이 아버지라니. 도무지 믿기지가 않았다. 가슴이 터져버릴 듯 쿵쾅거렸지만 술로 간신히 누르고 또 눌렀다.

"그래, 여태 혼자 사셨단 말이오? 딱한 양반 같으니……"

"어머니, 딱하긴 뭐가 딱합니까! 생원님, 당연히 다음날 어머닐 모시러 갔었어야지요. 그게 세상 이치 아닙니까?"

"난 당신 집안이 그렇게 빨리 봉평을 뜨리라곤 생각도 못 했다오."

"그걸 지금 변명이라고 하는 겁니까? 세상을 다 뒤져서라도 찾았어야지요!"

"동이야, 아버지한테 그게 무슨 말버릇이냐!"

"아버지라뇨? 대체 누가 아버지라는 겁니까?"

장거리에 음식 냄새가 피어나고 있다. 장사꾼들은 대부분 가까운 식당에서 점심을 배달시켜 먹는다. 하지만 옆자리의 생선장수는 매번 밥만 담아온 도시락을 꺼내놓고 술안주로 먹던 생선구이를 반찬 삼아 점심을 해결한다. 밥마저 깜박했을 땐 생선을 굽던 연탄불에 냄비를 올려놓고 라면을 끓여 먹을 정도로 구두쇠지만 밉게 보이지는 않는다. 허씨는 기지개를 켠다. 생선장수에게 물건을 맡겨놓고 어디 가서 국수나 한 그릇 먹을 요량이다. 점심시간을 이용해 장바닥을 한 바퀴 돌아보는 건 언제나 즐거운 일이다. 변해가는 장터 풍경을 직접 확인할 수 있기 때문이다. 무엇이 사라지고 무엇이 새로 얼굴을 디밀었는지, 누가 떠나가고 누가 그 자리를 차지했는지……

"점심 드시러 가시려구요? 제가 신발 가격까지 다 알고 있으니 염려놓으시고 다녀오세요."

봉평 장거리도 많이 변했다. 드팀전이며 나무꾼, 당나귀는 사라진 지 오래다. 사라지지 않고 용케 살아남은 것들은 모두 옷을 갈아입어야 했다. 허씨는 산골짜기에서 오랜만에 장 구경을 나온 사람처럼 차근차근 장거리를 기웃거린다. 쯧쯧. 아무리 세상이 변했다지만 남세스럽게 여자들 속옷을 저렇게 함부로 내놓고 팔다니. 쿵. 저 빤스는 코끼리가 입어도 되겠군. 어이쿠, 저 생선장수 할망구는 오징어 몇 마리 팔려고 나만큼이나 오래 장터를 지키는구만. 한 마리 사주고 싶지만 옆자리가 어물전이니 그럴 수도 없다. 모기향 타는 냄새가 진동하는 골목을 빠져나온 허씨는 곧바로 국숫집으로 들어간다. 장날에만 문을 여는, 상호도 없고 비닐 천막으로 대충 하늘만 가린 국숫집이 옛날 충주집 자리를 차지하고 있다.

"국수 한 그릇 말아주게."

계집도 선달도 생원도 각다귀도 없는 천막 아래서 허씨는 턱을 국물로 적시며 국수를 먹는다. 손님이 마시다 남긴 술과 함께. 늘그막이 되니 마음은 노상 옛날을 서성거린다. 옛날로 돌아갈 수 있는 신발이 있다면 주저 없이 그 신발을 신고 돌아갈 것이다. 말끔하게 비운 흰 국수 그릇을 들여다보며 허씨는 고개를 끄덕인다. 다음 생에서도 계속 신발을 판다면 꼭 그런 신발을 구해서 팔고 싶다.

"혼자인 듯한데 나랑 술 한잔 하겠소?"

어딘가에서 들려오는 방울 소리에 깜짝 놀라 고개를 든 허씨는 다문 입을 천천히 벌린다.

"이게 누구요? 충주댁 아니오?"

"맞소. 충주댁이 이렇게 늙어버렸소! 그쪽도 많이 늙었구만. 그래 어찌 지냈소?"

"잘 지냈소! 거긴?"

"나도 잘 지냈소!"

"어데 안 가고 여적지 봉평에서 살았단 말이오?"

"여적지 여기서 살았소."

"하, 그랬었구만! 자자, 한잔 받으시오."

"거기도 한잔 받으시오."

"난 저쪽 끄트머리에서 신발을 팔고 있소."

"그렇소? 꼬박꼬박 장 구경 나오는데 그걸 몰랐다니, 내 눈도 이젠 내 눈이 아닌 모양이오."

"하, 이게 대체 얼마 만이오. 자, 한잔 더 받으시오."

"거기도 한잔 더 받으시오."

희미해지는 방울 소리를 들으며 신발전으로 돌아가는 허씨의 다리는 풀려 있다. 신고 있는 신발이 질질 끌려오는 듯하다. 바싹 마른 낙엽 같은 햇살이 천막과 천막 사이에서 빠져나와 허씨의 굽은 등허리에서 놀고 있다. 생각 같아선 장사고 뭐고 다 작파하고 충주댁과 지난 얘기나 나누고 싶지만 참고 또 참는다. 창피하지만 눈 딱 감고 속옷이라도 한 벌 사서 선물하고 싶었는데 그러지도 못했다. 속옷이 좀 그렇다면 팔고 있는 신발도 있다. 아쉬움이 걸음을 멈추게 만들지만 거기까지다. 장을 보러 온 사람들에 밀려 허씨는 충주집 자리로 되돌아가지 못한다.

"없는 동안에 장화를 네 켤레나 팔았어요! 아무래도 생선장수 때려치우고 신발장수로 나서야겠어요."

"이렇게 고마울 데가……"

"뭘요, 할아버지도 저 없을 때 많이 봐주셨잖아요."

새 장화를 꺼내 박스 위에 올려놓는다. 햇살은 이내 검은 장화 위로 놀이터를 옮긴다. 비싸고 좋은 신발들을 파는 데가 셀 수 없이 많지만 다 마다하고 잊지 않고 찾아와주는 사람들이 있기에 오랜 세월 장거리에 앉아 있는 보람을 느낀다. 물론 그 사람들은 해가 지날수록 조금씩 줄어들고 있다. 가지고 있는 신발이 다 팔리면 허씨도 이제 그만 장거리를 떠날 생각이다. 그동안 얼마만큼의 신발을 팔았는지 헤아릴 순 없지만, 말마따나 그싸고 질긴 신발들이 더위와 추위로부터 그리고 산속의 나뭇가지나 논밭의 돌부리로부터 주인들의 발을 잘 보호해주었기를 바랄 뿐이다. 신발 바닥을 뚫고 올라온 못에 상처를 입었다는 손님 이야기를 들었을 땐 마치 자신이 잘못하기라도 한 듯 허씨는 얼굴을 들지 못했다. 그때 생각 같아선 팔고 있는 모든 신발의 밑창에 철판을 깔고 싶을 정도였다.

"할아버지, 한 사람이 평생 동안 모두 몇켤레나 되는 신발을 신을까요?"

한차례 손님이 빠져나간 뒤 생선장수가 아무렇게나 섞인 돈을 정리하며 묻는다. 젊어서 그런지 생각하는 것도 유별나다. 신발만 만지작거린 허씨도 품어보지 않았던 의문이다.

"소금에 절인 고등어는 몇마리나 먹는데?"

"날씨가 좋아서 그런가. 별생각이 다 드네요. 참, 내일은 진부 장으로 가세요?"

오일장의 장돌뱅이들은 예전과 달리 객줏집에서 잠들지 않는다. 트럭이나 승합차에 짐을 싣고 집으로 돌아갔다가 다음 장이 서는 곳으로 출근한다. 나귀 등에 짐을 싣고 메밀꽃 핀 밤길을 함께 걸어 진부나 대화로 찾아갔던 일은 다 옛날 옛적의 일이다. 나귀를 밀치고 들어온 게 화물트럭이고 뒤이어 완행버스가 나타났다. 돈을 번 장돌뱅이들은 제일 먼저 자신만의 트럭을 장만했다. 등짐을 지고, 나귀의 방울 소리를 들으며 삼삼오오 짝을 지어 장에서 장으로 갔던 그 고되고 흐뭇한 밤길은 영영 사라진 것이다. 그 길의 마지막에 허씨가 서 있는 것이다. 그 길에서 모두 몇 켤레의 신발을 팔았단 말인가.

"떼어놓은 신발만 다 팔면 진부장에 안 가고 오늘이라도 당장 은퇴할 수 있지."

"모두 몇켤레나 남았는데요?"

"글쎄⋯⋯"

남은 신발이 몇 켤레인지 왜 모르겠나. 각각의 신발 주인들이 언제 찾아올지 모르지만 허씨가 장바닥에서 늙어가는 것처럼 그들이 찾아올 날도 얼마 남지 않았을 뿐이다. 다만 최근 들어 이상하게도 마음의 갈피가 자주 흔들린다는 것이다. 어떤 때는 아주 늦게 그들이 찾아왔으면 싶다가도 또 어떤 때는 이제 그만 버티고 윤달에 수의를 장만하듯 한꺼번에 와서 신발을 찾아가면 좋겠다는 생각도 든다. 알 수 없는 게 사람 마음인 모양이다.

"솔직히 신기해요, 할아버지. 요즘 시대에 그런 신발을 사려고 찾아오는 사람이 꾸준히 있다는 게. 비결이 대체 뭐죠?"

"비결은 무슨 비결. 같은 자리에 그냥 한 사십 년 앉아 있음 되는 거지."

젊은 날, 아버지 허생원이 했던 얘기다. 드팀전으로 시작한 아버지는 신발장수를 끝으로 장돌뱅이 생활을 마쳤다. 장돌뱅이답게 진부 장거리에서 생을 마감했다. 팔지 못한 신발과 늙은 나귀를 남긴 채. 허씨는 아버지의 신발을 물려받으며 업종을 바꿨다. 아버지가 팔았던 고무신을 다른 치수로 바꾸러 온 손님을 상대하며 첫걸음을 시작했다. 그게 지금까지 계속된 거다. 진부장은 아버지가 전을 펼치고 돌아가신 자리까지 고스란히 물려받아 사용하고 있으니 질기고 질긴 인연이다.

"이보시오, 신발장수 영감?"

오전에 꽃무늬 고무신을 골라갔던 비녀 할머니다. 고소한 기름 냄새가 올라오는 종이봉투를 불쑥 내민다.

"호떡 드시우. 고운 꽃신을 공짜로 얻으니 영 마음에 걸려 내다시 왔소."

"고맙소. 이거 오늘 배 터지겠네! 그래 할머닌 사는 데가 어디오?"

"조금 있음 저승 갈 할망구 사는 데가 왜 궁금하오? 저기 태기산 아래 살고 있소."

"좋은 데 사십니다. 건강하세요."

시내버스 떠날 시간이라고 잰걸음으로 장거리를 빠져나가는 비녀 할머니의 뒷모습을 허씨는 오래 바라본다. 흑설탕이 뚝뚝 떨어지는 호떡을 먹으며. 마치 말년의 어머니를 다시 보는 듯하다. 어머니도 그랬다. 잠시 건넛마을에나 다녀온다는 듯 편안한 얼굴로 고단했던 이승을 정리하고 아버지를 따라 저세상으로 훌쩍 떠나갔다. 당시에는 그 표정을 쉽게 납득하기 어려웠는데 세월 속에는 인생을 휘감고 있는 안개를 걷어내고 고개 끄덕이게 만드는 묘한 무엇이 숨어 있는 모양이다. 성서방집 처녀였던 어머니는 아들의 품에서 눈을 감으며 당부했다.

"니 아버지를 원망하지 마라."

늘그막에야 아버지를 만나 짧은 시간 가족을 이뤘지만 용서까지 할 수 없었다. 어머니와 보낸 지난 세월이 엄연히 두 눈 부릅뜨고 기억 속에 자리하고 있었기 때문이었다.

"나는 행복했다. 이제 니 아버지 곁으로 가서 헤어지지 않고 오래오래 잘 살 테니 니 맘에 맺힌 원망도 그만 풀어야 한다."

나귀 목에 매달려 쓸쓸하게 울리던 물기 없는 방울 소리가 사라진다. 허씨는 게으르게 장거리를 오고가는, 어머니와 아버지를 닮은 사람들을 살핀다. 한 파수만 지나면 정말 공처럼 둥글어질 것 같은 꼬부랑 할아버지가 지팡이에 몸을 의지한 채 무엇인가를 들여다보고 있다. 그 건너편에서는 젊은 보살이 과일을 놓고 오래 흥정한다. 사람들은 창자 속을 빠져나가듯 그 사이에서, 그 좁은 통로에서 꾸물거린다. 이쪽에선 생선 비린내가 풍기고 저쪽에선 족발 삶는 냄새가 가득 깔려 있다. 허씨의 신발전에선 햇살에 잘 달궈진 고무 냄새가 아지랑이처럼 피어난다. 손님을 부르는 장돌뱅이들의 목소리가 고무줄처럼 늘어났다가 재빨리 다른 사람에게로 옮겨간다. 방울 소리는 이 모든 것들에 스며 있다가 피어나고 사라지기를 되풀이하는 꽃 같다.

"자식들하고 왜 같이 살지 않으세요?"

"……서울은 너무 멀고 낯선 곳이야. 거기 가서 내가 뭐 하며 살겠나."

"그건 맞아요. 제가 생각해도 답답할 거 같아요. 근데 몇십 년 동안 신발만 파는 것도 지겹지 않아요? 그럴 땐 어떻게 해요?"

"지겨울 때도 있지. 하지만 어쩌겠나. 나한텐 신발이 밭이고 논인데. 정든 집을 지키는 마누라나 다름없어."

"에이, 고리타분해요. 새로운 맛이 전혀 없잖아요."

"저 사람들은 다 관광 온 것처럼 즐거워하잖아. 그럼 됐지."

허씨는 장을 보러 나온 사람들을 가리키지만 생선장수는 수긍할 수 없다는 표정이다. 대신 날아드는 파리를 쫓으려고 새로 모기향을 피운다. 파라솔에 매달아놓은 끈끈이와 은박지 판 들이 반짝이며 돌아가지만 파리는 쉽게 생선을 포기하지 않는다. 투명한 비닐장갑에 물을 담아 매달아놓은 어물전도 있지만 들끓는 파리의 식욕을 쫓아버리진 못하는 모양이다.

"이놈의 장사는 이문은 많이 남는데 파리떼가 문제예요, 문제! 집어치우고 빨리 다른 걸로 바꾸든가 해야지. 조그마한 파리한테까지 무시당하는 것 같다니까요."

파리가 득시글거리는 어물전을 피해 딴에는 머리를 굴려 허씨의 옆에다가 자리를 잡았건만 귀신같이 알고 찾아오는 파리떼에 대한 불만이다. 허씨는 마른웃음만 장화 속에 흘린다. 햇볕에 잘 달궈진 장화나 고무신에는 파리가 앉지 못한다. 대신 등산화에 앉아 방금 전에 만지작거린 생선의 냄새를 말리고 있다. 생선장수가 옆자리에 들어오겠다고 할 때부터 짐작했던 일이므로 내색하지 않기로 한다. 이번 봉평장에서는 등산화를 팔지 않으면 되는 것이다. 모든 게 어우러져 돌아가는 장바닥이기에 이해 못할 일은 없다. 그래도 이해 못 하면 서로 멱살을 잡고 돌아가는 싸움이 있을 뿐이다. 더이상 무슨 싸움이 필요하겠는가. 그것은 젊은 패들의 몫이다.

"파리 때문에 성가시죠? 제가 특별히 전어 몇 마리 구워 올리겠습니다."

"가을 전어라…… 좋지!"

전어는 고소한 냄새를 풍기며 구워진다. 냄새만 맡아도 군침이 돌고 술 생각이 난다. 파리가 극성을 부리니 생선장수도 주변 장돌뱅이들한테 미안한 모양이다. 좀체 내놓지 않는 전어가 구워지고 있다는 게 그 증거다. 비린내와 파리떼에 화가 나다가도 대부분 생선 굽는 냄새에 찡그렸던 인상을 풀어버린다. 석쇠 위에서 구워지는 전어를 보며 허씨는 다시 희미하게 되살아나는 방울 소리를 듣는다. 햇살은 조금씩 기울고 있다.

"꽃신 한 켤레 주세요. 6문 반으로."

"꽃신이라……"

잘려나간 두 다리 부위를 두꺼운 고무로 감싼 채 장거리에서 가요테이프를 파는 사내다. 전어를 먹다 달려온 허씨는 사내의 얼굴에 가득한 미소를 살핀다. 정해진 자리도 없이 좁고 복잡한 장거리를 오가며 장사를 해야 하는 사내에게 늘 미안했던 터라 같은 꽃신인데도 세심하게 골라 살피고 또 살핀 다음에 건네준다. 사내는 환하게 웃으며 건네받은 꽃신을 장갑 낀 손으로 새로 닦는다.

"누구에게 주려고?"

"흐흐, 있어요! 얼마죠?"

유행가를 팔아서 번 돈이 사내의 전대에서 나온다. 액수가 맞는지 세 번이나 꼼꼼히 확인한 뒤에 허씨의 손에 천원짜리 네 장이 건너온다.

"요즘은 어떤 노래가 잘 나가나? 테이프 하나 골라주게."

소걸음을 닮은 방울 소리를 업은 채 사내는 온몸으로 장바닥을 쓸면서 간다. 방금 배가 지나간 것처럼 환하다. 사내가 밀고 있는 수레에선 뽕짝이 흘러나온다. 허씨는 긴 한숨을 내뱉는다. 정작 사내에게 신겨줄 신발이 없다니. 오후가 되면 운전 때문에 대부분의 장돌뱅이들이 술을 삼가는 게 습관이지만 펼쳐놓은 신발들이 갑작스레 한심하게 보이니 술잔을 잡지 않을 수 없다. 사내가 사가지고 간 꽃신에 채워질 웃음과 눈물을 떠올리며.

"운전 안 하세요?"

"차에서 한잠 자고 가지 뭐. 전어 맛이 좋으니 술 안 마시고 배기나."

장거리가 점점 한산해지고 있다. 그늘이 내려앉은 곳엔 스산함마저 감돈다. 봉평의 골짜기 골짜기에서 장을 보러 나온 사람들은 대부분 집으로 돌아갔다. 장이 서서히 파할 무렵이면 헐하고 양이 많은 반찬거리나 과일을 찾아, 시간에 쫓길 일 없는 시내 사람들이 도둑고양이처럼 기웃거리기 시작한다. 그들은 웬만한 물건은 장에서 구입하지 않고 차를 끌고 강릉이나 원주로 나가서 구입한다. 장거리의 물건들을 신뢰하지 않기 때문이다. 장거리는 그들에게 구경거리밖에 되지 않는다. 그들에게 별반 정이 가지 않는 것도 다 그래서다. 다른 업종의 장돌뱅이들은 슬슬 짐을 꾸릴까 말까 망설이고 있다. 떨이를 할 작정으로 목소리를 높여 사람들을 부르던 생선장수는 짐을 꾸리는 허씨가 부러운 듯 투덜거린다.

"에이! 도둑질을 해서라도 업종을 바꿔야겠어요."

해가 점점 짧아진다. 허씨는 생선장수의 빈 트럭 옆에다 낡은 승합차를 세운 뒤 운전석을 뒤로 젖히고 눕는다. 생선장수가 생선을 다 팔 때쯤이면 술도 어느 정도 깰 것이다. 같이 저녁을 먹고 헤어지면 된다. 음주단속이 워낙 심하니 어쩔 수 없는 노릇이다. 그러고 보면 차라리 옛날이 그립다. 술을 아무리 마셔도 나귀를 타고 방울 소리에 고개를 끄덕이며 다음 장으로 갈 수 있으니까. 아버지 허생원의 말마따나, 달밤에 어울리는 얘기를 주절주절 나누며 고개를 넘고 개울을 건너는 운치는 장돌뱅이들의 세계에서 사라진 지 이미 오래다. 생각할수록 무섭고도 기막혔던 밤의 물방앗간도. 허씨는 그 세계의 마지막 꿈을 자신이 꾸고 있다고 여기며 잠을 청한다.

동이야?
할아버지?
이보게 동이?

86

여보시오, 신발장수 영감?

이놈 동이야? 일어나!

아 참! 왜 자꾸 부르고 야단이에요. 잠 좀 자게 내버려둬요.

"……허허."

장거리는 어둑어둑하다. 가로등 불빛마저 없다면 어디에서 잠을 자고 있는지조차 몰랐을 것이다. 허씨는 누가 볼세라 텅 빈 전대를 감추고 쓰린 배를 손으로 주무른다. 짐칸에 실어놓은 신발상자들도 온데간데없다. 몸이 떨려 승합차의 시동을 켜고 히터를 튼다. 끊은 지 오래된 담배가 생각났지만 곧 포기한다. 생선장수의 트럭이 있던 자리에는 다른 차가 주차돼 있다. 곤히 잠든 허씨를 깨우기 뭐했던 모양이다. 장돌뱅이들이 모두 떠나간 장거리를 내다보다가 허씨는 차를 끌고 봉평의 장거리를 빠져나간다. 사거리에서 신호를 기다리다가 낮에 구입한 뽕짝테이프를 튼다. 신호가 바뀌자 평소의 길을 포기하고 곧바로 옛날 길로 우회전한다.

달이…… 보름달이 떴으니까.

생긴 지 얼마 안 된 다리를 건너자 길 옆 밭은 온통 메밀꽃으로 환하다. 자잘하게 부서지는 파도를 보는 듯하다. 물방앗간이 있던 자리도 메밀꽃 천지다. 술이 덜 깬 건가. 한 손으론 운전대를 잡고 다른 손으론 계속해서 눈을 문지르지만 메밀꽃은 사라지지 않는다. 골짜기 전체가 소금의 강으로 변해버린 것 같다.

달빛은 은은하게 골짜기를 밝히지만 자동차 불빛은 거의 숨 막힐 정도로 메밀꽃을 핥고 있다. 고개 입구에서 결국 허씨는 차를 세운다. 시동을 끄고 유리창을 내린다. 메밀꽃은 사라지지 않고 그대로다. 달콤한 꽃향기에 코를 벌름거리지 않을 수 없다. 저 멀리 고갯마루에서부터 은빛 강물이 천천히 흘러내린다. 꿈을 꾸고 있는 게로군. 꿈이 아니곤 이럴 수 없는 거야. 고개를 올라가는 나귀의 방울 소리까지 들리잖아. 허씨는 다시 승합차를 몬다. 헤드라이트를 아예 꺼버리고 천천히 고갯길을 좌우로 돌고 돌아 올라간다. 역시 메밀꽃은 달빛에 봐야 제격이지. 그럼. 전깃불이 대체 무얼 제대로 비추겠어. 완만한 고개의 중턱에서 허씨는 나귀 한 마리를 끌고 고개를 넘어가는 두 사람을 만난다.

"이게 누구야? 동이 아닌가?

"아이고, 선달님?"

"돈이고 물건이고 다 털리니 애비는 보이지도 않냐!"

"……안 보이긴 왜 안 보여요. 이 환한 달밤에."

바람이 고개를 넘어온다. 나귀의 방울 소리가 서늘하다. 보름달이 뜬 밤은 역시 걸어야 제격이다. 고개 중턱에다 한 세월 동고동락했던 낡은 승합차까지 버렸지만 동이의 마음은 도리어 편안하다. 대체 얼마 만에 세 사람이 함께 걸어보는 걸까 생각하니 아득하다. 고개를 넘어온 바람이 시린 달빛과 섞여 메밀꽃을 흔든다. 그때마다 눈가루 날리듯 꽃잎이 떨어진다. 방울 소리가

요령처럼 딸랑거린다. 나귀의 고삐를 잡은 동이가 허생원에게
묻는다.

"아버지, 인생이 뭔가요?"

"뭐긴. 장보러 왔다가 장보고 가는 거지."

바람자루 속에서

그는 영동고속도로 하행선 문막휴게소에서 짧은 잠을 청한 뒤 다시 차의 시동을 걸었다. 새벽 한시였다. 불편한 잠을 자면서 무슨 꿈을 꾸었는지 기억나지 않았지만 사타구니는 잔뜩 부풀어 있었다. 팬티 속으로 손을 넣어 운전하는 데 지장받지 않게 위치를 바로잡았다. 그는 잠시 Y를 떠올리고 전조등을 켰다. 이어 내비게이션을 작동시켰다. 안개와 바람은 많이 진정돼 있었다. 초저녁에 마신 술도 거의 다 깬 것 같았다. 생수로 입을 헹궈내는 것을 마지막으로 천천히 고속도로로 들어섰다. 전방에 추락주의 구간입니다. 당연하다는 듯 그는 고개를 끄덕였다.

평일 심야의 영동고속도로, 특히 강원도 구간은 오가는 차량 하나 없이 텅 비어 있는 것 같았다. 가끔 잊을 만하면 달려왔다가 이내 사라지는 불빛이 고작이었다. 인터체인지나 톨게이트,

다리, 터널 등이 아니면 가로등마저 없어 산을 돌아가거나 빠져나가는 캄캄한 길을 오직 전조등 불빛에 의지해서 달려야 했다. 내비게이션과 라디오, 오디오에서 흘러나오는 소리가 두려움을 조금 달래줄 뿐이었다. 경기도 구간에서 과속으로 질주하는, 하이에나떼 같은 차량들에게서 느끼는 두려움과는 차원이 다른 적막한 두려움이었다. 그는 시끄러운 FM방송을 끄고 오디오를 작동시켰다. 전방에 급커브 구간입니다. 상향등을 켜자 중앙 분리대를 활처럼 휘감고 돌아가는 검은 길이 보였다. 전방에 추락주의 구간입니다. 내비게이션 속의 여자 나비가 바빠졌다. 전방에 강풍주의 구간입니다. 조금 있으면 산과 산을 건너가는 다리가 연이어 나오고 마지막에는 교각의 높이가 백 미터에 육박하는 횡성대교가 나타난다는 것을 그는 익히 알고 있었다. 그 다리에서 추락하면 에어백이 아니라 낙하산이 장착된 차가 필요할 터였다. 그는 속도를 늦췄다. 부푼 사타구니는 쉽게 가라앉지 않았다. K교수에게 아무리 화가 났다 하더라도 Y를 찾아간 것은 잘못한 일이었다. 그는 오른손으로 핸들을 잡고 왼손을 사타구니에 얹어놓은 채 한숨을 뱉었다. 다리 난간에 설치해놓은, 붉은 줄과 흰 줄이 번갈아 돌아가는 바람자루는 나비의 말과 달리 강풍을 삼키지 못한 채 축 늘어져 있었다. 마치 사정을 끝마친 수컷의 힘없는 물건처럼.

그는 Y의 안과 바깥 어디에다가도 끝내 사정하지 못했다. 당신에게 있어 나는 대체 뭐야? Y는 화장실로 들어가 사타구니만

대충 씻고 나오는 그에게 볼멘소리로 물었다. 대답 없이 그는 팬티를 찾아 입었다. Y의 물음에 대한 답은 있었지만 꺼내놓을 수 없는 말이었다. Y도 그 사실을 알고 있었다. 그는 알몸으로 맥주를 마시는 Y 앞에 앉았다. 어떻게든 Y를 달래야만 했다. 전방에 낙석주의 구간입니다. 눈을 부릅뜬 그는 어둠에 가려 잘 보이지 않는 산비탈을 노려보았다. 집채만한 바위가 정말로 굴러내릴 것만 같아 급히 일차선으로 차를 이동시켰다. 전조등 불빛이 크게 흔들렸다. 차에 치여 죽은 고라니의 사체에서 흘러나온 검붉은 피가 중앙분리대 옆에 고여 있었다. 고라니는 구겨서 밀쳐놓은 더러운 담요처럼 보였다. 한두 번 보는 게 아니었으므로 그는 당황하지 않고 비켜갔다. 바퀴에 피를 묻히고 싶진 않았다. 고속도로로 내려오는 산짐승들의 속내를 그는 알 길이 없었다. 깊은 밤 어디에서 출발해 어디로 가다가 사고를 당한 것일까. 왜 끊임없이 산을 떠나 차량들이 질주하는 고속도로로 내려오는 것일까. 그는 짧은 한숨을 삼켰다. 전방에 안개지역입니다. 내일 강의 때문에 강릉으로 가야 한다는 거 알잖아. Y는 그의 말에 콧방귀를 날렸다. 자리에서 일어날 타이밍을 찾지 못한 그는 가급적 Y의 시선과 마주치지 않으려 애를 썼다. Y는 아주 천천히 맥주를 마셨다. 그 더딘 속도를 바라보다 제풀에 지쳐 그만 주저앉아버릴까봐 그는 자세를 바로잡았다. 가. 가라고. 사정을 하지 못한 그의 성기는 Y의 젖가슴이 흔들리자 다시 부풀고 있었다. 다음주에 다시 올게. 오지 마. 올 필요 없어. 당신에게 있어

내가 대체 뭐야? 전방에…… 그는 거의 반사적으로 급하게 브레이크를 밟았다. 전조등 불빛을 향해 돌진하는 나방처럼 몰려오던 졸음이 확 달아났다.

차를 세운 건 고라니였다. 고라니는 횡성대교 초입에 우두커니 서서 그의 차를 바라보고 있었다. 전조등 불빛을 고스란히 빨아들인 시퍼런 두 눈은 이승의 것이 아닌 듯했다. 조금 전에 보았던, 죽은 고라니의 혼일지도 모른다는 생각이 들자 등으로 소름이 번졌다. 그는 재빨리 문을 잠그고 비상등을 켰다. 붉은 빛이 반짝거리자 고라니는 더더욱 기괴하게 비쳐졌다. 도로로 뛰어들어 차에 치인 짐승들은 수도 없이 봤지만 길을 막은 채 태연히 서 있는 짐승은 처음이었다. 졸음을 쫓아준 데 대한 답례로 그는 짧고 가볍게 경적을 울렸다. 고라니의 귀가 쫑긋 올라갔지만 여전히 비켜서지는 않았다. 다시 경적을 울리고 차를 조금씩 앞으로 이동시켰다. 그제야 고라니는 굳어버린 듯한 몸을 풀고 돌아서더니 산이 아닌 다리 위로 경중경중 뛰어갔다. 다리를 건너겠다고? 잠시 후 강풍주의 구간입니다. 그도 뽀얀 엉덩이를 씰룩거리며 뛰어가는 고라니를 따라 다리로 들어섰다. 바람은 불지 않았다. 난간의 바람자루는 쓰고 버린 콘돔처럼 축 늘어져 있었다. 난…… 당신을 사랑하지 않아. 당신도 잘 알잖아. 그는 고라니의 엉덩이를 바라보며 중얼거렸다. 고라니는 높고 긴 다리를 지그재그로 건너가고 있었다. 까딱 잘못하면 난간을 넘어 허공 속으로 사라질 것 같아 그는 침을 삼켰다. 고라니도 그도, 낙하산이 있을 리 만무했다.

　다리를 무사히 건넌 그는 갓길에 차를 세웠다. 고라니는 고속도로를 벗어나 검은 소나무숲 입구에 서 있었다. 마치 무슨 말을 하고 싶어하는 것만 같았다. 그는 오른편 유리창을 내렸다. 다리의 마지막 가로등 빛을 뒤집어쓰고 있는 고라니의 표정은 지나치다 싶을 정도로 차분했다. 잘 가. 다음부턴 절대 고속도로로 들어오지 말고. 여긴 굉장히 위험해. 하지만 고라니는 아무 말없이 그를 바라보기만 했다. 나는 그만 간다. 어쩌면 고라니에게도 다리를 건너는 게 이 산에서 저 산으로 가는 가장 빠른 길일지도 모른다는 생각을 하며 그는 차를 출발시켰다. 나쁜 놈! 어디선가 날아와 뒤통수를 치는 말에 그는 룸미러와 사이드미러를 번갈아 살폈지만 고라니도 Y도 보이지 않는 캄캄한 어둠뿐이었다. 전방에 낙석주의 구간입니다. 탄력을 받지 못한 차는 소사고개를 올라가느라 헉헉거렸다. 마치 출렁거리는 물을 항아리 가득 담은 채 지게에 짊어지고 고갯길을 올라가는 것 같았다. 졸음은 쏟아지는 별빛처럼 다시 몰려왔다. 대관령 아래의 집이 까마득히 멀게 느껴졌다. 그의 눈꺼풀이 조금씩 내려갔다. 일 킬로 전방에 횡성 소사휴게소가 있습니다. 백오십 년 된 아가위나무가 휴게소 마당에서 흰 꽃을 피우고 있네요. 졸리시면 그 꽃그늘 아래서 잠시 쉬어가십시오. 그는 눈을 떴다. 시린 얼음장 같은 소름이 등을 타고 내려가는 것 같았다. 깜박 졸았던 순간의 아찔함이 냄비 속의 물이 끓듯 가슴속에서 요동쳤다. 차창을 열고 초여름 밤의 바람을 차 안으로 불러들였다. 고갯길은 여전히 텅 비어 있었다. 가슴을 다소 진정시킨 그는 내비게이션을 바라보며 담담하게 물었다. 무슨 소리였어? 나비는 대꾸하지 않았다. 일주일에 한 번씩 소사고개를 오르내리는 그였다. 하지만 방금 전의 안내 말은 그동안 나비의 입을 통해 한 번도 들은 적이 없었다. 전방에 낙석주의 구간입니다. 이어서 휴게소가 있습니다. 나비는 일부러 딴청을 부리는 것 같았다. 그는 아가위나무의 흰 꽃을 상상하며 고갯마루를 향해 차를 몰았다. 불빛 너머 어둠 속에서 안개가 꾸역꾸역 내려오고 있었다. 쩡ㅡ 하는 울림과 함께 귀가 먹먹해졌다.

박선생 덕분에 오늘 잘 놀았어. 다음 학기에 또 봅시다. 흰 꽃으로 덮인 봉분 같은 아가위나무를 안개가 휘감고 있었다. 그는 빈 종이컵을 구겨 휴지통에 던졌다. 휴대폰 화면에 떠 있는 K교수의 문자메시지를 지웠다. 함박눈에 덮여 있는 듯한 아가위나무를 한참 처다보다가 고개를 끄덕이며 문자메시지를 작성했다. 예, 선생님. 다음 학기에 뵙겠습니다. 그는 망설이지 않고 메시지를 전송시켰다. 아가위나무를 빙 둘러싸고 있는 나무의자에 앉아 담배를 피웠다. 안개는 떼를 지어 밀려왔다가 사라지기를 되풀이했다. 그가 한 달 강의료를 몽땅 룸살롱에다 바친 사실을 알면 대관령 아래에서 집을 지키는 와이프는 아마 한 달은 침묵으로 고수할 것이다. 비만 가려준다면 집에 가지 않고 휴게소 마당의 봉분 같은 아가위나무 꽃그늘 아래서 한 한 달 정도 잠들고 싶었다. 그동안 꽤 여러 번 소사휴게소를 들락거렸지만 아가위나무를 본 적은 없었다. 화장실에 가거나 먹을 것을 찾아 기웃거린 게 전부였다. 꽃이 핀 것도 본 적이 없었고 붉은 열매도 마찬가지였다. 그런데 자그마치 백오십 년 동안 같은 자리에서 자라고 있었다니. 고속도로가 개통되었던 삼십여 년 전쯤에 지어진 휴게소의 나이는 내세울 것조차 없었다. 그는 아주 늦게 만난 애인을 보듯 아가위나무를 바라보았다. 그 나무의 다른 이름인 찔광나무, 산사나무를 낮은 소리로 중얼거려보았다. 어둠과 안개, 그리고 가로등 불빛 속에서. K교수는 더이상 문자메시지를 보내지 않았다. 약간의 우여곡절 끝에 다음 학기 강의를 보장받았으나 아가위나무 꽃그늘 아래서 그는 찔끔 흘러내리는 눈물 한 방울을 숨길 수는 없었다.

생수 한 병을 들고 그는 아가위나무를 떠났다. 전방에 미끄럼주의 구간입니다. 본격적으로 강원도의 길이 시작되고 있었다. 안개와 섞인 빗방울이 앞유리로 몰려들었다. 전방에 급커브 구간입니다. 갑자기 뒤편에서 한 떼의 불빛이 몰려왔다. 그가 추월차로에서 머뭇거리자 재빨리 주행차로로 몸을 튼 자가용이 굉음을 쏟으며 앞질러갔다. 그는 그 차의 뒤편 유리에 적혀 있는 글씨를 읽었다. 씨발놈아, 달리지 않을 거면 비켜! 또 한 대의 자가용이 비상등을 깜박이더니 같은 방법으로 앞질러갔다. 개새끼야, 운전 똑바로 해! 검은 아스팔트 위에서 안개가 요란한 춤을 추고 있었다. 그는 주행차로로 차선을 바꿨다. 연이어 세 대의 자가용이 앞서간 차들을 따라잡겠다는 기세로 획획 지나갔다. 새끼야, 진작

피했어야지. 급커브와 내리막길을 과속으로 달리는 한 떼의 차량들이 붉은 빛을 흘리며 사라지자 도로는 다시 적막해졌다. 그는 비로소 생수 한 모금을 마시고 안개와 어둠 속으로 사라진 차량들에게 뒤늦은 대답을 보냈다. 가다 빵꾸나 나라.

점점 더 짙은 안개가 몰려왔다. 전조등 불빛은 안개의 농밀한 입자들을 뚫고 나가지 못했다. 앞질러간 차량들도 결국 안개에 갇혀 길을 잃은 채 헤매고 있을 것만 같았다. 그는 속도를 줄이고 비상등을 켰다. 안개가 깜박깜박 붉게 물들기 시작했다. 조수석에 올려놓은 휴대폰이 부르르 떨었다. 와이프였다. 그는 손바닥 안에서 진동하고 있는 휴대폰 화면과 안개가 밀려오는 전방을 번갈아 바라보았다.

"왜?"

일 킬로 전방에 과속주의 구간입니다. 제한속도 백 킬로 구간입니다.

"가고 있는 중이야. 전화 끊어."

오백 미터 전방에 과속주의 구간입니다.

"안 만났다고! 끊어!"

그의 와이프는 Y를 만나느라 늦은 게 아니냐고 따지고 있었다. 잠시 후 과속에 주의하십시오. Y와의 관계를 들킨 건 그의 치명적인 실수였다.

"선생들이랑 회식 있었다고. 운전 방해되니까 끊어."

담배를 든 손이 부르르 떨렸다. 단속카메라를 지난 뒤 그는 차를 갓길에 세웠다. 아가위나무 꽃그늘 아래로 되돌아가고 싶

었다. 하지만 중앙분리대가 가로막고 있는 고속도로는 역주행이
아니면 돌아가는 것도 쉽지 않았다. 창밖으로 빠져나가지 못한
담배연기가 눈을 아프게 했다. 집에서 떨려나 길 위를 떠돌고
있는 듯한 기분을 날려보내려고 차창을 모두 열었다. 팔과 볼에
와 닿는 안개에서 비린내가 풍겼다. 조수석에 던져놓은 휴대폰
이 다시 부르르 몸을 떨었다. 그는 물끄러미 휴대폰을 바라보았
다. 그가 Y를 만나는 것을 와이프는 당연히 싫어했다. Y는 화가
나면 그의 집으로 찾아가겠다고 협박을 했다. 그는 담배만 피웠
다. K교수는 툭하면 다음 학기 강의를 들먹거렸다. 그때마다 그
는 술집의 젊은 여자를 K교수 옆에 앉혀놓고 양주를 따랐다. 그
리고 그 분을 삭이지 못하고서 Y를 찾아가 그녀의 옷을 급하게
벗겼다. 그는 담배를 끄고 차의 시동도 꺼버렸다. 미등도 껐다.
캄캄했다. 안개는 보이지 않았다. 휴대폰만 요동치는 적막한 밤
의 고속도로였다. Y는 그가 전화를 받지 않자 그의 휴대폰을 향
해 연발사격을 하듯 문자메시지를 보내고 있었다. 다음주엔 와
이프에게 무슨 핑계를 대서라도 Y와 하룻밤을 지내야 할 것 같
았다.

　잠시 후 과속주의 구간입니다. 그는 눈보라처럼 안개가 몰려오는
길을 달렸다. 밤의 영동고속도로 강원도 구간은 시시각각으로
기상 상태가 변덕을 부리는 도로였다. 지난 삼십여 년간 그는
줄곧 비와 눈, 바람과 안개가 난무하는 이 길을 오르내리며 살
아왔다. 고속도로 공사가 한창이던 칠십 년대에 그는 태어나 처

음으로 집채만한 흙을 밀고 가는 불도저를 보았다. 거대한 바위산에 벌집 같은 남폿구멍을 뚫고 일거에 바위를 날려버리는 장면도 매일 목격했다. 어린 그와 친구들은 비싼 남폿줄을 주워다 팔려고 깨어진 바위 더미를 헤집고 다녔다. 이 구간은 야생동물 출현지역입니다. 주의하십시오. 캥거루인지 노루인지 불분명한 짐승을 그려놓은 입간판을 지나쳤다. 매번 그것을 지나칠 때마다 그는 간판 속의 짐승이 한국의 산야에서 살고 있지 않은 캥거루처럼 느껴졌다. 끌고 가던 생각을 잠시 멈추고 길 주변을 살피곤 했다. 호주에서 건너온 캥거루가 혹시 뛰어다닐지도 모른다는 기대감을 갖고. 그러나 사계절이 지나가는 길 어디에도 캥거루는 나타나지 않았다. 전방에 낙석주의 구간입니다. 그가 운전하는 차가 절개된 산자락을 다 돌아갔는데도. Y가 보내는 문자메시지가 폭설처럼 쌓이는데도 불구하고. 그가 잠시 운전대를 놓고 넉가래로 폭설을 치울 엄두도 못 내는데 캥거루는 눈 위에 발자국조차 남겨놓지 않았다. 전방에 둔내터널입니다. 남포 터지는 소리가 귀에 익을 무렵 그의 집에는 토목기사가 세들어 살고 있었다. 어느 여름날 중학생인 그는 존경해 마지않는 기사가 쓰고 있는 방을 기웃거리다가 낯선 책 한 권을 발견하고 호기심으로 뒤적거리기 시작했다. 호기심의 자세는 곧 정색의 자세로 바뀌었다. 두려웠지만 책을 놓을 수 없었다. 한여름인데도 몸이 부들부들 떨렸다. 책을 제자리에 놓고 슬그머니 뒷걸음질을 치다가 방을 나서지도 못하고 다시 끌려갔다. 주위가, 세상이…… 노랗

게 변해가고 있었다. 금방이라도 그가 엎드려 있는 방바닥이, 집이, 마을이 송두리째 불비를 맞고 타버릴 것처럼 불안했다. 그 책은 '요한계시록'을 나름의 방식으로 해석한 노스트라다무스의 지구 종말을 알리는 예언서였다. 저물 무렵 책을 다 읽고 집 밖으로 나온 그는 벌렁거리는 가슴을 진정시킬 수 없었다. 집 앞의 고속도로 건설현장을 멍하니 바라보다가 그 자리에 주저앉고 말았다. 세상이 제멋대로 빙글빙글 돌고 있는 것 같다고 여기자마자 멀미를 하기 시작했다. 개발도상국의 새 길을 만드는 토목기사가 왜 그런 책을 가지고 있는지 도무지 알 수 없었다. 전방에 안개지역입니다. 긴 터널을 통과하자 다시 안개가 자욱했다. 가끔씩 서울 방향으로 달리는 차량들의 불빛이 중앙분리대를 넘어왔지만 안개를 밀어내기엔 역부족이었다. 이 구간은 야생동물 출현지역입니다. 안전운전하세요. 나비의 예보를 확인시키기라도 하듯 도로변엔 차에 치여 죽은 지 얼마 안 된 짐승의 사체가 보였다. 오소리인 것 같았다. 내장이 터져 있는. 안개 때문에 시야가 더 좁아진 탓이었다. 차들이 질주하는 도로로 밤마다 내려오는 산짐승들을 그는 도무지 이해할 수 없었다. 설마…… 자살을 하는 것은 아니겠지. 그는 소사고개를 올라올 때 마주쳤던 고라니의 눈과 그다음을 상상하다가 고개를 저었다. 피비린내 나는 끔찍한 상상의 자리에 억지로 소사휴게소의 흰 아가위꽃을 들여놓았다. Y와 K교수, 그리고 그의 와이프도 같이 들어오려는 것을 간신히 막았다. 전방에 강풍주의 구간입니다. 태기산 자락에서 흘러내리는 물을 건너가는 다리였다. 바람은 물이 흘러가는 쪽으로 천천히 안개를 밀어내고 있었다. 난간에 설치해놓은 봉에 걸린 바람자루는 팽팽함을 잃고 대각선 각도로 기운 채 어정쩡하게 꿈틀거렸다. 된서리를 맞고 기운을 잃은 자벌레처럼. 전방에 봉평 터널입니다. 그의 불안에도 불구하고 영동고속도로는 마침내 개통되었다. 개통식 날의 행사를 위해 고속도로변의 모든 집들은 환경미화를 단행해야 했다. 집 앞에 널어놓은 빨래를 비롯해 미관을 해치는 것들은 모두 보이지 않는 곳으로 숨겨놓았다. 대통령이 지나가기 때문이었다. 융자를 받아 이태리 식으로 주택 개량을 하지 못한 집들은 이미 컴컴한 골짜기로 이사간 지 오래였다. 그는 일부러 고속도로가 잘 보이는 비탈밭에 홀로 서서 경찰 오토바이의 선도를 받아 유리창마저도 검게 물들인 자가용을 타고 지나가는 대통령을 향해 손을 흔들었다. 그를 향해 대통령이 손을 흔들어주었는지는 물론 알 수 없었다. 마침내 그의 인생이 흙먼지 날리는 신작로와 서울까지 아홉 시간이 걸리는 완행버스를 떠나 고속도로로 진입하게 된 역사적인 해였던 것이다. 그런데 그날만 특별히 고속도로를 달리는 경찰 오토바이를 기억에 담아두었던 한 선배는 몇 년 후 술에 취해 90cc 오토바이로 고속도로를 달리다 끝내 유명을 달리하고 말았다.

전방에 미끄럼주의 구간입니다. 터널을 빠져나오자 내리막길이었다. 안개는 좀처럼 걷히지 않았다. 견인차 한 대가 붉은 등을 깜박거리며 과속으로 그의 차를 앞질러갔다. 안개가 붉게 물들고 있었다. 그는 브레이크 페달에 신발을 올려놓고 백 킬로미터를 넘어서려는 속도를 늦췄다. 가시거리는 백여 미터에 불과했다. 견인차의 붉은 등은 이내 안개 속으로 자취를 감췄다. 일주일에 한 번 왕복하는 영동고속도로에서 그는 매번 크고 작은 자동차 사고나 차에 치여 죽은 짐승들을 목격했다. 반짝이는 모래처럼 깨어진 유리나 벗겨져나간 타이어, 그리고 아스팔트를 적시다 말라버린 피까지. 사고가 요행히 그를 비켜간 것뿐이라는 생각을 하면 여름인데도 등골이 서늘해졌다. 일 킬로 전방에 과속주의 구간입니다. 삼십여 년 동안 변화를 거듭하는 영동고속도로를 오가며 그도 조금씩 꿈을 수정해갔다. 더불어 늙어갔다. 시인이 되고 싶었던, 검은 교복을 입은 상고머리 고등학생은 어느덧 마흔을 넘어 이백오십 킬로미터나 떨어져 있는 강원도와 경기도를 떠도는 보따리장수로 변해 있었다. 아무리 아등바등거려도 지금이 꿈의 끝일지도 모른다는 생각이 부쩍 자주 들면서부터 그는 왠지 허방을 딛고 있다는 기분에서 빠져나오기 힘들었다. 꿈을 꿀 수 있는 자리로 되돌아갈 수 없을 것 같았다. 잠시 후 과속에 주의하십시오. 제한속도 백 킬로 구간입니다. 과속 단속카메라 아래에 두 대의 자가용이 찌그러진 채 한데 엉켜 있었다. 번쩍거리는 붉은 빛의 울타리 안에는 갓길에 쪼그려앉거나 서 있는 검은 형체의 사람들도 들어 있었다. 목을 주무르거나 어딘가로 전화를 걸거나 그저 멍하니 안개를 바라보는 사람들이었다. 설마…… 아까 내가 악담을 날린 치들은 아니겠지? 나비는 그의 물음에 답하지 않았다. 뒤편에서 안개를 뚫고 구급차가 사이렌을 울리며 달려오고 있었다. 그는 울렁거리는 속을 생수로 진정시키고 천천히 사고차량을 지나쳤다. 다음 안내시까지 직진입니다. 나비는 착 가라앉은 음성으로 뒤늦게 선문답 같은 대답을 했다.

평창휴게소에서 그는 사타구니까지 쌓여 걷기조차 힘든 Y의 문자메시지들을 집으로 가는 외길의 눈을 치우듯 하나씩 지웠다. 메시지 내용으로 보아 Y는 술에 어지간히 취한 듯했다. 모두 오십여 통에 가까운 문자였다. 술 한 모금 마시고 보내고 또 한 모금 마시고 보낸 문자들임에 틀림없었다. 거기에는 그 자신도 아니라고 할 수 없는, 너무나 잘 알고 있는 그의 좋지 않은 점들이 모두 들어 있었다. 읽지 않고 한꺼번에 삭제해버릴까 어쩔까 고민했지만 읽는 쪽을 택했다. 그는 성인이 아니었지만 Y도 성인은 아니었다. 그러했기에 다음 만남을 대비해 트집을 잡을 만한 무엇을 확보해놓아야만 했다. Y와의 관계가 어떤 것이라 하더라도 남녀 사이에는 정확한 답이 없는 거라고 그는 고집하고 있었다. Y는 화가 나면 그가 배려라곤 모르는 지독한 이기주의자라고 평했다. 맞는 말이었다. 그는 씁쓸했지만 고개를 끄덕일 수밖에 없었다. 하지만 목젖에서 가래처럼 끓고 있는 말을 끝내 삭여버리지는 못했다. 인정해. 하지만 난 당신이 가끔 넘지 말아야 할 선을 넘을 때면 무서워져. 내가 뭘? 한밤중에 우리 집으로 오겠다며? 강의실로 찾아오겠다며? 그건 화가 나서 한 소리지! 아무리 화가 나더라도 그렇지. 그럼 평소 나를 만날 때 잘했어야지! 내가 왜 화가 나는지 알아? 밖에서 다른 사람들이랑 실컷 술 마시고 여기 오면 십 분도 못 버티고 그대로 쓰러져 잠들잖아. 내 기분이 어떻겠어? 오늘만 해도 그래. 관계가 끝나기 무섭게 갈 준비하느라 부리나케 씻고 옷 입는 당신 보면 무슨 생각이 드는 줄이나 알아? 그는 Y의 말을 떠올리며 마지막 문자를 삭제했다. 안개보다 독하고 짙은 한숨이 끊이지 않고 입에서 술술 새어나오는 것 같았다. 당신 바쁘고 힘든 거 알아. 동서를 오가며 강의해야 하고 교수들 비위 맞추는 것도 모자라 집에 가선 와이프 눈치 보는 것도. 하지만 그건 그거고 이건 이거야. 나, 당신 와이프 자리 뺏을 생각 조금도 없어. 다만 당신이 나를 가볍게 대하고 있다는 생각이 들면 참을 수가 없단 말이야. 길은 뚫렸지만 그는 차에 시동을 걸지 못했다. 길을 나서기 무섭게 눈보라가 몰려오고 산자락을 굴러내리는 바위가 눈사태로 변해 차를 덮어버릴 것만 같았다. Y는 그의 배려 없음을 원망했다. 하지만 그는 그 배려 있음의 다음이 조금씩 두려워졌다. 배려는…… 아니 애정은 언제나 더 많은 애정을 요구한다고 믿고 있었기에. 두 사람의 관계가 더 헐거워지지도 않고 확대되지도 않는 게 솔직한 그의 바람이었다. Y가 말한 이기심이었다.

그는 연이어 있는 진부터널 두 개를 빠져나왔다. 모두 열네 개의 길고 짧은 터널 중에서 절반을 통과했다. 전방에 추락주의 구간입니다. 승용차는 오대산에서 흘러내려온 물을 건너가고 있었다. 안개는 옅어졌고 다리 난간의 더러운 바람자루는 거죽의 무게를 이기지 못하고 볼품없이 축 늘어진 채 그의 시선을 외면했다. 손쉽게 물을 건너려고 했던 고양이는 공룡이 씹다 버린 껌처럼 다리의 콘크리트 상판에 납작하게 붙어 있었다. 일 킬로 전방에 과속주의 구간입니다. 그는 상향등을 켜고 전방의 흐릿한 허공을 응시했다. 연기 같은 안개가 풀풀 날리는 그곳에선 반짝거리는 전광판이 하행선을 가로지르고 있었다. 웅크린 고라니만큼 큰 글씨가 일시에 부서져 쏟아지듯 그의 눈을 찔러댔다. 졸음운전 정든 가족과의 이별입니다. 다른 것은 모두 푸른색인데 유독 이별이란 낱말만 검붉은 피를 뚝뚝 흘리고 있었다. 전광판을 지나쳤는데도 이별이란 붉은 낱말은 비를 예고하는 붉은 보름달처럼 허공에 둥둥 떠서 앞서가고 있었다. 눈을 비볐지만 소용없는 일이었다. 오히려 더 여러 개로 나뉘어 안개를 물들일 뿐이었다. 그는 단속카메라를 지나자 갓길에 차를 세웠다. 이별이란 낱말도 허공에서 운행을 멈췄다. 이별을 수식하는 문구가 떨어져나갔는데도 붉은색이 불러오는 감정은 섬뜩했다. 온몸에서 피를 흘리는 고라니가, 아니 다름아닌 바로…… 그는 물과 담배를 번갈아 마시고 피우며 허공의 붉은 낱말이 사라지길 기다렸다. 아무것도 보이지 않는다는 듯 화물차 한 대가 안개를 뚫고 달려왔다가 빠르게 사라졌다. 그는 전광판에서 흘러나온 이별이란 낱말에 왜 두려움을 느끼고 있는지 알 수 없었다. 왜 차창 위에 떠 있는지도.

대관령에 강풍이 불고 있대요. 운전 조심해요. 어조를 바꾼 와이프의 문자메시지였다. 와이프는 마치 그가 Y의 문자메시지를 모두 삭제할 때까지 참고 기다렸던 것 같다. 길은 대관령을 향해 조금씩 고도를 높여가고 있었다. 그가 경기도에 있는 대학으로 수업을 하러 가는 날이면 와이프는 극도로 민감해졌다. Y의 존재를 눈치채면서부터였다. 그는 변명도 설명도 하지 않았다. 쓸쓸한 바람만이 가슴을 쓸고 지나갔다. 더이상 설렘이, 떨림이 없는 길 위에 우두커니 혼자 서 있는 기분이었다. 세상은 조금 피곤하고 지루하고 가끔 화가 날 뿐이었다. 그 너머를 향한 꿈은 사라진 지 오래였다. 그게 삼십여 년이 지난 뒤 영동고속도로를 오고가며 천천히 늙어가는 현재의 그의 모습이었다. 하지만 와이프에게는 털어놓기 힘든 심사이기도 했다. 마음이란 건 언제나 한 번도 제대로 전달된 적이 없으니까. 그럴 수도 없는 것이니까. 두꺼워 보이지만 사실 금방 깨어질 것처럼 위험한 빙판 위에 서 있는 게 우리네 삶이라는 것쯤은 그는 이미 오래 전에 알아버렸다. 극단으로 치닫고 바닥까지 치는 것은 더이상 관심 밖의 일이라는 것을 그는 부정하지 않았다. 적당히…… 남들이 하는 만큼 적당히 타락하고 있다고, 아니 놀고 있을 뿐이라고, 당신이 상상하는 것처럼 얼음장 자체를 깨는 일은 결코 벌어지지 않을 것이라고 털어놓고 싶었다. 뭘 그렇게 어렵게 얘기해. 적당히 양다리 걸치겠다는 거 아냐. Y의 힐난이 귀에 들리는 듯했다. 조금 있음 대관령이야. 기다리지 말고 먼저 자. 그는 갓길에서 와이프에게 문자메시지를 보내고 출발했다. 횡계를 지나면서부터 안개는 다시 짙어지고 있었다. 여름이 시작되고 있는데도 바깥공기는 서늘했다. 백 미터도 되지 않는 곳에서 해발 팔백여 미터까지 차를 끌고 올라온 탓이었다. 그는 약하게 히터를 틀었다. 그럴게요. 대답과 달리 와이프는 그가 도착할 때까지 기다리고 있을 게 분명했다. 그는 가속페달을 밟았다. 대관령 구간은 너무 익숙해서 눈을 감고도 다닐 수 있는 길이었다.

전방에 낙석주의 구간입니다. 뭔가 이상했다. 그는 룸미러와 사이드미러를 번갈아 살폈다. 캄캄했다. 비상등을 켰지만 깜박거리는 불빛의 영역은 그리 넓지 않았다. 자동차의 후방을 비추는 등이 있었으면 좋겠다는 생각을 하다 쓴웃음을 흘렸다. 속도를 늦췄다. 뒤편 캄캄한 어둠 속에서 정체를 알 수 없는 무엇이 쫓아오고 있다는 느낌을 지울 수 없었다. 간혹 전조등을 비롯한 모든 등이 나간 차가 앞차의 불빛에만 의지해 운행을 하는 예가 있다고 들었던 터였다. 하지만 속도를 늦춰도 그것은 모습을 드러내지 않았다. 마치 그의 속도에 자신의 속도를 맞추는 것 같았다. 전방에 사고다발 지역입니다. 주의하십시오. 귀신? 교통사고로 죽은 사람이나 짐승의 혼령? 그는 억지 미소를 룸미러에 담은 채 쳐다보았다. 반쯤 잘린 그의 얼굴 외엔 아무것도 없었다. 일 킬로 전방에 대관령 1터널입니다. 집이 가까워질수록 피곤하고 졸렸다. 한밤중에 말을 타고 서쪽 끝에서 동쪽 끝으로 쉬지 않고 달려온 듯 온몸이 욱신거렸다. 그 각각의 통점에서 안개가 슬금슬금 피어나는 것 같았다. 그는 안개 속에서 터널 입구를 밝히는 가로등을 향해 속도를 올렸다. 조수석의 휴대폰이 푸른빛을 흘리며 부르르 떨었다. Y였다. 미안해. 내가 오늘 좀 취했어. 다음 주에 봐. 왼손으로 핸들을 잡은 채 그는 긴 안도의 한숨과 함께 답장을 보냈다. 응. 그리고 Y의 문자를 삭제했다. 찔끔 눈물이 흘렀다.

멧돼지였다. 아니 고라니도 있었다. 안개 속에서 멧돼지와 고라니는 앞서거니 뒤서거니 달려오고 있었다. 그는 룸미러나 백미러가 아닌 고개를 돌려 직접 눈으로 확인하고 싶은 욕구를 간신히 억눌렀다. 아무리 산짐승이 많이 출현하는 대관령이라지만 덩치 큰 짐승 두 마리가 고속도로를 달리고 있다니. 더군다나 두 산짐승은 그가 몰고 가는 차와 점점 거리를 좁혀오고 있었다. 터널 근처에서 그는 망설였다. 계속 달려야 하는지 아니면 멧돼지와 고라니를 먼저 보내야 하는지. 고라니는 괜찮지만 멧돼지가 달려오는 속도 그대로 차를 들이받으면 멀쩡할 것 같진 않았다. 차는 오렌지빛이 가득한 터널 속으로 들어갔다. 두 마리 산짐승도 따라서 들어왔다. 터널 속에는 안개가 없어 그나마 다행이었다. 그는 왠지 자신이 무슨 죄를 짓고 멧돼지와 고라니에게 쫓기고 있는 건 아닌가 하는 생각을 했다. 멧돼지는 그렇다 치더라도 하룻밤에 길 위에서 두 번이나 고라니를 만나다니. 터널은 길었다. 휘어져 있어 끝도 보이지 않았다. 멧돼지와 고라니는 안간힘을 쓰고 있었다. 달리 보면 꼭 그에게 무슨 의사표시를 하는 것 같았기에 더이상 속도를 올리지 못했다. 아니…… 멧돼지와 고라니도 무엇인가에 쫓기는 건 아닌가. 어쩌면 호랑이? 대낮이면 웃음밖에 나오지 않을 풍경이었지만 지나가는 차량 하나 없는 밤은 분위기가 사뭇 달랐기에 그는 계속해서 앞과 뒤를 살펴볼 수밖에 없었다. 그리고 믿기지 않았지만 고라니가 점점 멧돼지와의 간격을 벌려가고 있었다. 멧돼지는 간밤의 숙취로 서서히 지쳐가는 듯했다. 그는 속도를 조금씩 조정했다. 전방에 강풍주의 구간입니다. 터널이 끝나면 바로 대관령의 산자락을 건너가는 긴 다리가 있었다. 전방에 미끄럼주의 구간입니다.

뭐라고? 골짜기를 타고 내려온 강한 바람이 차의 옆구리를 텅텅 두드렸다. 그는 속도를 줄이고 운전석 유리창을 반쯤 내렸다. 고라니는 그의 차와 나란히 뛰어가고 있었다. 그를 흘금흘금 바라보며. 막 터널을 빠져나온 뒤편의 멧돼지는 강풍을 이기지 못하고 다리의 갓길로 자꾸만 밀려났다. 유리창을 내린 탓에 바람을 빨아들이는 풍선처럼 차 안이 소란스러워졌다. 무슨 할 말이라도 있는 거야? 차가 바람에 휘청 꺾이는 것 같아 그는 두 손으로 운전대를 꽉 잡은 채 목소리를 높였다. 동남쪽으로 꼬리를 늘어뜨린 바람자루는 곧 터져버릴 듯 팽팽하게 부풀어 있었다. 바람이……! 뭐? 그는 속도를 삼십 킬로미터로 늦추고 고라니에게 다시 물었다. 고라니는 유리창에 바짝 붙어 말했다. 바람이 너무 세요! 이건 또 무슨 고라니 당근 갉아 먹는 소리란 말인가. 유리창을 조금 올리고 그는 고라니의 다음 말을 기다렸다. 바람에 날려가는 안개는 한겨울의 눈보라처럼 어지러웠다. 고개 아

래까지 좀 태워줘요! 태워달라고? 전방에 낙석주의 구간입니다. 일
킬로 전방에 과속주의 구간입니다. 제한속도 백 킬로입니다. 바람이 워
낙 강해서 눈을 뜨기 힘들어요! 이러다 처박힐 것 같아요! 차 안
으로 들어오는 먼지 때문에라도 유리창을 닫아야 했다. 그는 천
천히 갓길로 차를 이동시켰다. 뒤편의 멧돼지는 갈팡질팡 긴 다
리를 건너오고 있었다. 그러니까 고라니는 히치하이크를 부탁하
는 거였다. 차가 멈춘 것을 알아챘는지 뒤편의 멧돼지는 가로등
과 가로등 사이를 날다시피 달려오고 있었다. 그는 서둘러 유리
창 밖의 고라니에게 손짓으로 조수석을 가리켰다. 멧돼지까지
태우고 싶지는 않았다. 고라니가 차에 타자 땀에 젖은 노린내가
확 피어났다. 고마워요. 그는 코를 찡그리며 이내 후회했지만 고
라니에게 다시 내리라고 말하는 건 속이 보이는 것 같아 입을
다물었다. 룸미러 속의 멧돼지는 점점 가까워졌다. 그가 기어를
드라이버에 놓자 뒤를 흘끗거리던 고라니가 말했다. 방향이 같
은데 멧돼지도 태우고 가죠? 그는 못 들은 척 차를 출발시켰다.
생긴 건 저래도 굉장히 착한 녀석이에요. 요즘 컨디션이 좋지
않아 저러지 평소 같았으면 한달음에 대관령을 오르내리곤 해
요. 부탁드려요. 그는 담배에 불을 붙이고 창문을 조금 열었다.
바람은 대관령을 모두 집어삼킬 듯 사납게 몰아쳤다. 저 아래
강릉 시내의 불빛이 새삼 멀게 느껴졌다. 고라니는 창으로 머리
와 앞다리를 내밀고서 멧돼지에게 신호를 보냈다. 마뜩잖았지만
돌이키기엔 이미 늦었다는 걸 그는 알고 있었다. 예상대로 멧돼

지는 씩씩거리며 침인지 콧물인지 모를 분비물을 주둥이에 매단 채 뒷좌석에 널름 올라탔다. 더 진한 노린내가 와락 풍겼다. 아이고, 이거 고맙습니다! 그는 룸미러로 눈인사만 하고 차를 출발시켰다.

전방에 대관령 2터널입니다. 안개는 어디론가 자취를 감추고 바람에 날려가는 먼지와 찢어진 나뭇잎들만 도로를 사납게 휩쓸고 있었다. 언젠가 대관령 옛길에서 속도를 늦추지 않고 굽이를 돌다 강풍에 전복된 차량이 있었다. 사람들은 저마다 거기에 말을 보태 그 차량이 허공을 날아가 계곡 아래에 떨어졌다고도 했고 어떤 이는 아예 운전기사가 눈을 떠보니 강릉 비행장 활주로에 손상된 곳 하나 없는 차가 얌전히 주차돼 있었다고 허풍을 떨었다. 그는 얘기를 마치고 곁눈질과 룸미러로 고라니와 멧돼지의 반응을 살폈지만 둘은 무덤덤함 그 자체였다. 둘에게서 풍기는 노린내는 코에 익숙해졌는지 그런 대로 견딜 만했다. 뭐 하시는 분인데 오밤중에 혼자서 대관령을 넘어가는 거죠? 터널을 밝히는 오렌지색 불빛이 고라니의 얼굴을 물들였다. 걱정했던 것과 달리 고라니와 멧돼지는 수선스럽지 않고 차분했다. 보따리장수. 보따리장수? 그는 고개를 끄덕였다. 전방에 추락주의 구간입니다. 그런데 왜 하필 위험한 고속도로로 다니는 거야? 고라니와 멧돼지는 지친 듯 등받이에 등을 기대고 있었는데 그 자세가 자못 우스꽝스러워 슬쩍 미소를 흘리다가 룸미러를 통해 멧돼지와 눈이 마주쳤다. 그는 미소를 지웠다. 편하고 빠르니까. 멧돼지는

114

심드렁하게 대답했다. 차에 치이면 끝장이잖아? 산속이나 길 위나 위험한 건 마찬가지야. 그게 겁나면 아예 나다니질 말아야지. 그는 멧돼지의 퉁명스런 대답에 점점 흥미를 가졌다. 대관령 꼭대기엔 무슨 일로? 우리도 먹고살려면 어디든지 다녀야 돼. K교수 같이 비열한 놈을 만나면 어쩔 수 없이 정기적으로 굽신거릴 때도 있고. 멧돼지는 삐죽한 주둥이로 한숨을 내뱉었다. K교수를 알아? 전방에 대관령 3터널입니다. 터널 밖은 야생동물 출현이 빈번한 지역이니 주의하십시오. 야생동물은 전조등 불빛을 정면으로 받으면 한동안 움직이지 못하니 경적을 울려야 합니다. 더불어 야생동물을 피하려다 더 큰 사고가 발생하는 경우가 잦으니 가급적 주의하십시오. 그냥 치고 가라는 얘기구만! 벌떡 몸을 일으킨 멧돼지는 운전석과 조수석 사이로 날카로운 견치가 튀어나온 주둥이를 내밀고 내비게이션을 노려보며 씩씩거렸다. 그는 황급히 수습에 들어갔다. 이해해. 어차피 인간들 위주로 도로 상황을 안내하는 거야. 다행히 나비는 더이상 말하지 않고 입을 다물었다. 대신 고라니가 튀어나온 멧돼지의 주둥이를 뒤로 밀며 입을 열었다. 뭐 이만한 일로 흥분하고 그래요. 아저씨 음악이나 좀 틀어주세요. 바람 부는 심야에 어울리는 걸로. 그는 멧돼지의 표정을 살피고 오디오를 작동시켰다. 또다시 튀어나올지 모를 나비의 길 안내와 차에 텅텅 부딪치는 바람 소리를 지우려고 볼륨을 높였다. 전조등 불빛 속에선 바람에 찢겨 날아온 나뭇잎들과 가지들이 아우성을 치고 있었다. 와우! 그리그의 〈페르 귄트 모음곡〉이네! 고라니가 앞발로 손뼉을 쳤다. 언젠가 Y가 선물한 시디였다. 그는 볼륨을 조금 더 높였다. 뒷자리의 멧돼지는 뾰로통한 얼굴로 창밖을 내다보았다. 그곳은 대관령 아래, 오종종한 불빛들이 모여 있는 강릉 땅이었다. 전방에 낙석주의 구간입니다. 나비는 최대한 말을 아끼는 것 같았다. 이런다고 사고가 안 나나! 음악이 저음으로 깔리는 틈을 이용해 멧돼지가 이죽거렸다. 그는 멧돼지를 태운 걸 뒤늦게 후회하며 운전대를 꽉 움켜쥔 채 긴장을 늦추지 않고 전방과 후방을 살폈다. 멧돼지가 어떻게 K교수를 아는지 궁금했지만 재차 물어본다는 게 왠지 내키지 않았다. 전방에 대관령 제4 제5 터널이 연속으로 있습니다. 나비의 목소리는 조심스러워졌다. 갑자기 세기를 달리하는 강풍 때문에 차가 움찔 흔들렸다. 〈페르 귄트 모음곡〉은 계속해서 저음을 유지했다. 대관령에다 굴을 벌집처럼 뚫어서 강릉 땅이 수마에 휩쓸린 거야! 대관령 산신이 노한 거라고. 강사 선생은 어떻게 생각하시오? 그는 다시 룸미러로 멧돼지와 눈을 마주쳤다. 글쎄요…… 미신이 아닌가요. 그는 속력을 높였다. 한시라도 빨리 멧돼지의 목적지에 도착해 진동하는 노린내를 털어버릴 작정이었다. 미신이 아니지. 대관령 정기를 끊어버린 거라구. 그렇게 생각하니 그 나이 되도록 보따리장수로 떠도는 거야. 마누라 등골이나 파먹으면서. 그는 천천히 갓길로 들어가 차를 세웠다. 바람에 날려온 나뭇가지들이 차에 부딪쳤다가 도로 옆 캄캄한 어둠 속으로 사라졌다. 그만 내리세요. 그는 창문을 열지 않고 담배를 피웠다. 아저씨, 제가 대신 사과할게요. 멧돼지는 원래 앞뒤 생각 없이 말을 막하는 버릇이 있어요. 저흰 7터널을 지나 다리만 건너면 되거든요. 거의 다 왔잖아요. 고라니가 그의 손을 잡았지만 그는 뿌리쳤다. 집으로 가는 길이 정말 멀게 느껴졌다. 악몽 속에 갇힌 기분이었다. 그냥 웃자고 한 말인데…… 심경을 건드렸다면 미안합니다. 멧돼지는 고라니의 강압에 못 이겨 억지 사과를 했다. 그는 차창을 열고 담배 한 대를 모두 피웠다.

전방에 미끄럼주의 구간입니다. 멀고멀었던 밤길이 거의 끝나가고 있었다. 멧돼지는 눈을 감고 있었고, 그와 고라니는 서로 다른 곳을 보며 침묵을 지켰다. 차는 활주로를 향해 고도를 낮추는 비행기처럼 대관령을 내려가고 있었다. 전방에 대관령 7터널입니다. 그는 K교수와 함께한 술자리와 Y의 집에서 있었던 일을 복기하듯 처음부터 다시 떠올렸다. 조금 위험했던 순간도 없진 않았지만 그런 대로 잘 마무리를 한 것 같았다. 어떻게 보면 단지 돈만 벌자고 보따리장수 생활을 하는 것은 아니었다. 그런 면에서 볼 때 K교수는 그래도 인간적인 사람이었다. 맺힌 게 있으면 그나마 술잔을 건네며 풀어버리는 아량도 지니고 있었다. Y의 투정도 충분히 이해가 가고 남았다. 그는 새 담배에 불을 붙이고 Y와의 잠자리를 차근차근 불러왔다. 사타구니는 금세 부풀어올랐다. 늘 싸우지만 이상하게도 잠자리 궁합은 신통하게 잘 맞았다. 초저녁에 마신 술 때문에 사정을 하지 못한 게 새삼 아쉬워 그는 입맛을 다셨다. 모든 게…… 아무 탈 없이 그대로 유지된다면 그로서는 더 바랄 게 없었다. 저도 담배 한 대 피울 게요. 옆자리의 고라니는 그의 치졸한 생각을 읽기라도 한 듯 얼굴에 경멸의 빛을 담고 있었다. 이 음악은 Y가 좋아하는 음악인데…… 특히 사랑하는 이가 돌아오길 애타게 기다리는 솔베이지의 노래를. 그는 터널의 오렌지색 불빛을 뒤집어쓴 채 담배를 피우는 고라니를 뚫어지게 바라보았다. Y를 알아? 음악에 취한 듯 고라니는 대답하지 않았다. Y뿐 아니라 그의 와이프도 좋아하는 음악이었다. 전방에 강풍주의 구간입니다. 같은 말을 되풀이하는 나비의 말은 더이상 아무런 경각심도 불러일으키지 않았다. 마지막 터널이 끝나가고 있었다. 룸미러 속의 멧돼지는 룸살롱의 젊은 아가씨를 품고 잠든 듯 흐뭇한 표정이었다. 왠지 그모습이 낯설지 않아 그는 고개를 갸웃거렸다. 전방에 추락주의 구간입니다. 그는 멧돼지의 잠을 깨우려고 가속페달을 있는 힘껏 밟았다.

"너희들…… 대체 누구야?"

"운전이나 잘해. 잘못하면 다음 학기 강의는 없어!"

"눈치 하나 참 빠르네."

터널 밖은 바람 가득한 다리였다. 그 바람이 차의 옆구리를 텅, 텅, 텅, 때렸다. 다리 난간의 팽팽한 바람자루는 바람을 들이켜는 구멍은 컸지만 내뱉는 구멍은 상대적으로 작았다. 그렇기때문에 쉽게 터지지 않고 팽팽함을 유지할 수 있는 모양이었다. 그 바람자루가 바람 말고 무엇을 삼키고 뱉어내는지 궁금해할 때 갑자기 차의 옆구리가 강풍에 휘청 꺾였다. 마치 그의 허리가 부러지는 것 같았다. 아스팔트를 구르는 바퀴 소리는 더이상 들려오지 않았다. 차는 풍선처럼 둥실 떠올라 그가 밤을 이용해 이백오십 킬로미터를 달려온 고속도로처럼 길고 깊은 바람자루 속으로 천천히 들어가고 있었다. 옆자리와 룸미러를 살폈지만 고라니와 멧돼지는 보이지 않았다. 차에 낙하산이 없다는 생각에 이르자 그는 곧 쓸쓸해졌다. 그 쓸쓸함을 달래주듯 나비의 목소리가 들려왔다. 다음 신호시까지 직진입니다. 저 멀리 아가위나무의 흰 꽃그늘이 보였다.

북
대

0

"수보리야, 갠지스 강의 모래알만큼 많은 다방이 오대산 아래에 있다면, 너는 그 모든 다방에 있는 아가씨들이 아주 많다고 하겠느냐? 참으로 많습니다, 세존이시여. 갠지스 강의 모래알도 헤아릴 수 없는데, 하물며 그 많은 다방의 아가씨들이겠습니까. 수보리야, 이제 너에게 묻겠다. 어떤 사람이 이 많은, 갠지스 강의 헤아릴 수 없는 모래알만큼이나 수많은 다방 아가씨들을 보시한다면, 그 사람은 이 공덕으로 큰 즐거움을 얻겠느냐? 매우 큰 공덕을 얻습니다, 세존이시여. 부처님께서 수보리에게 말씀하셨다. 어떤 사람이 다방 아가씨들에 의지하여 수행하고, 단지 한 아가씨만이라도 다른 고독한 사람에게 보시한다면, 이러한 공덕으로 얻는 즐거움은 매우 클 것이니라."

자정 넘어 술 취한 스님을 절에 내려주고 돌아오면서 나는 택시의 오디오에서 흘러나오는 금강경의 몇몇 부분을 고쳐서 독송하다가 전화를 받기 위해 껐다. 북대에 가자는, 술 취한 밀크세이크가 걸어온 전화였다. 밖엔 함박눈이 퍼붓고 있었다.

1

넌 내 삶의 유일한 위안을 뺏어간 거야. 박의 말이 끝나자 나는 잠시 할 말을 잃고 술잔과 담배를 번갈아 들었다가 놓았다. 어두운 창밖의 눈은 그치지 않았다. 박의 표정은 비장했다. 벽에 반쯤 기대어 가벼운 마음으로 일일연속극을 보다가 갑자기 벽에서 떨어진 시계에 뒤통수를 맞은 기분이었다. 나는 가능한 한 얼굴에 불편한 마음을 드러내지 않은 채 우선 박의 급변한 태도가 농담인지 진담인지 파악하려고 애를 썼다. 애초에 재미 삼아 시작한 얘기였기에 더더욱 그랬다. 희극에서 갑자기 비극으로 바뀔 성질의 얘기가 아니기 때문이었다. 하지만 박의 표정은 변하지 않았다. 대체 무슨 소리야? 내가 뭘 뺏어갔다는 거야? 나는 앞자리와 옆자리에 앉은 김과 윤에게 도움을 청하는 말투로 물었다. 친구 사이에선 특히 조심해야 될 일이지. 김이 엄숙한

124

어조로 박의 편을 들었고 윤은 그따위 일엔 관여하기 싫다는 듯 술만 마셨다. 졸지에 나는 박의 유일한 위안을 도둑질한 파렴치한이 되었고 그 흥분을 드러내지 않으려고 했지만 술잔을 잡은 손이 수전증에 걸린 것처럼 떨려왔다. 난 조만간 너에게 정신적 피해보상을 청구할 거야. 오른손 왼손 번갈아 날아온 박의 원투펀치였다. 안주로 주문했던 느끼한 장어구이는 식어버린 지 오래였다. 새벽에 관광버스를 타고 월정사를 출발해 남도의 고찰을 경건한 마음으로 참배하고 돌아온 우리들의 성지순례 행사의 뒤풀이가 엉망으로 변하고 있었다.

난 네 말에 결코 동의할 수가 없어. 당연히 피해보상도 해줄 수 없고. 벌렁거리는 속내를 간신히 억누르며 나는 감정을 담지 않고 최대한 논리정연하게 박의 이야기를 반박하려고 숨을 가다듬었다. 날뛰는 망아지를 잡으려고 덩달아 뛴다는 것은 자존심의 문제였다. 식어서 더 느끼한, 올라올 것 같은 장어 꼬리를 억지로 삼키며 박이 문제삼은 부분에 대해 검토에 들어갔다. 그 부분을 해명하지 못하면 좁은 동네에서 그야말로 이마에 난봉꾼이란 낙인을 찍은 채 살아가야 하는 거나 다름없었다. 우리가 술을 마시는 만과봉가든엔 주말 저녁이라 다른 손님들도 많아서 말소리의 크기와 낱말 선택에 신중함을 기해야만 했기에 뜻을 관철시키기가 훨씬 더 어려웠다. 소문은 대단히 무서운 것이었다. 그러므로 반박의 겉모습은 마치 속화를 놓고 명화인 것처럼 설명하는 것과 비슷한 노력이 필요했다. 본론에 앞서 우선 우리는 속칭 언니들의 존재에 대해 고찰을 해봐야 해. 다방이 있고 언니들이 있어. 언니들은 무엇을 하는 사람들인가? 주문 전화가 오면 차를 배달하는 사람들이야. 차만 배달하는가? 부탁을 하면 담배, 약품, 각종 식료품, 문방구, 쌀, 심지어는 속옷까지 배달하지. 물론 이것은 친밀함이 전제되어야 하겠지. 다 아는 얘기를 왜 주절주절 늘어놓는 거냐? 피해보상을 할 거야, 안 할 거야? 내 말은…… 나도 너 못지않게 밀크셰이크와 친밀함이 있다는 얘기야. 밀크셰이크는 너만의 소유물이 아니라는 거지. 나도 밀크셰이크를 마실 수 있고 너도 마실 수 있다는 얘기야. 다른 누구도. 새끼, 내가 먼저 찍었다고! 갑자기 커진 박의 말에 주변 사람들이 모두 우리를 쳐다보았다. 상을 엎어버리고 싶었지만 그러지 못하고 대신 미지근해진 술을 마셨다. 장어는 기름 덩어리였다. 끈적끈적한 기름 덩어릴 뒤집어쓰고 시장바닥에 앉아 있느니 차라리 당장 밖으로 뛰쳐나가 아무도 밟지 않은 눈밭을 걸어서 집으로 돌아가고 싶었다. 나는 들썩거리는 엉덩이를 간신히 눌러 앉혔다. 한시라도 빨리 지저분하고 끈적끈적한 진흙탕에서 벗어나고 싶었지만 그대로 나가버리면 박이 찍어놓은 낙인이 영영 굳어버릴 것이라는 생각이 마음을 붙잡았다. 나는 다시 미적지근한 소주를 고춧가루가 묻은 잔에 따라 마시고 젓가락으로 장어의 꼬리를 집었다. 어차피 진흙탕에서 싸우는 개의 신세로 전락했다는 인식 때문이었다. 말은 바로 하자. 우선 네가 밀크셰이크를 찍었는지 안 찍었는지를 내가 어떻게 아느냐 하는 것이야.

네가 그 사실을 내게 귀띔이라도 했냐. 그리고 딱 까놓고 말해서 내가 네 와이프나 애인을 가로챈 거라면 또 모르는 일이지. 나는 다만 밀크셰이크를 시켰을 뿐이야. 내가 그 밀크셰이크에게 누가 널 찍었냐고 굳이 물어봐야 한다고 생각하진 않아. 그렇게 물었다 해도 밀크셰이크의 속성상 사실을 말해줄 리도 없고. 그런데 왜 내가 너의 유일한 희망을 뺏은 거고 또 정신적 피해보상을 해야 하는 거냐? 나는 한 치의 기복도 없는 톤으로 얘기를 마쳤다. 박은 야비한 미소를 입꼬리에 매단 채 상 앞으로 바짝 다가앉았다. 밀크셰이크가 내게 이런 고민을 털어놓더군. 택시 오빠가 자꾸만 쩝쩝거린다고. 귀찮아 죽겠다고. 돈이 없으니 그냥 한번 자면 안 되겠냐고. 대신 필요할 때 공짜로 택시를 태워주겠다고. 하도 졸라대니 자기도 마음이 흔들린다고. 그러니 나보고 빨리 어떤 결정을 내려달라고. 그래야 자기가 흔들리지 않는다고. 자기는 오빠 친구와 자면 더이상 오빠와 만날 수 없다고 하더라. 나는 소주 한 병을 더 시켰다. 앞과 옆에 앉은 윤과 김이 웃음을 흘렸다. 보지 않아도 내 얼굴은 불판 아래의 숯불처럼 달아올랐을 게 분명했다. 술잔을 잡으면 손이 떨려 그만 술을 쏟을 것 같아 상 아래에 놓인 빈 소주병만 꼭 움켜잡았다. 우린 그런 사이야. 네가 우리 사이에 뛰어드는 바람에 좋던 관계가 다 헝클어져버렸단 얘기지. 박이 내 잔을 채워주었다. 뜨겁게 달궈진 돌덩어리가 머릿속에서 중구난방으로 굴러다니고 있었지만 나는 입을 다물었다. 기왕 얘기 꺼낸 거 한마디만 더 하자. 전번에 네가 밀크를 싣고 북대에 가다가 어떤 전화를 받고 되돌아온 적이 있을 거야. 대신 다른 절을 둘러보고 돌아오던 밤. 그때 전화한 사람이 바로 나야. 내가 모텔에서 전화한 거라고. 그날 같이 잤 단 말이야.

나는 빈 소주병을 들고 장어구이집을 나왔다. 함박눈은 어두운 허공을 촘촘하게 채우고 있었다. 주체할 수 없는 웃음이 흘러나왔다. 뒤따라나온 윤과 김에게 걱정하지 말라는 말을 남기고 앞유리가 온통 눈으로 뒤덮인 택시에 올라탔다. 소주병은 여전히 손에 들려 있었다.

2

내가 운전하는 택시에 그녀가 처음 모습을 드러낸 것은 두어 달 전 자정 가까운 밤이었다. 길 건너 알프스모텔에서 나와 비틀거리며 택시부로 걸어오는 폼이, 가로등 불빛에 드러난 얼굴이, 운전석에 앉아 있는 나를 빤히 바라보는 눈빛이 마치 초겨울 오후에 잠깐 흩날렸다가 사라지는 성긴 눈발 같았다. 그녀를 태우면 나도 그 눈발처럼 어디론가 흔적도 없이 사라질 듯했다. 그렇게 돼도 미련이 없을 만큼 그녀는 아름다웠다.

"북대에 가고 싶어요. 북대."

"……거긴 먼 곳인데요."

가끔 어떤 취객들은 택시에 타면 가지도 못할 곳으로 가자고 호기를 부렸다. 지리산이나 제주도, 심지어는 북망산까지도. 스님이나 공양주보살도 아니면서 자정 가까운 시간에 북대로 가자는 게 그랬다. 그녀는 어느새 앞자리에 앉아 있었다.

"안 가요?"

"……거긴 길이 험해서 사만원은 주셔야 합니다."

"왕복이면 얼마죠?"

겨울밤의 지방도는 한적했다. 좁은 시내를 벗어나기도 전에 그녀는 내 궁금증을 잘라버리겠다는 듯 눈을 감은 채 잠을 청하는 듯했다. 나는 히터의 온도를 높였다. 어색한 숨소리를 감추려고 오디오를 약하게 틀었다. 지난여름 '금강경 독송으로 업장을 소멸시키자'며 절에서 나눠준 테이프였다. 깊은 밤, 오대산에서 가장 깊고 높은 곳에 자리한 암자에 가자는 그녀는 스피커에서 흘러나오는 불경에 대해 당연히 거부반응을 보이지 않았다. 택시 안이 훈훈해지면서 나는 그녀의 몸에서 피어나는 비릿한 냄새의 정체가 바로 정액 냄새란 걸 비로소 알아차렸다. 소리와 냄새가 묘하게 어울린다는 생각을 하며 창문을 조금 내렸다.

"수보리가 누구죠?"

"예?"

"석가모니 말씀 듣느라 너무 고생하는 것 같아서요. 옆에 있음 한번 껴안아주고 싶네요."

"아……"

월정 삼거리를 지나면서부터 성긴 눈발이 차창으로 날아들었다. 어쩌면 북대에 가지 못할 것 같다는 생각이 들었다. 상원사까지는 계곡물을 오른편 왼편에 번갈아가며 두고 달릴 수 있는, 비교적 평평한 길이지만 그다음부턴 경사가 급한 비포장 산길이었다. 눈발이 퍼붓는 정도에 따라 갈 수도 있고 가지 못할 수도 있었다. 그 사실을 전할까 말까 망설이고 있는데 그녀의 몸 어디에서 휴대폰이 울렸다. 휴대폰 화면을 바라보는 그녀의 얼굴에도 망설임이 푸르스름하게 물드는 중이었다. 너무 피곤해서 자는 줄 알았는데…… 깨어났어요? 귀를 기울이지 않아도 저쪽의 목소리를 나는 어느 정도 알아들을 수 있었다. 절에 갔다 오려고요. 씨발! 하룻밤 보낼 돈을 줬으면 같이 있어야지 도망을 가! 자는 동안 갔다 오려고 했어요. 씨발! 니가 다방 간나지 중이야! 택시는 직원들이 모두 퇴근한 매표소 앞을 지나갔다. 산의 입구로 접어들면서 눈발은 점점 세차게 몰아쳤다. 북대로 가는 그녀의 발목을 잡은 사내의 거친 음성처럼. 전조등 불빛 속으로 전나무숲 입구의 일주문이 들어왔다가 이내 사라졌다. 한시간 안으로 갈 테니 화 그만 내세요. 내게 양해를 구한 그녀는 담배에 불을 붙이고 창문을 조금 열었다. 덕분에 나도 담배에 불을 붙였다. 할증료가 붙은 미터기의 녹색 숫자는 만이천원을 넘어섰다.

"여기서 가까운 절은 어디죠?"

인근 월정사는 대문을 닫아걸었을 테고 대문이 없는 절은 남대 지장암이 가까웠다. 나는 퍼붓는 눈발에 대해서도 말해주었다. 그녀는 고개를 끄덕였다. 지장암은 여승들만 있는 곳이라고 부연설명을 했다. 그녀는 다시 고개를 끄덕였다.

"여기서 기다려주세요."

나는 전조등을 끄고 새 담배에 불을 붙였다. 하얗게 변해버린 돌계단을 올라가는 그녀의 그림자가 외등 불빛을 받아 길어지고 있었다. 처음 보는 다방 아가씨였다. 모텔까지 갔다가 손님이 잠든 사이에 절을 찾아가는 아가씨였다. 별별 손님이 다 있고 별별 아가씨들이 다 차를 배달하는 세상이었다. 잠시 시야에서 사라졌던 그녀가 다시 모습을 드러냈다. 불 꺼진 법당의 처마 밑을 탑돌이 하듯 천천히 걷고 있었다. 시계 반대방향으로. 그동안에도 미터기의 요금은 눈 덮인 에베레스트를 등정하듯 멈추지 않고 깜박이며 올라갔다.

"밤에는 법당 문을 거는 모양이죠?"

"도둑 때문일 겁니다."

허술한 옷차림 탓인지 그녀는 떨고 있었다. 나는 히터의 바람을 그녀에게 몰아주었다. 택시는 전나무숲 입구의 일주문을 뒤로 하고 산을 빠져나왔다. 눈발은 시야를 아예 가려버릴 정도였다.

"아저씨, 북대에 가본 적 있어요?"

"……서너 번."

"어때요?"

"……시원합니다."

"다른 곳은 살찐 부처들만 있는데 거긴 뼈가 앙상한 미륵이 앉아 있다면서요?"

"……그렇죠."

"……"

"……"

인적은 보이지 않고 가로등 불빛 속으로 눈발만 몰아치는 밤이었다. 그녀에게서는 말라버린 쑥에서 풍기는 듯한 정액 냄새가 났다. 나는 노란 중앙선마저 지워진 길을 바라보며 겨울밤 그녀를 태우고 갔다가 돌아온 시간과 풍경을 꿈속인 듯 천천히 복기했다. 깨어 있으면서 꾸는 꿈을 깨뜨린 건 그녀였다.

"저기 알프스모텔 앞에 세워주세요."

택시는 다소 신경질이 난 듯 모텔 앞에서 미끄러지다가 멈췄다. 나는 그녀를 기다리고 있을 낯선 사내를 상상하며 거스름돈을 세었다.

"거스름돈은 됐고 아저씨 명함이나 한 장 주세요. 다음번엔 꼭 가야 하니까요."

손님을 태우고 나갔다가 돌아오면, 먼 거리건 가까운 거리건 손님을 기다리는 택시들의 맨 끝으로 가는 게 택시부의 규칙이었다. 택시부 전화가 아닌 개인 휴대폰으로 걸어온 전화를 받고 나가는 건 예외였다. 그러기에 한 번 나갔다가 돌아오면 그때가 휴식을 취할 수 있는 시간이었다. 어쨌든 괜찮았던 운행이었다. 오대산은 택시기사들이 선호하는 가장 알짜배기 노선이기에.

나는 운전석을 젖히고 누워 몇 개의 방에서 불빛이 흘러나오는 알프스모텔을 올려다보았다. 모텔은 시야에서 서서히 지워졌다. 벌레처럼 차창으로 달라붙는 눈발 아래에 누워 있으니 마치 흰 봉분 속에 들어간 것처럼 아늑했다. 쏟아지는 잠도 달았다. 어이없었던 것은 그 짧은 꿈속에서 그녀와 내가 몸을 섞었다는 사실이었다. 남대 지장암, 지장보살이 내려다보는 법당에서. 그녀는 스님처럼 배코머리를 하고 있었다.

3

어, 택시 아저씨네! 오랜만에 찾아간 박의 사무실은 튀긴 닭과 담배 냄새가 진동했다. 건축과 토목을 겸하고 있는 회사지만 겨울철엔 어느 파트에도 일이 없었다. 내가 들어섰을 땐 이미 모두들 조금씩 취해 있었다. 그녀는 귀퉁이에 앉아 취객들이 커피를 다 마시길 기다렸다. 그녀가 가지고 온 쟁반 위에는 보온병과 커피, 크림통이 가지런히 놓여 있었다. 나는 눈발 한 점 섞이지 않은, 매운바람 같은 그녀의 얼굴을 슬쩍 훔쳐보고 자리에 앉았다. 박이 빈 술잔을 내밀며 물었다. 쉬는 날? 고개를 끄덕였다. 그녀는 절에 가던 때와는 전혀 다른 얼굴을 하고 있었다. 오빠, 이제 그만 가봐야 돼요. 커피배달 자가용의 경적이 밖에서 울렸다. 어떻게 된 게 요즘은 너무 빨리 데리러 오는 것 같아.

겨울은 아가씨들이 별로 없잖아요. 그거야 니들 사정이지. 야, 근데 너 한번 준다더니 대체 언제 줄 거야? 뭐, 술도 한번 안 사줬잖아요. 오늘 사면 한번 줄 거야? 오늘은 당번이라서 안 돼요. 박과 그녀의 농담이 오가는데 밖에서 다시 경적이 울렸다. 그럼 나중에 꼭 전화해야 한다. 약속하고 가. 안녕히 계세요! 야, 약속하고 가야지? 오빠 하는 거 보고요! 나는 짧은 치마를 흔들며 사라지는 그녀의 뒷모습과 어두운 밤 남대 지장암 마당을 덮은 눈에 발자국을 새기던 모습을 다시 비교해보았다. 소주 맛은 몹시 썼다.

이놈의 겨울 진짜 길다. 나도 겨울엔 너처럼 택시나 몰까.

택시보단 다방을 하나 차리는 게 낫겠다.

그것도 괜찮을 것 같은데! 야, 근데 방금 걔 어때?

부처 같은데.

뭐? 부처?

그래, 속세로 내려온 부처. 나 그만 갈란다.

부처가 아니라 밀크셰이크야!

박의 만류에도 불구하고 밖으로 나왔다. 눈발조차 없이 부는 바람은 정말이지 매웠다. 가만히 생각하니 다방 아가씨들이 들고 다니는 차 보자기 속에 진짜 부처가 들어 있을지도 모른다는 생각이 들었다. 나는 어깨를 움츠린 채 한참 동안 바람을 피했다. 소리없는 웃음은 바람 속으로 흔적도 없이 사라졌다.

4

"지금 여기로 올 수 있어요?"

그녀, 밀크셰이크는 허술한 옷차림으로 감자탕집 앞에 쪼그려 앉아 잠을 자는 것 같았다. 그 옆에는 지난번에 내린 눈이 수북하게 쌓인 채 얼어가고 있었다. 함박눈이라도 내린다면 그녀는 이내 작은 눈사람이나 얼음인간으로 변할 듯한 모습이었다. 전화를 받고 미적거린 나의 게으름을 자책하지 않을 수 없었다. 호출한 택시가 왔다는 경적을 울리려고 할 때 술집에서 한 사내가 비틀비틀 걸어나왔다. 바지 지퍼를 내리려던 사내는 그녀를 발견하더니 잠시 고개를 갸웃거렸다. 곧 쓰러질 것처럼 허리를 구부려 그녀의 옆모습을 들여다보더니 이내 사내의 우악스런 손이 허공으로 올라갔다가 절굿공이처럼 내려왔다. 그녀의 머리가 간단하게 눈더미에 박혔다. 씨발년, 밖에서 궁상떨라고 비싼 돈 준 줄 알아! 하여튼 반반하게 생긴 년들은 꼭 얼굴값 하겠다고 설친다니까. 눈더미에서 빠져나온 그녀는 외롭고 고독한 눈사람과 조금도 닮은 얼굴이 아니었다. 마치 눈 부처를 보는 것 같았다. 나는 다시 밖으로 나갈까 말까 망설였다. 그 망설임을 멈추게 해준 것은 바로 그녀였다. 그녀의 지갑에서 나온 돈이 사내의 손으로 건너갔다. 사내가 그녀의 시간에 대한 티켓을 끊은 게 아니라 오히려 그녀가 사내의 욕망을 사버린 듯했다. 나는 납득할 수 없다는 표정을 하고 있는 사내를 묵묵히 바라보았다.

내가 운전하는 택시를 몇 번 이용한 적이 있는, 낯익은 얼굴이었다. 머리카락에 묻은 눈도 털지 않은 채 그녀는 사내에게 공손히 인사를 하고 돌아섰다. 이번엔 사내가 얼어붙은 눈사람으로 변한 것 같았다.

"북대로 가주세요."

나는 백미러 속에, 감자탕집 앞에서 지폐를 든 채 망연자실 서 있는 사내를, 눈사람을 훔쳐보았다. 그 사내가 거울 속에서 사라지자 그녀는 감았던 눈을 떴다.

"왜 아무것도 묻지 않아요?"

"……무엇을 물어야 하는데요?"

"다방 아가씨들 만나면 흔히들 건네는 질문 있잖아요."

"왜…… 제가 그걸 물어야 하죠?"

"아저씨도 절 좋아하니까요."

"……"

그녀의 머리카락에 묻어 있던 눈이 작은 물방울로 변해 어깨로 떨어졌다. 내 대답을, 아니 그 흔한 질문들을 기다리는지 아닌지 알 수 없었다. 눈을 감았음에도 불구하고 어둠 속에 갇힌 길을 뚫어져라 바라보는 것 같았다. 묻고 싶은 게 없는 건 아니었지만 나는 입을 다물었다. 그녀는 눈을 뜨지 않고 중얼거렸다.

"나랑 자고 싶음 얘기해요."

택시는 검은 전나무가 서 있는 길을 시속 백 킬로미터의 속도로 빠져나갔다. 같은 속도를 유지하면 계산상으로는 북대까지 삼십 분이면 가능했다. 왕복 한 시간이면 택시부로 돌아와 그녀를 내려주고 꿈 없는 잠을 잘 수 있었다. 어쨌든 계산상으로는.

"수줍음이 많은 오빠네요. 아 참, 저번에 들었던 수보리 노래 좀 다시 틀어주세요."

검은 전나무들이 빠른 속도로 휙휙 지나가는 길 위에서 나는 느려터진 금강경 독송을 틀었다. 산속을 달리는 택시의 속도로 볼 때 불경이 채 끝나기도 전에 모든 일이 먼저 마무리될 거란 생각이 들었다. 바퀴에 튕겨나가는, 비포장도로의 돌들이 내뱉는 소리가 사나웠지만 그녀는 별다른 내색을 하지 않았다. 수보리를 가지고 노는 듯한 세존의 이야기가 재미있다는 듯 가끔 피식거리기만 했다. 감자탕집 앞에서 쪼그리고 있던 여자와는 전혀 다른 사람으로 변해 있었다. 시내를 벗어나 산으로 들어가는 동안에 다른 영혼과 감쪽같이 자리를 바꿔버렸다는 생각을 지울 수 없었다. 나는 어떤 알 수 없는 배신감에 가속페달을 더 힘껏 밟았다. 이내 차체가 심하게 흔들렸다. 불경마저 산산이 조각나게 만들 심보를 품은 채.

"아저씨, 갠지스 강의 모래알이 도대체 몇개나 되죠?"

과속을 하면서 숫자를 헤아릴 순 없었다. 그녀는 속도를 낮추게 하는 법을 알고 있는 듯했다. 나는 운전대를 꽉 잡은 채 한 번도 가보지 않은 갠지스 강의 모래알을 헤아려보았다.

"……많겠죠."

"그래요, 아주 많겠죠. 다방 아가씨들만큼이나."

"그게 왜 궁금한 거죠?"

"……세존이란 자와 수보리가 수작을 주고받는 게 왠지 낯설지 않네요."

"무슨 뜻인지 이해가 갑니까?"

"아뇨. 있다 그러면 없다 그러고, 없다 그러면 있다 그러니…… 그런 뒤에 다시 있냐고 물으면 있다 그러니…… 갠지스 강의 모래알도 그래서 비로소 많은 거라니."

나는 다시 가속페달을 밟았다. 침묵의 즙 같은, 입에 고인 침을 힘겹게 삼켰을 때 금강경 독송을 지그시 누르는 그녀의 전화벨이 울렸다. 나는 오른발에 몰려 있는 힘을 풀었다. 금강경 독송도 죽였다. 미안해. 흐느끼는 듯한 사내의 목소리가 내 귀로 건너왔다. 미안해. 아깐 내가 너무 취했었어. 제발 돌아와. 나는 길옆에 택시를 세웠다. 울지 마세요. 그리고 저 화난 거 아니니 염려 마시고 그만 주무세요. 돌아와. 당신이 없으면 잠들 수 없을 것 같아. 울지 말아요. 제발 돌아와. 알았어요. 가까운 절만 잠깐 둘러보고 갈게요. 술은 더 드시지 마시고. 나는 담배를 피우며 룸미러에 비친 그녀의 얼굴을 살폈다. 그녀는 감자탕집 앞의 그 표정으로 돌아가고 있었다.

"미안해요. 오늘도 가까운 절에 가야겠네요."

"……저야 손님이 가라는 데로 갈 뿐이지요."

부처 흉내를 내는 다방 아가씨를 나는 동대 관음암 앞에다 내려주었다. 부처도 잠들었을 것 같은 깊은 밤 그녀가 왜 절을 기웃거리는지 궁금해 슬그머니 뒤따라가보고도 싶었지만 갑자기 밀려드는 졸음이 눈꺼풀을 누르고 있었다. 왕복을 뛰니 벌이야 괜찮았지만 점점 묘하게 변해가는 기분은 어떻게 할 도리가 없었다. 슬그머니 되살아나는 지난번의 꿈을 지울 수 없었다.

"그랬어요?"

돌아가는 길에 나는 결국 꿈 이야기를 꺼내놓고 말았다.

"그렇게 몰래 들어갈 수 있는 데가 실제로 절에 있어요?"

나는 고개를 끄덕였다. 그녀의 눈은 봄날 함박꽃처럼 피어났다.

"그곳으로 지금 가요!"

"……약속이 있어 돌아가는 중이잖아요."

"괜찮아요. 자고 있을 거예요."

5

삼층에 위치한 당구장 밖으로 함박눈이 내렸다. 지나가는 차량마저 뜸해지자 가로등 불빛을 받은 길은 햇솜을 깔아놓은 듯 평온하게 보였다. 그 눈 위에 몸을 눕히는 상상을 하며 내 차례를 기다렸다. 온풍기는 주기적으로 뜨거운 바람을 쏟아냈다. 커피배달을 왔다가 아예 티켓까지 끊은 그녀는 박수와 탄성을 섞어가며 내기당구를 응원했다. 다 마신 커피잔의 운두에서 커피가 말라갔다. 나는 오래 서 있어서 따끔거리는 허리를 주무르며 그녀를 훔쳐보았다. 그녀도 가끔 함박눈같이 푸근한 눈길을 보냈다. 그럴 때마다 나는 황황히 눈발 속으로 시선을 숨겨버렸다.

술 때문인지 몰라도 다른 날과 달리 당구공은 모래알처럼 작게 보였다. 그러니 우단을 깐 대_臺도 헤아릴 수 없이 넓었다. 흰 모래알 하나를 굴려 붉은 모래알이 있는 데까지 가려면 얼마의 시간이 걸릴지 알 수 없었다. 요행히 흰 모래알이 붉은 모래알을 맞힌다 하더라도 또다른 모래알이 있는 곳까지 굴러갈 거라는 확률은 더더욱 희박했다. 나는 허리를 구부리고 큐대를 잡은 채 불면의 밤 같은 연둣빛 벌판을 바라보기만 했다. 아, 더럽게 늦게 치네. 야, 이거 시간제한 적용해야 하는 거 아냐? 이러다 밤새겠다! 택시 오빠, 파이팅! 질책과 응원을 등에 업은 내 모래알은 굴러가는 게 아니라 텅텅거리며 뛰어가다가 마치 유에서 무의 공간으로 사라지듯 이내 연둣빛 벌판을 벗어나 재빠르게 계산대 쪽으로 사라졌다. 이번에는 비웃음소리를 등에 업고 갑자기 커진 그 모래알을, 아니 공을 쫓아 나도 따라 뛸 수밖에 없었다. 공은 거기에서 멈추지 않았다. 곧바로 악몽 속으로 접어들듯 열린 문을 통해 밖으로 나가버렸다. 잡으려 했지만 잡을 수가 없었다. 계단에서 가속도가 붙은 공은 한 번에 네 계단을 건너뛰며 이층, 일층으로 한달음에 내달렸다. 그 공을 쫓아가는 게 아니라 보이지 않는 줄에 의해 사정없이 끌려가는 거나 다름없다는 생각에 다다랐을 때는 이미 건물 밖이었다.

공은 인도를 지나 길을 덮은 함박눈 속에 반쯤 묻혀 눈도 코도 입도 없는 얼굴로 나를 바라보고 있었다. 주먹만한 공 앞에 쪼그려앉아 나도 공을 바라보았다. 공은 입을 열지 않았다. 밤하늘에서 내려온 함박눈이 그 침묵을 위로하듯 벌거벗은 공을 차분하게 감싸주었다. 허공에선 함박눈만 아니라 성난 목소리도 함께 내려왔다. 나는 그곳으로 고개를 돌렸다. 빨리 안 올라오고 뭐하는 거야? 공은 찾았나? 없음 그냥 올라와. 다른 공으로 치면 되지. 그들은 당구장 창문턱에 전선 위의 참새들처럼 상반신을 걸쳐놓은 채 낄낄거리다가 모습을 감췄다. 그녀만이 혼자 남아 긴 머리카락을 늘어뜨린 채 두 손으로 눈을 받으며 무아지경인 듯 놀고 있었다. 웅크린 사람 몸 하나는 족히 들어갈, 붉고 흰 공이 유리창에 붙어 있는 그곳이 북대인 것 같아 조금 섭섭한 마음이 들었다. 깊은 밤 그녀가 채 마르지 않은 시큼한 정액 냄새를 풍기며 가고자 했던 바로 그곳인 것 같아서.

공을 들고 일어났다. 차가운 공을 들고 눈 위에 발자국을 찍으며 네거리를 가로질러갔다. 이번엔 당구장 건물을 등에 업고서.

"택시 오빠, 어디로 가요?"

나는 뒤돌아보지 않고 대신 쥐고 있던 당구공을 들어올렸다.

"술 마시러 가면 나도 따라갈게요!"

머리 위로 다시 당구공을 들어올려 흔들었다. 친구들의 욕설은 함박눈을 헤치고 오느라 자주 비틀거렸다. 주머니 속의 휴대폰이 심하게 몸부림치기 시작했다. 당구공을 움켜잡은 손에 온 힘을 주었지만 공에는 한 줄 금도 가지 않았다. 더 힘을 주면 도리어 공을 움켜쥐고 있는 내가 으스러질 것 같았다.

"너 인마, 냄비 만나러 가는 거지!"

쏟아지는 함박눈을 잠시 멈추게 만드는 박의 우악스런 고함이
었다.

6

도둑처럼 몰래 들어온 서대 염불암의 법당은 어두웠다. 그녀
와 나는 시간과 날짜를 알려주는 희미한 휴대폰 불빛에 의지해
서 조심스럽게 걸음을 옮겼다. 몰래 들어왔으므로 불단 위의 촛
불을 켤 수도 없었다. 당연히 휴대폰에 내장된 전등도 무용지물
이었다. 법당 바닥에 별다른 장애물이 없는 게 그나마 다행이었
다. 마루가 아닌 온돌이어서 차갑지는 않았지만 나는 그녀가 절
하는 데 불편하지 않도록 넓고 두툼한 방석을 가져다주었다. 그
녀는 어떨지 모르겠지만 내 가슴의 콩닥거림은 쉽게 진정되지
않았다. 불단의 부처를 향해 휴대폰을 치켜든 내 손도 마찬가지
였다.

어두워서 잘 보이지는 않았지만 그녀, 밀크셰이크의 절은 엄
숙했다. 절을 하는 횟수가 늘어날수록 나는 나도 모르게 그녀가
주도하고 있는 어떤 상황 속으로 엮여들고 말았다는 느낌을 지
울 수 없었다. 그녀의 진짜 정체가 무엇인지, 잘 보이지 않는 부

처의 얼굴처럼 모호해졌다. 의혹은 전나무 가지에 쌓이는 눈처럼 휴대폰을 든 팔을 압박했지만 나는 꼼짝할 수 없었다. 그녀가 백팔 배를 한다면 마칠 때까지 옆에서 계속 서 있어야 할 것 같았다. 그녀가 합법적으로, 그것도 선불로 내 시간을 티켓으로 끊어버린 것이기에 나도 그녀가 그랬던 것처럼 돈을 돌려주지 않는 한 내 멋대로 택시를 돌려 되돌아갈 수 없었다. 늘 반복돼서 너무나도 간단했던 일이었는데 어느새 무엇인가를 훌쩍 타넘어서 캄캄한 법당 안까지 틈입한 것이었다.

휴대폰 불빛은 그대로였지만 점점 윤곽이 뚜렷해지는 그녀와 험상궂은 얼굴의 부처를 번갈아 바라보며 나는 몰래 침을 삼켰다. 하지만 침 넘어가는 소리는 목탁 소리만큼 컸다. 속도는 다소 떨어졌지만 그녀의 절도 멈추지 않았다. 비 오듯 땀을 흘리고 있다는 것쯤은 냄새만 맡아도 알 수 있었다. 법당에 들어온 후 그녀와 나는 한마디 말도 주고받지 않았다. 그러나 두 사람이 내뱉는 숨소리만 가지고도 알아챈 스님이 언제라도 잠에서 깨어나 마당을 건너올 것 같았다. 돈을 돌려주고 나 혼자서라도 절을 빠져나가고 싶은 마음이 간절했지만 나는 내 몸의 무게마저도 이겨내지 못하고 바닥에 주저앉고 말았다. 어이없게도 의혹과 불안마저 잠재우는 졸음은 쌓인 눈을 덮는 눈처럼 포근하게 내려왔다. 나는 벽에 등을 기댄 채 얼굴을 무릎 사이에 파묻고 잠들었다.

"일어나요."

따스한 단내가 얼굴을 감싸오는 게 느껴졌다. 눈은 쉽게 떠지지 않았다. 다족류 같은 게 스멀거리며 피부 위를 지나가는 것 같았지만 붙어버린 듯한 눈꺼풀은 좀체 떨어지지 않았다. 온몸이 근질거리기 시작했다. 몸 깊은 곳에서 타오르는 불길이 점점 거세지고 있었다. 욕창 속의 꽉 찬 고름이 흘러나오려고 출렁거리는 듯했다.

"쉿!"

그녀의 손이 내 입을 막았다. 그 손이 눈까지 가리진 못했다. 어둠은 그대로였지만 상황은 판이하게 달라져 있었다. 벽에 기대어 있던 나는 방석 위에 누워 있었고 절을 하던 그녀는 내 사타구니 위에 앉아 있으니. 그게 전부가 아니었다. 내가 입고 있던 옷은 매에게 공격당한 닭의 털처럼 파헤쳐져 있고 그녀는 아예 알몸이었으니. 택시를 몰고 너무 먼 곳까지 달려왔다는 자책은 그리 오래 머물지 못했다. 두 손이 먼저 그녀의 가슴을 향해 뱀처럼 머리를 곤두세운 채 다가갔으니.

"지난번 꿈도 이랬어요?"

나는 고개를 끄덕였다. 휴대폰의 푸른 불빛이 어려 있는 그녀의 얼굴은 기괴했다. 그녀의 가슴을 더듬는 내 손도 흉측했다. 불단 위에서 우리 두 사람을 내려다보는 부처의 모습은 더더욱 기괴했다. 그 기괴함 속에서 나는 더이상 견디지 못하고 허물어졌지만 마음은 더없이 편안했다. 그리고 그녀에게 법당에 들어온 후 처음으로 입을 열었다.

"……당신은 누구죠?"

"밀크셰이크."

"이제 어디로 가죠?"

"커피가 있는 곳으로."

법당 문을 닫기 전에 나는 마지막으로 부처의 얼굴을 훔쳐보았다. 왠지 얼마 전 길을 덮었던 함박눈에 반쯤 묻혀 있던 흰 당구공이 떠올랐다. 까닭은 알 수 없지만.

택시는 당구공이 계단을 내려가듯 산을 빠져나왔다. 산을 빠져나와서야 나는 참았던 숨을 토하듯 그녀에게 물었다.

"내가 누군지 알아요?"

"택시 오빠."

그녀와 나의 몸에서 법당의 향내 같은 정액 냄새가 공평하게 피어나는 겨울밤이었다. 꿈결 밖으로 나가는 길이 모처럼 시원했다.

7

함박눈이 내리던 밤 당구장에서 도망친 죄로 벌어진 술자리였다. 당연히 그녀도 참석했다. 긴 겨울을 보내는 동안 그녀는 자연스럽게 우리 모두의 연인이 돼버린 것 같았다. 사무실에서 노닥거리면서, 당구를 치면서, 술을 마시면서, 삼겹살을 씹으면서 우리는 그녀의 최종 낙점이 누구에게로 향할 것인지 기다리고 있었다. 내색하진 않았지만 눈빛 속에 담겨 있는 마음까지 감출 수는 없었다. 내가 그녀를 태우고 절이 숨어 있는 산으로 들어가곤 했으니(물론 그녀는 손님이었지만) 친구들도 각자의 방법으로 그녀와 관계를 맺었을 터였다. 술에 취해 벽에 기댄 채 담배를 피우다가 갑자기 그 생각에까지 다다르자 뱃속으로 들어간 기름기 많은 개고기가 부글부글 끓어오르는 기분이었다. 식도를 타고 꾸역꾸역 되올라올 것만 같았다. 기름방울이 떠 있는 냉수로 속을 진정시키고 그녀를 바라보았다. 되게 아름다웠다. 그녀를 바라보는 친구들의 눈에도 번들거리는 기름기가 가득했다.

농담과 음담패설, 웃음소리가 뒤섞여 흘러가는 골방에서 나는 결국 술을 이기지 못하고 턱을 받치고 있던 손을 놓쳐버렸다. 턱은 어지러운 상 위로 떨어졌다. 구토를 하지 않은 게 그나마 다행이었다. 독한 소독약 냄새가 피어나는 물수건으로 얼굴을 닦을 때 나는 나를 바라보는, 진눈깨비 같은 그녀의 눈길을 천천히 외면했다. 측은하다는 박의 눈길도 피해버렸다.

"이놈의 동넨 겨울밤이 너무 길어."

"새끼, 끝까지 남아 있을 때가 없어요!"

먼저 식당을 나와 채 몇 걸음을 옮기지 못한 나는 죽어버린 듯한 가로수를 붙잡고 주저앉았다. 저녁에 먹은 것을 얼어붙은 눈 위에 고스란히 토해놓았다. 눈물, 콧물을 흘리며. 눈더미의 눈을 두 손으로 퍼서 피자처럼 둥근 토사물을 덮었다.

길은 미끄러웠다. 뱃속에선 깨어진 얼음조각 같은 바람이 부는 것 같았다. 먹다 남은 반찬들로 어지러운 식당의 골방에서 그녀가 친구들과 알몸으로 어울려 돌아가는 모습을 상상하며 나는 아파트로 건너가는 긴 다리로 접어들었다. 얼어붙은 물을 가로지른 다리 위는 칼바람의 아수라장이었다.

"밀크셰이크."

철문에 설치된 동그란 거울 속에 들어 있는 그녀의 입이 뱉어낸 말이었다. 나는 들고 있던 당구공을 꼭 움켜쥐었다. 방바닥을 굴러다니던 당구공은 따스했다.

"……커피 시킨 적 없는데."

"속은 괜찮아요?"

나는 당구공을 놓지 않은 채 그녀의 행동을 주시했다. 그녀는 커피 보자기를 풀지 않았다. 무엇인가를 대접해야 했지만 막상 무엇부터 해야 될지 알 수 없었다. 그녀도 무엇을 해달라고 말하지 않았다. 어색함을 달래려고 텔레비전을 켰다. 하지만 잠시뿐이었다. 텔레비전 소리도 이내 어색함 속으로 투항했다. 그녀는 영양탕집에서 친구들을 모두 해치우고 마지막으로 남은 나를 찾아온 것 같았다. 그녀 몰래 냄새를 맡아보았지만 다행히 술냄새만 풍겼다. 그 생각을 읽기라도 한 듯 그녀가 미소를 흘렸다.

"그 공 이리 줘봐요."

흰 당구공이 그녀 앞으로 천천히 굴러갔다. 공을 잡은 그녀가 뒤로 물러나 앉았다.

"술이 취해서 오늘은 북대에 갈 수 없어요."

내 말이 끝나기도 전에 공이 내게로 굴러왔다.

"다음에 가면 되죠. 왜 혼자 살아요?"

나는 공을 달라고 손을 내미는 그녀를 보며 잠시 망설이다가 공을 굴렸다. 그녀는 조금 더 뒤로 물러나 벽에 등을 기댔다.

"……그 까닭이 있을 것 같은데 찾질 못하겠어요."

"눈이 높은 모양이죠."

멀어진 거리만큼, 어떤 생각을 골똘히 하는 듯 공은 더디 굴러왔다. 길고긴 겨울밤 그녀와 공굴리기를 하며 놀았다고 전하면 믿을 친구들이 없을 것 같았다. 나는 공을 들고 다시 망설였다.

"정작 자기 자신은 못 보면서."

회전을 주자 공은 그녀 앞에서 방향을 틀어버렸다. 그녀는 눈을 부라리곤 앉은걸음으로 주방의 식탁 밑으로 들어갔다. 치마 사이로 흰 허벅지가 보였다.

"이 커피 마셔도 되는 거죠?"

"쥐약은 안 탔어요."

공이 굴러왔다. 조금 빠르게. 그녀는 공에 회전을 주는 법을 몰랐다.

"물어볼 게 고작 커피 마셔도 되냐, 그것밖에 없어요?"

"……여기 왜 왔어요?"

공이 굴러갔다.

"놀러 왔어요! 됐어요?"

빠른 속도로 굴러온 공은 커피잔을 넘어뜨렸다. 잔이 깨어지면서 쏟아진 뜨거운 커피는 내 바지와 허벅지를 적셨다. 그녀는 커피 보자기를 챙기지도 않고 밖으로 나가버렸다.

겨울밤, 열세 평짜리 임대아파트 십오층 베란다에서 내려다보는 세상은 추웠다. 팬티만 입은 채 나는 바람 부는 다리를 건너가는 그녀의 뒷모습을 따라갔다. 그녀가 어둠 속으로 사라질 때까지.

공을 굴렸다.

공이 있는 곳까지 엉금엉금 기어가 다시 공을 굴렸다.

깨어지지 않는 공을 굴렸다. 밤새.

8

그녀가 다시 택시를 부른 건 커피잔을 깬 뒤 두 차례 큰 눈이 내린 다음이었다. 그사이에 해도 바뀌었다. 추웠지만 눈은 내리지 않았다. 친구들과의 만남도 소원해졌던 터라 궁금했지만 그녀의 소식을 접할 수가 없었다. 그녀는 전날 함께 술을 마신 것처럼 아무렇지 않은 목소리로 북대에 가자고 했다. 달라진 게 있다면 밤이 아니라 낮에 가자고 한 것이었다. 술도 취하지 않은 상태였다.

"……보온병하고 커피잔 집에 있는데."

"소심하기는. 버려요."

그녀는 여전히 온 동네가 환해질 정도로 아름다웠다. 그녀가
불쑥 내 아파트로 찾아왔을 때 왜 그냥 돌려보냈는지 속 시원한
답은 여전히 나오지 않은 상태였다. 굴러가고 굴러왔던 당구공
이 무엇을 말했는지도 알 수 없었다. 깨어진 커피잔과 허벅지로
쏟아진 커피도 마찬가지였다. 막상 그녀가 내 앞에 나타났을 때
내 안에서 어떤 무엇인가가 갑자기 돌변해 코를 킁킁거리며 그
녀에게서 불결한 냄새를 맡으려 했던 것쯤은 알 수 있었다. 하
지만 그게 전부는 아니었다. 코를 킁킁거렸던 것보다 더 지독한
갈망이 이미 내 마음을 덮고 있었다. 독한 냄새보다 더 독한 욕
정이 한겨울의 혹한 속에서도 꿈틀거리고 있었기에 나는 나의
공굴리기를 이해할 수 없었다.

"저 얼마 있음 다방 일 그만둘 것 같아요."

일주문을 지날 때 그녀가 꺼내놓은 말이었다. 나는 담배를 피
우는 그녀의 옆모습을 룸미러를 통해 잠시 훔쳐보았다. 그 아름
다움도 그녀의 코와 입에서 빠져나오는 담배연기를 타고 모두
어디인가로 날아갈 것만 같았다. 하늘로 되돌아가는 눈처럼.

"택시 운전은 할 만해요?"

"다람쥐 쳇바퀴 도는 거랑 비슷해요."

"지금까지 모두 몇사람을 태웠는지 알아요?"

"……갠지스 강의 모래알보다는 훨씬 적은 수의 손님을 태웠
습니다."

"부처를 태운 적은 없죠?"

"잘 모르겠네요. 세상엔 신분을 밝히며 택시를 타는 손님과 그렇지 않은 쪽이 있거든요."

"세상엔 손님에게 말을 거는 택시기사와 그렇지 않은 기사가 있어요. 왜 그런 거죠?"

"아마…… 고독해서 그럴 겁니다."

"고독하다…… 그러면 그날 밤 왜 날 잡지 않았어요?"

"……잘 모르겠어요."

"내가 더러웠나요?"

나는 택시를 길옆에 세웠다. 중대 입구가 얼마 남지 않았다고 적혀 있는 표지판이 서 있는 곳이었다. 눈 덮인 산이 반사하는 햇빛이 아득하게 시야를 지웠다. 연꽃처럼 생긴 산의 한가운데에 갇힌 것 같았다. 손과 다리가 후들거려 더이상 운전을 할 수 없었다. 나는 택시에서 내렸다. 그녀도 따라 내렸다.

"이 길은 택시가 갈 수 없으니 걸어야 합니다."

"넘어질 것 같은데."

그녀의 손은 뜨거웠다. 그 뜨거움이 내 손으로 고스란히 전해졌다. 하지만 우리 두 사람은 아무런 내색도 하지 않고 부러지고 말라버린 나뭇가지들이 눈 위에 떨어져 있는, 중대로 가는 언덕길을 걷기만 했다. 전나무의 우듬지를 지나가는 바람이 가지에 쌓였던 눈을 털썩털썩 떨어뜨리는 길이었다.

"택시 타고 가는 것보다 훨씬 낫죠?"

"가슴은 탁 트이지만, 이러다 북대에 영영 못 가는 거 아닌가요?"

"……어쩌면. 왜 북대에 가고 싶어하는 거죠?"

"별 뜻 없어요. 절이나 한번 하려고요. 참…… 택시에서 했던 말 잊어버리세요."

나는 그녀의 손을 놓지 않았다. 그녀도 손을 빼지 않았다. 공을 굴리고 공을 받았던 손이었다. 오대산을 찾아왔지만 바로 산으로 들어가지 않고 산 아래 마을의 다방에 머물면서 산을 기웃거리는 여자의 손이었다. 산 아래 사람들을 시험하는 듯한 손이었다. 그 여자의 손을 놓으면 곧바로 증발해버릴 것만 같았다. 그럼에도 불구하고 내 마음의 어느 구석지고 더러운 방에서는 잊어버리라는 그녀의 말이 잊히지 않고 똬리를 틀고 앉아 있었다. 어떻게 해야 그 뱀을 쫓아낼 수 있을지 알 수 없었다. 쫓아내기는커녕 도리어 그 뱀이 나를 삼킬 지경이었다. 더러운 건 그녀가 아니었다.

"당신, 부처 아니지?"

"웬 부처?"

"나찰녀도 아니지?"

"나찰녀가 뭐죠? 어디 아파요?"

"그럼…… 우리 절 같은 집이나 한 채 지어놓고 거기서 살까?"

"그거 좋겠네!"

152

9

빈 소주병을 싣고 만파봉가든을 나온 택시는 눈에 미끄러지며 좌우로 심하게 흔들렸다. 박이 털어놓은 이야기와 취기, 폭설이 적절히 어우러진 결과였다. 그 와중에서도 나는 한 손으로 운전 대를 잡고 다른 한 손으론 그녀에게 전화를 걸었다. 그녀도 취해 있었다. 술자리에서 전화를 받았는지 사내들의 왁자한 웃음 소리가 함께 들려왔다.

"북대? 이렇게 눈이 퍼붓는 밤에?"

"지금 안 가면 영영 못 갈 거야."

"손님들이랑 있단 말이야!"

"괜찮아. 내가 다 변상해줄게."

술집 앞에서 기다린 지 한 시간여 만에 그녀는 비틀거리며 모습을 드러냈다. 입술에 칠한 붉은 립스틱은 볼에까지 번져 있고 짧은 치마 속의 스타킹은 무릎까지 말려 내려온 채였다. 와이퍼가 함박눈을 밀어 만들어놓은 부채 모양의 창을 통해 그녀는 어릿광대처럼 웃으며 나를 들여다보았다. 함박눈은 그 모든 것을 지워버릴 듯 퍼붓고 있었다.

"웬 소주병? 술 마셨어요?"

"조금."

"표정이 왜 그래요? 성지순례 가서 무슨 일 있었어요?"

나는 농협 야간금고에서 찾은 만원짜리 스무 장이 든 봉투를 그녀에게 주었다. 하룻밤 티켓 요금이었다.

"하루 벌어 하루 먹고사는 사람이 웬 돈을 다 줘. 됐으니까 사납금이나 내."

그녀의 핸드백에 돈 봉투를 거의 억지로 우겨넣고 나는 택시를 출발시켰다. 헛바퀴를 돌며 눈을 파헤치던 택시는 꽁무니를 좌우로 흔들며 아슬아슬하게 장거리를 빠져나갔다. 그녀의 얼굴에 아무런 동요의 그림자도 지나가지 않자 나는 가속페달에 더 힘을 주었다. 택시는 반대편 차선으로 길게 미끄러지다가 주차된 덤프트럭과 간신히 충돌을 면하고 제 방향을 잡았지만 그녀는 여전히 요지부동이었다.

"이 정도 눈 때문에 못 간다면 운전하질 말아야지."

"성지순례 가서 악마라도 본 모양이네."

"……"

"……영원히 북대에 못 갈 거야."

"갈 수 있어."

"수보리나 틀어줘요."

변함없이 세존은 묻고 수보리는 대답을 하고 있었다. 무엇이 있는 것이고 또 무엇이 있지 아니한 것인지 알 수 없었다. 들으면 들을수록, 함박눈을 뚫고 달리면 달릴수록, 환한 바깥으로 나가는 게 아니라 점점 모호한 미궁 속으로 더 깊이 들어가고 있음이 분명했다. 룸미러 속의 그녀는 더이상 아름답지 않았다. 몇 겹인지 알 수 없는 가면을 뒤집어쓰고 있는 듯했다. 어쩌면 나처럼 알맹이가 없는 가면으로만 존재하는 것 같았다. 있다고 한 것은 있는 게 아니라는 수보리의 거듭되는 확인처럼. 내가 굴린 공이, 그녀가 굴린 공이, 잡아줄 손 하나 없는 곳으로 멈추지 않고 굴러가고만 있었다. 손발이 얼어버리는 눈밭으로. 룸미러 속에서 눈을 감고 있는 그녀를 다시 훔쳐보았다. 하지만 나는, 아니기에 비로소 맞다, 는 데까지는 영원히 닿지 못할 게 뻔했다. 그 생각을 읽기라도 한 듯 그녀가 입을 열었다.

"화가 났음 끙끙 삭이지 말고 빨리 풀어요."

"내가 싫어졌을 뿐이야."

"거짓말. 차라리 이 술병으로 내 머리를 내리쳐요."

그녀의 목소리는 쌓이는 함박눈에 스며드는 외등 불빛처럼 잔잔했다. 가지 위에 한 송이 한 송이 쌓인 눈이 결국 가지를 부러뜨리듯 나는 그녀의 잔잔함을 털어버리지 못하고 서둘러 무너지기 시작했다. 그녀는 눈 한 송이를 그 위에 더 얹었을 뿐이었다.

"티켓비도 두둑하게 줬으니 무얼 못 하겠어요. 마침 저기 모텔도 있네."

희고 붉고 노란 당구공들이 무더기로 탕탕거리며 계단을 내려가고 있었다. 나는 붉고 노란 불빛이 요란스럽게 깜박거리는 모텔로 방향을 틀었다. 십여 미터가량 눈에 미끄러진 택시는 한 바퀴를 돌고서야 가까스로 가로수에 부딪히지 않고 멈췄다. 창문과 운전대에 머리를 찧었지만 그녀와 나는 아무런 비명도 내지르지 않았다. 다만 세존이 수보리에게 건네는 간곡한 당부의 말이 스피커를 통해 흘러나올 뿐이었다.

"마땅히 알지어다! 이곳이 곧 탑이라는 것을!"

모든 게 지워지고 있었다. 얼굴에서 흘러내리는 땀방울 속으로 들어온 모든 것들은 뒤죽박죽 섞이고 흩어지기를 반복했다. 깨어진 술병 조각들이 붉은 빛을 토해내는 모텔 방은 무시무시한 사천왕문으로 변했다. 그녀와 나는 사천왕의 발밑에 깔려서도 사랑을 멈추지 않았다. 또 어느 순간 벽화 속으로 들어가 요괴의 모습을 한 채 부둥켜안고 있었다. 흰 당구공이 굴러가는 아파트인가 하면 어느 조용한 절 방으로도 건너갔다. 아주 작은 난쟁이로 변해 커피잔 속에서 뒹굴기도 했다. 달리는 택시 안에서도 욕정을 참지 못한 나는 운전석을 버리고 뒷좌석으로 넘어가 그녀를 껴안았다. 운전기사 없이도 택시는 장애물을 피해 잘 달리고 있었다. 그 모든 공간을 오가는 동안에도 눈은 끊임없이 내렸다. 그녀 또한 시시각각 모습을 달리하며 때로 울부짖고 포효하고 긴 한숨을 내뱉었다. 그렇게 우리는 어디인가를 향해 가고 있었다.

"경찰입니다."

출입문으로 아침 찬바람이 술술 들어왔다. 그 문을 통해 그녀는 언젠가 그녀가 내뱉은 담배연기처럼 너울거리는 옷자락을 흩날리며 허공으로 사라지고 있었지만 굳은 표정의 경찰이 버티고 서 있었기에 나는 문을 닫을 수 없었다. 깔깔거리는 그녀의 웃음소리만 우박처럼 떨어지고 있었다.

0

"수보리야, 네 뜻이 어떠하냐? 저 갠지스 강에 있는 모래를 부처가 말한 적이 있느냐, 없느냐? 그러하옵니다. 세존이시여! 여래께서는 그 모래를 말하신 적이 있사옵니다. 수보리야 네 뜻이 어떠하냐? 하나의 갠지스 강에 있는 모든 모래, 그만큼의 갠지스 강들이 있고, 이 갠지스 강들에 가득 찬 모래만큼의 부처님 세계가 있다면, 이는 많다고 하겠느냐, 많지 않다고 하겠느냐? 너무도 많습니다. 세존이시여. 그럼 다시 묻겠다, 수보리야. 너도 이 동네의 많은 사내들과 그리고 너의 친구들처럼 커피에 중독되어 돈을 주고 밀크셰이크와 잤느냐, 자지 않았느냐?"

컴퓨터 자판을 두드리는 경찰의 얼굴을 바라보았다. 조소를 감추지 않은 채 경찰은 몇 번이나 같은 질문을 반복했다. 그 질문들 위에다가 나는 금강경을 얹어놓고 봄비에 떨어져 변색된 목련처럼 앉아 있는 그녀에게로 눈을 돌렸다.

"그러니까…… 비로소 사랑하게 된 거지요."

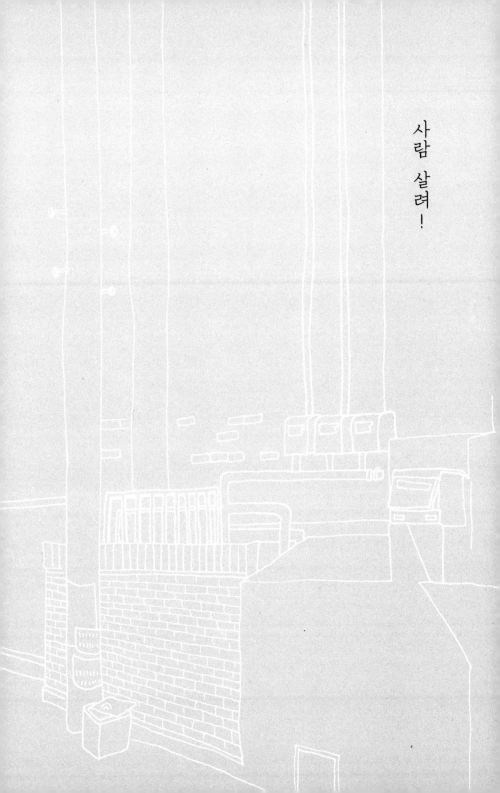

사람 살려!

그리 멀지 않은 옛날, 그러니까 흥선대원군이 임진왜란 때 불탄 경복궁 중건을 위해 강원도의 알짜 소나무들을 베어가던 무렵이었다. 바다 위에 뜬, 조금 이지러진 보름달은 하늘과 닿아 있는 듯한 대관령을 어둑하게 비추고 있었다. 온몸이 땀으로 범벅이 된 성기와 하인 개똥이는 대관령 아래 가마골, 지금의 성산을 지나서야 달음박질을 멈추고 소나무숲에서 겨우 숨을 돌릴 수 있었다. 강릉 땅의 손바닥만한 불빛이 저 멀리에서 반짝거리는 걸 발견한 성기의 입에서 절로 한숨이 새어나왔다. 불과 몇 시진 전까지만 해도 그 불빛 속에 자신이 머물렀기 때문이었다. 경포의 백사장에서 모닥불을 피워놓고 술잔을 비울 때만 해도 온갖 산짐승들의 울음소리가 내려오는 무섭고 어두운 산속으로 쫓겨 도망치리라곤 상상도 못 했었다. 하지만 이제 그곳은 당분간 돌아갈 수 없는 땅이 되고 말았다.

"되련님, 어데로 갈 건데요?"

"……한양으로 간다."

"이 오밤중에 대굴령을 넘자구요?"

겁에 질린 개똥이의 얼굴을 향해 성기는 애써 힘차게 고개를 끄떡였다. 대관령이 어떤 곳인가. 지금이야 능경봉을 시작으로 모두 일곱 개의 길고 짧은 터널이 훤하게 뚫린 왕복 사차선 도로지만 당시엔 돌고 또 돌고 오르고 또 오르고 계속 올라가야 하는 험하고 험한 길이었다. 더구나 대낮도 아닌 밤이라면 오죽 했겠는가. 그래서 고개 아래엔 잠을 잘 수 있는 주막이 있고 중간쯤엔 '반정'이라 불리는 지금의 휴게소 비슷한 곳도 있었다. 밤의 대관령에서 내려오는 험악한 이야기들을 성기와 개똥이는 결코 모르지 않았다. 강릉 사람이라면 누구나 다 아는 사실이었다. 성기는 소리나게 침을 삼키며 달을 바라보았다.

"……그래도 오늘밤 이 고갤 넘어야 하지 않겠냐. 날이 밝기를 기다렸다간 잡힌다."

"되련님, 대굴령을 넘어본 적이 한 번도 없다고 했잖아요? 찌그러지는 달과 저렇게 작은 별들이 대체 무슨 소용이 있겠어요!"

"내겐 한양으로 갈 수 있는 지도가 있다."

"지도가 뭔데요?"

"사람의 길을 알려주는 물건이다."

두 사람은 위급할 땐 무기로 써도 손색없는, 단단한 물푸레나

162

무로 만든 지팡이에 땀을 묻히며 굽잇길을 돌고돌았다. 밤의 고 갯길은 당연히 인적을 찾을 수 없었다. 먼 산에서 여우인지 늑 대인지 분간할 수 없는 울음소리가 가끔 내려올 때마다 깜짝깜 짝 놀랐지만 못 들은 척 길을 재촉했다. 오만 가지 끔찍한 상상 이 떠오르는 밤이었다. 무심한 달만 저만큼 위에서 태연하게 구 름을 밀고 당기며 놀고 있었다.

"지도란 게 믿어도 되는 물건인가요, 되련님?"

성기의 품에 있는 특이한 지도는 집안의 보물이나 다름없었 다. 강릉에서 한양으로 가는 길만 그려놓은 게 아니었다. 이 골 짜기엔 어떤 위험이 있다. 저 산에는 호랑이가 자주 출몰한다. 이 고을을 지날 땐 무엇을 조심해야 된다는 등의 주의사항이 간 단한 그림과 함께 자세하게 적혀 있을 정도였다. 요즘으로 치면 위성을 이용해 각자의 자가용에 급커브와 과속측정기, 사고다발 지점을 알려주는 '내비게이션'과 비슷했다. 위험지역을 지나기 전에 미리 대비할 수 있게 해주는 지도, 그것은 성기가 보기엔 새 세상의 길을 알려주는 획기적인 예언서나 다름없었다. 지금 까지의 지루하고 고루한 세상을 벗어나 그가 살아가고 싶은 바 로 그 세상이기도 했다.

"개똥아, 세상이 변하고 있어."

"되련님, 한양에 가보고 싶어서 일부러 사고 친 거죠?"

"난 세상을 잘못 타고났어. 너무 일찍 태어난 거야. 지금 세상 은 지루해서 견딜 수 없어."

"경포대에서 함께 해수욕하던 친구분들도 술만 취함 대굴령을 쳐다보며 같은 소릴 했잖아요. 저 너머엔 뭐가 있을까······라고."

"새끼야, 그놈들은 날 흉내낸 거야. 이번 일 벌어졌을 때 결정적으로 배신한 거 보면 몰라? 이제 그 새끼들은 친구도 아냐."

"뭐, 그건 그렇네요. 근데······ 되련님, 누가 따라오는 것 같은데요. 돌 구르는 소리 안 들려요?"

성기는 물푸레나무 지팡이를 오른손으로 꽉 잡고 걸음을 멈췄다. 과연 개똥이의 말대로 그들이 걸어온 저 뒤편에서 작은 돌들이 불규칙적으로 산비탈을 구르는 듯한 소리가 들렸다. 그 사이사이 가쁜 숨을 토해내는 소리도 올라왔다. 분명 혼자서 고갯길을 올라오는 사람의 기척이었다. 성기는 눈빛으로 개똥이의 생각을 물었다.

대관령 중턱쯤에서 두 사람은 짧은 고민에 빠졌다가 이내 마음을 굳혔다. 발소리를 죽인 채 경보를 하듯 고갯마루를 향해 걸음을 재촉했다. 자주 뒤를 돌아보며. 밤에 대관령을 넘는다는 건 어쨌든 문제가 있는 사람임에 틀림없으므로 부딪칠 필요가 없었다. 서로가 서로를 피하는 게 최선이었다. 성기와 개똥이가 물푸레나무 지팡이를 검처럼 어둠 속으로 내밀고서 점점 가팔라지는 고갯길 세 굽이를 진땀에 젖어 거의 돌아섰을 때였다. 걸음을 멈추지 않을 수 없는 목소리가 두 사람을 붙잡았다. 돌아보니 빙긋이 웃는 달 아래서 똑같은 목소리가 다시 고갯길을 올라왔다.

"선비님?"

성기는 어정쩡하게 내밀고 있던 지팡이를 내렸다. 달빛을 뒤집어쓴 채 다가오는 여인은 아름다웠다. 한 손으로 움켜잡은 치맛자락은 땅에 닿을 듯 닿지 않았다. 강릉 땅에선 한 번도 본 적이 없는 절세의 미인이었다. 성기의 마음은 이내 달처럼 환해졌다. 예나 지금이나 고개를 넘을 땐 누구나 감상적으로 변하는 모양이다. 아시는 분은 아시다시피 강릉을 떠난 버스가 대관령 정상쯤에 다다라서야 마침내 옆자리의 낯선 여자에게 예의를 갖춰 말을 걸어도 된다고 여기는 게 강릉 사내들 아닌가. 역할은 바뀌었지만 성기는 성의를 다해 대답하리라 마음먹었다.

"실례가 되는 줄 알지만, 밤길이 무서운지라 염치불구하고 걸음을 멈추게 만들었습니다. 괜찮다면 선비님과 함께 이 고개를 넘었으면 합니다."

"의당 그렇게 해드려야죠. 헌데 낭자께선 어디로 가기에 이 야심한 시간에 홀로 고개를 넘는 겁니까?"

"영 너머 진부에 되우 급한 일이 있어서……"

성기는 이해심이 많은 사내였다. 급한 일이 있다는 낭자의 처지를 방관하지 않았다. 자세한 사정이야 걸으면서도 들을 수 있었다. 원래 남녀는 서로에게 호감을 주는 첫 말문을 트기가 힘들지 그다음은 아무것도 아니다. 하여 성기가 앞장서고 반걸음 뒤에 낯선 낭자, 그리고 저만큼 뒤에서 개똥이가 따라오는 그럴싸

한 그림이 완성되었다. 마치 훗날 이효석의 「메밀꽃 필 무렵」이 란 소설에서 허생원과 동이, 조선달이 메밀꽃 흐드러진 길을 걷 는 장면을 예고하는 듯하다.

"……이름이?"

"복 복 자에 맑을 숙 자를 씁니다."

"복숙. 좋은 이름입니다. 그럼 취미는?"

"예, 한가한 시간이면 수를 놓고 있습니다. 모란을 즐겨 놓지 요."

"좋은 취미를 가졌군요. 언제 한번 수놓은 걸 볼 기회가 있으 면 좋겠군요. 아, 달빛이 복숙 낭자의 미소처럼 은은합니다."

성기는 시간이 흘러도 좀체 나란히 걷지 않는 복숙을 애타는 눈으로 돌아보았다. 복숙은 부끄러운 듯 고개를 옆으로 숙였다. 청춘남녀의 수작은 세월이 백여 년이 지나도 그대로다. 성기가 일부러 걸음을 떼지 않자 복숙도 더이상 다가오지 않았다. 달빛 에 비친 복숙의 뺨은 천상의 복숭아 같았다.

"저…… 선비님. 부탁드릴 게 있습니다."

"뭡니까?"

"그게 지금, 제가…… 소피가 급해서……"

"아! ……그렇군요. 이를 어쩐다? 고갯길이라…… 뒷간 같은 게 있을 리도 없고. 어쩌나……"

"선비님, 저쪽 숲속까지만 안내해주실 수 있는지요? 혼자 들 어가기엔 너무 무서워서."

166

"아, 그래요! 당연히 안내해드려야지요. 자, 갑시다! 개똥아, 넌 여기서 꼼짝하지 말고 기다리거라."

"되련님, 왜 그러시는데요?"

성기는 지팡이를 휘저으며 어두운 숲속으로 성큼성큼 들어갔다. 복숙의 손을 잡은 것도 아닌데 왠지 온몸이 저릿저릿해졌다. 복숙은 성기가 만들어놓은 길을 조심스럽게 따라왔다. 무성한 졸참나무 잎들이 달빛마저 가린 숲이었다.

"여기면 되겠소?"

"길에서…… 너무 가깝습니다. 좀더……"

다시 성큼성큼. 복숙은 조심조심.

"여기는 어떻소?"

"죄송합니다. 조금만…… 더."

성기는 처음으로 여자들의 다소 불편한 신체구조와 지켜야 되는 예의범절에 대해 깊은 이해를 보내며 검은 숲속으로 더 깊이 들어갔다. 여름밤이었지만 고지대인지라 숲은 서늘했다.

"예, 거기면…… 됐습니다."

성기는 무릎까지 올라온 풀들을 재빨리 뽑고 뜯어내서 자리를 만들었다. 앉으면 머리만 풀 밖으로 보이므로 볼일을 보기엔 안성맞춤인 자리였다. 복숙과 성기는 자리를 바꿨다. 복숙은 성기가 만들어놓은 자리에 들어가 다소곳하게 앉았다.

"저기…… 너무 멀리 가시면……"

"예? 아아…… 그렇군요! 여기 있음 되겠습니까?"

"무서워요! 조금만 더 가까이."

"여기?"

"조금만…… 더."

조금씩 가까이 다가가던 성기의 입술이 복숙의 입술과 붙어버린 것은 한순간의 일이었다. 두 사람의 혀는 이내 뱀처럼 뒤엉켜 돌아갔다. 바람이 지나가자 달빛이 졸참나무 잎 사이로 환하게 쏟아졌다. 평소엔 술냄새만 나던 성기의 입으로 밤꽃 꿀같이 달콤한 타액이 흘러들었다. 혼몽한 가운데 타액이, 혀와 혀가 서로 갈마들기를 거듭하는 사이 성기는 복숙의 혀를 타고 구슬 하나가 넘어온 것을 알았다. 능란한 복숙의 혀는 그 구슬을 성기의 입에 넣었다가 빼기를 거듭했다. 달콤한 타액으로 만들어진 고농도의 구슬인 것 같아 삼키려 했지만 목구멍으로 넘어가기 직전에 복숙의 혀가 도로 가져갔다. 저릿저릿하던 성기의 온몸은 마침내 애가 타서 터져버릴 것만 같았다. 입에서 노는 구슬을 포기한 성기가 두 손으로 복숙의 젖무덤을 파헤치려고 저고리의 아래위를 더듬을 때였다.

"되련님……?"

우레 같은 목소리가 졸참나무숲을 뒤흔들었다. 한껏 달아오른 몸으로 쏟아지는 얼음물 같은 개똥이의 목소리였다. 그 소리에 놀라 검은 숲속으로 캉캉거리며 도망치는, 긴 꼬리가 아홉 개나 달린 복숙의 뒷모습을 마지막으로 바라보다가 성기는 그만 정신을 잃었다.

과연 대관령은 큰 고개였다. 다음날 성기는 대관령 아래 개미들의 마을 같은 강릉과 그 너머 동해에서 떠오르는 붉은 해를 보며 고개를 끄덕였다. 간밤의 일은 아무리 생각해도 꿈인 것만 같았다. 고갯길 중턱에 자리한 작은 주막의 쪽마루에 걸터앉은 성기는 여전히 반쯤 넋이 나간 얼굴이었다. 초저녁에 도착해 일찍 잠들었던 봇짐장수들은 길 떠날 채비를 하느라 바빴다. 힝힝거리는 나귀들의 울음소리가 대관령의 아침을 찰랑찰랑 흔들고 있었다. 그러나 복숙의 모습은 주막 어디에도 없었다.

"되련님은 저 땜에 목숨 건진 겁니다."

"……절세미인한텐 누구라도 목숨을 거는 거야, 인마."

"미인으로 둔갑한 영깽이라니까요! 하여튼 이쁜 여자만 보면 맥을 못 추니 영깽이들까지 덤비는 겁니다."

어느 시대에나 종들의 말발이 서는 때가 있다. 한양으로 도망가는 길은 이제 시작인지라 성기는 개똥이의 버릇없음을 덮어두기로 했을 것이다. 대관령 정상, 그러니까 박정희 전 대통령의 친필이 적힌, 영동고속도로 준공비가 서 있는 고갯마루에서 성기는 마지막으로 고향 강릉 땅을 일별한 뒤부터 자꾸만 깐족이는 개똥이를 가급적 건드리지 않았다. 그것은 앞으로 어떤 일이 일어날지 모를 초행길의 기본법칙인 것이다. 그리고 그 판단이 옳았다는 것은 꼬리가 아홉 달린(사실 정확히 아홉 개의 꼬리가 달렸는지 세어보지는 않았다) 복숙의 달덩이 같은 얼굴을 어슴푸레 떠올리며 서쪽으로 뻗은 능경봉 자락을 따라 진부를 향해 걷고 있을 때 곧바로 증명되었다. 대관령은, 강릉 땅에서 막연한 동경심으로 쳐다보던 그런 대관령이 결코 아니었다.

그러니까…… 성기와 개똥이가 발 빠른 장사치들을 놓치지 않으려고 저만치 뒤에서 땀을 흘리며 부지런히 따라잡고 있을 때 갑자기 '와아!' 하는 소리가 쇠싸움장의 흙먼지처럼 피어났다. 산자락에서 튀어나와 저마다 칼을 들고 장사치들을 향해 몰려가는 패들은 분명 산적들이었다. 느린 걸음에 감사하며 두 사람은 재빨리 숲속으로 숨었다. 들꿩 소리만 한가롭게 들려오던 대관령 분지가 쟁쟁거리는 칼소리와 고함소리로 달아오르고 있었다. 처음엔 밀리던 보부상들도 어느 정도 전열을 가다듬자 싸움은 곧 예측불허의 상황으로 접어들었다. 피가 솟구치고 젖은 짚단처럼 쓰러져가는 사람들을 보며 성기는 덜덜 떨리는 손으로 품에 있던 지도를 펼쳤다. 다른 길을 찾아야만 했다. 아무리 세상이 흉흉하다고 해도 백주대낮에 벌어진 일에 대해 도무지 납득할 수 없었다. 귀신도 아닌 사람으로서 할 짓이 아니었다. 더구나 전시도 아니지 않는가.

"개똥아, 물을 따라 내려가자!"

너무 많이 돌아가는 길이었지만 개똥이는 토를 달지 않았다. 저 앞의 싸움은 경포대 해변에서 술에 취해 툭탁거리는 것과는 차원이 다르기 때문이었다. 두 사람은 잔뜩 허리를 숙인 채 길도 없는 숲속에서 장애물을 피해 지그재그로 달렸다. 시위를 떠난 화살이 뒤통수 바로 뒤까지 쫓아온 것 같았지만 뒤를 돌아볼

겨를조차 없었다. 칼이 서로 부딪는 소리가 사라질 때까지 두 사람은 남쪽으로 내려가는 물을 따라 죽을힘을 다해, 불알이 떨어져도 모를 정도로 달리고 또 달렸다.

"여긴 사람 사는 세상이 아니다!"

"되련님, 차라리 강릉으로 돌아가는 게 낫겠습니다! 구미호한테서 도망친 지 얼마나 됐다고 산적입니까, 산적!"

"차라리 영깽이가 낫다. 아니 백성들 세금은 꼬박꼬박 받아처먹으면서 치안이 대체 이게 뭐냐!"

"돌아가시죠? 또 무슨 일이 벌어질지 아무도 모릅니다!"

성기는 구겨진 지도를 펼쳐놓고 다시 꼼꼼하게 길을 살폈다. 발아래에서 소용돌이치는 물은 분명 한양으로 흘러가는 물이었다. 산이 많은 강원도에선 육로보다는 훨씬 안전하고 빠른 길이 바로 물길이란 생각이 번개처럼 스쳐갔다. 게다가 바다처럼 풍랑이 치는 것도 아니었다. 여러 개울이 합쳐져 수량이 많아지는 정선까지만 가면 하다못해 뗏목 정도는 얻어 탈 수 있을 거란 판단이 들자 성기는 회심의 미소를 지었다. 구미호나 산적, 호랑이가 물속에서 산다는 소린 한 번도 들어본 적이 없었다. 지금 생각해도 성기의 이 판단만은 나무랄 데가 없다고 본다. 조선시대의 교통정책은 사실 우마차가 다니는 육로를 포기한 시대였다. 특히 가도 가도 산뿐인 강원도는 더더욱 그렇다. 물론 성기의 역량을 놓고 볼 때 산적을 만나지 않았다면 떠올릴 수조차 없는 생각이겠지만 말이다. 하여튼 성기는 돌아가자고 떼를 쓰

는 개똥이와 함께 무법천지인 육로를 버리고 지금의 용평 스키
장 근처인 발왕산 아래서 휴식을 취한 뒤 송천松川을 따라 없는
길을 만들며 걸었다. 길이 없으니 당연히 산적도 없었다.

"한양 가면 뭐하며 살 건데요, 되련님?"

"우선…… 세상이 어떻게 돌아가고 있나 둘러봐야지. 강릉 같
은 깡촌에 살면 평생 변하는 세상 뒷북만 치다 마는 거야. 사실
그동안 내가 아버님한테 얼마나 많이 한양에 보내달라고 청을
넣은 줄 아냐? 그때마다 일거에 거절당했다. 아버님 세델 이해
못 하는 건 아니다만, 나는 다르다. 나는 논바닥 위에서 내 꿈을
펼칠 생각이 전혀 없어!"

"에이, 농사야 머슴들과 소작농이 짓는 거지 되련님이 짓는
건 아니잖습니까?"

"새끼, 비유를 하자면 그렇다는 거야. 누가 직접 농살 짓는데?
야! 그나저나 가도 가도 인가 한 채 없고 산천은 그야말로 절경
중의 절경이로다!"

"전 호랑이가 나타날까 걱정입니다."

"벌건 대낮에 호랑이는 무슨 호랑이냐! 어느 정도 강릉에서
멀어졌으니 앞으론 밤에 자고 낮에 이동할 테니 걱정 마라. 산
적놈들만 조심하면 된다는 얘기야."

지금도 횡계를 지나 발왕산, 노추산 자락을 구불구불 휘돌아
구절리로 흐르는 송천 주변의 풍경은 이루 나무랄 데 없으니 성
기의 입이 절로 벌어진 것이 이해가 되고도 남는다. 시대를 떠

172

나 사람들은 늘 아름다운 풍경을 찾아 소풍을 가지 않는가. 소풍이 아니면 별장을 지을 땅을 사러 가거나. 여담이지만 그때 성기가 마음을 바꿔 강릉에 있는 땅을 아주 조금만 팔아서 송천 일대의 땅을 사뒀더라면 후손들은 지금쯤 떼부자가 됐을 것이다. 하여튼 성기는 개똥이와 함께, 비록 도망치는 신세였지만 꿈을 안고 한양을 향해 걷고 또 걸었다. 더우면 아무 데서나 옷을 훌훌 벗고 미역을 감으며. 하지만 그날 두 사람은 날이 어두워졌는데도 사람의 마을에 도착하지 못했다. 성기는 그날 밤의 치욕을 문집에 이렇게 기록해놓았다.

낮과 밤은 확연하게 달랐다. 아직 달이 뜨지 않은 터라 말 그대로 칠흑 같은 밤이었다. 물 옆 높은 너럭바위 위에서 자라는 소나무 밑은 이슬이나 겨우 가릴 정도였지만 외부에서의 접근이 쉽지 않은 터라 그나마 다행이었다. 배수임산背水臨山에다 한 사람 키가 넘는 바위 위니 허공을 날아서 공격하지 않는 이상 천혜의 요새나 다름없었다. 성기는 그래도 만일을 대비해 모닥불을 피우자는 개똥이의 의견을 심사숙고했지만 득보다는 실이 많을 듯하여 받아들이지 않았다. 짐승들은 불을 두려워한다지만 불을 피워서 스스로 위치를 노출시킬 필요는 없었다. 밤새 늑대나 여우 들의 호위를 받으면서까지 잠들긴 싫었다. 하지만 개똥이가 만일을 위해 불을 피울 나뭇가지를 모아놓는 것에 대해선 내버려두었다. 주먹밥으로 저녁을 때운 두 사람은 괴나리봇짐을 베고 누웠다.

"보이는 건 없는데 들리는 건 물소리로다!"

"되련님, 노숙하는 마당에 음풍농월이 나옵니까?"

"그럼 어쩌란 말이냐. 노숙이 싫으면 돗가빌 불러 여기에다 고대광실이라도 한 채 뚝딱 지으라고 청할까?"

"아무리 생각해도 저는 되련님을 이해할 수 없습니다. 부잣집 아드님이 왜 이런 엄청난 도박을 하는지……"

"이해할 수 없음 애써 이해하려 들지 말고 잠이나 실컷 자둬라. 내일도 갈 길이 멀다."

"뭐, 전혀 재미가 없다는 얘기는 아닙니다. 주무세요, 되련님."

이 바위 저 바위를 돌아가는 물소리 위로 풀벌레들의 울음소리가 실려갔다. 깜깜한 산속에서 짝을 찾는 뻐꾸기 울음이 구슬펐다. 개똥이는 이내 코를 골았다. 성기는 강릉 땅에 남아 있는 가족들과 벗들의 얼굴이 경포대의 파도처럼 차례차례 밀려왔다가 부서지는 걸 밤하늘을 통해 바라보았다. 눈을 감아도 그들은 사라지지 않았다. 어린 율곡을 데리고 대관령을 넘다가 강릉을 돌아보며 지은 사임당의 시가 온몸으로 이해되는 밤이었다. 성기는 결국 잠들지 못하고 일어나 앉았다. 술 생각이 간절했지만 소리쳐 부를 주모도 없는 곳이었다.

어쨌거나 일의 발단은 술 때문이었다. 더위를 피해 경포의 솔밭에다 솥을 걸고 친구들과 개를 삶아먹는 것까지는 좋았는데 그다음이 문제였다. 밤늦도록 술에 취해 놀다가 역시 더위를 피해 나온 처자들을 놓고 누가 먼저 꼬드기나 내기가 벌어졌다.

쫓고 매달리고 희롱하는 가운데 그만 취한 개가 되고 만 거였다. 기억은 거기까지였다. 울음소리를 듣고 깨어나니 옷매무새가 흐트러진 낯선 처자가 소나무숲 사이로 들어온 달빛을 뒤집어쓴 채 옆에 앉아 있을 뿐 아무도 없었다. 지끈거리는 머리를 흔들고 또 흔들었지만 아무것도 굴러나오지 않았다. 저 멀리에서 누군가를 찾는 몇 개의 횃불만 어른거리며 조금씩 다가오고 있었다. 그 횃불의 정체를 파악한 순간 비로소 정신이 번쩍 들었다. 또 지난번과 똑같은 실수를 저지른 거였다.

"내가 누군지 아시오?"

훌쩍거리던 처자는 고개를 끄덕였다. 포남마을 땅 부잣집 한량 아드님을 어찌 모르겠냐는 표정이었다. 그 한량과 추문이 나면 최소한 논 몇 마지기는 얻어 부칠 수 있다는 소문이 공공연하게 돌 정도였으니.

뒷마무리를 또다시 아버지에게 떠넘겼다는 회오와 오기의 징검다리를 건너가고 건너오기를 되풀이하다가 성기는 자리를 박차고 일어났다. 장부라면 지나간 일을 돌아보지 말아야 한다. 그 질기고 질긴 연민에 얽매어 한평생을 눈뜬장님처럼 살 순 없는 것이다. 한양으로 가서 서양 오랑캐는 대체 무슨 생각을 하고 있는지 직접 겪어봐야 하는 것이다. 요동치는 세상의 달라진 공기를 마셔봐야 하지 않겠는가. 물론 한양 낭자들을 구경하는 건 그다음의 일이다. 성기는 있는 힘껏 심호흡을 하고 다시 잠을 청하려 바위 위에 누웠다. 달이 뜨려는지 산꼭대기 주변이 희붐하게 변해 있었다.

성기는 감았던 눈을 조심스럽게 떴다. 풀벌레와 새소리는 감쪽같이 사라져버렸다. 자고 있는 개똥이를 깨우는 손이 조금씩 떨려왔다. 산을 타고 천천히 내려오는 달빛 속에서 무엇인가가 허공에서 그네를 타듯 이쪽 산에서 저쪽 산으로, 저쪽 산에서 이쪽 산으로 건너뛰고 있었다. 성기의 두 눈은 화등잔만하게 커졌다.

"개똥아, 저게…… 뭐냐?"

"……사람은 아닙니다."

"돗가비?"

"……"

"귀신?"

"……"

"구미호?"

"……호랑이…… 같습니다."

"……호랑이가 어떻게 산과 산을 건너뛰냐!"

능선을 넘어온 보름달 빛에 드러난 것은 분명 집채만한 호랑이었다. 개똥이는 서둘러 부싯돌로 부싯깃을 쳐서 불을 일으켰다. 모닥불이 조금씩 덩치를 키우는 동안에도 호랑이는 곡예를 멈추지 않았다. 그 사이사이 내뱉는 울음소리는 산을 울리고도 남을 정도였다. 성기와 개똥이는 물푸레나무 지팡이를 움켜쥔 채 벌벌 떨며 호랑이에게서 눈을 떼지 않았다. 어디로 도망갈 수도 없었다. 마침내 호랑이는 그네타기를 멈추고 물 건너편 바위 위로 훌쩍 내려왔다. 이글거리는 두 눈은 성기와 개똥이를 한순간에 태워버릴 것만 같았다. 개똥이는 이미 자포자기한 듯했다.

"어휴, 되련님! 남들은 평생 한 번 겪을까 말까 한 일을 우린 이틀 만에 다 겪네요. 내가 못 살아!"

소나무 아래에서 두 사람이 달리 취할 행동은 없었다. 호랑이의 다음 행동을 기다릴 뿐이었다. 바위 위의 화톳불만 철없이 타올랐다. 성기는 만약을 대비해 불이 붙은 나뭇가지 가까이에 손을 갖다놓았다. 호랑이와 관련된 많은 이야기가 급류처럼 흘러가고 있었다. 정말 멀고 험한, 한양 가는 길이었다.

"개똥아, 여기가 혹시 재 잠자리가 아닐까?"

"설마요!"

바위에 넓죽이 앉아 있는 호랑이는 자세히 보니 그림 속의 익살스런 표정의 호랑이와 닮은 듯해서 성기는 떨리는 마음을 조금 진정시킬 수 있었다. 하지만 왜 그러고 있는지 알 길이 없어 답답했다.

"사람을 처음 보는 호랑이가 아닐까요?"

"난감하구나. 이러지도 저러지도 못하니. 이건 마치 파도 드센 날 경포대 오리바위에 앉아 있는 것 같아."

"호랑이는 영물이라는데 이유나 한번 물어볼까요?"

"전하는 이야기에 의하면 호랑이 목에 걸린 뼈를 빼주고 도움을 받은 나그네가 있었다는데. 쟤 표정으로 봐선 어디 아픈 것 같진 않고."

"되련님과 절 장난감 다루듯 가지고 노는 것 같습니다. 불붙은 나무를 던지면 물러가지 않을까요?"

"그러다 화만 더 돋우면 어떡할래?"

"언제까지 이러구 있을 순 없잖아요. 저놈이 사람 애간장을 다 녹여놓고 잡아처먹으려는 거래요."

"개똥아, 그러면 쟤가 어떻게 나오나 알아보게 니가 한번 밑으로 내려가볼래?"

"제가요? 저놈이 달려와 덥석 물면 어떡해요?"

"걱정 마라. 내가 위에서 잽싸게 끌어올리마."

개똥이가 조심조심 바위를 내려가 물 옆 모랫바닥에 발을 딛기 무섭게 호랑이는 눈을 번쩍 뜨며 일어났다. 조금씩 벌어지는 큰 입속에서 번쩍이는, 한 뼘이 넘을 것 같은 날카로운 송곳니 사이로 으르렁거리는 소리가 새어나왔다. 금방이라도 건너올 듯한 기세에 겁을 먹은 개똥이는 다람쥐처럼 재빨리 바위를 기어올랐다. 개똥이의 바지는 흥건하게 젖어 있었다. 그제야 호랑이는 재미있다는 듯 한바탕 포효를 하곤 다시 조금 전의 익살스런 표정으로 돌아갔다.

"아, 남세스러워라! 이게 뭐야!"

"괜찮아. 불에 말리면 돼. 하여튼 참, 사람으로서 되게 위신 안 서는 밤이다."

178

화가 난 개똥이가 불이 붙은 나뭇가지를 호랑이에게 던졌지만 근처에도 못 미치고 물 위에 떨어졌다. 호랑이는 하품만 할 뿐 꿈쩍도 하지 않았다. 귀찮다는 듯 아예 눈을 감아버렸다. 보름달 아래로 개똥이의 고함소리만 쩌렁쩌렁 울리는 밤이었다.

"야 인마, 대체 뭘 어쩌라구! 말을 해, 말을! 나보고 여기서 평생 살라는 거야 뭐야!"

대답 없는 호랑이 대신 성기가 씩씩거리는 개똥이를 진정시켰다. 호랑이는 비명과 곤장 치는 소리 요란한 동헌에서 태연하게 졸고 있는 원님 같았다. 그렇지만 악질 원님을 닮아서 죄 없는 사람을 다짜고짜 해칠 것 같지는 않았다. 화를 삭이지 못한 개똥이는 젖은 바지를 말리며 지팡이로 괜히 화톳불만 쑤석거렸다. 무수한 불티들이 반딧불처럼 달을 향해 치솟았다가 스러졌다. 마침내 용기를 낸 성기는 물푸레나무 지팡이를 놓고 자리에서 일어나 의관을 단정히 한 뒤 뒷짐을 진 채 물 건너편으로 정중하게 말을 건넸다.

"이보시오, 호虎선생? 이거…… 서로 인사가 늦은 거 같소. 나는 영 너머 강릉에 사는 강릉 김씨 송림파의 후손인 김성기라고 하는 사람이오. 흠. 내 이번에 뜻한 바 있어 임금님이 계신 한양으로 가는 중인데 그만 피치 못할 사정으로 이곳에서 노숙을 하게 되었소. 헌데 갑자기 호선생께서 나타나 평생 보기 힘든, 산과 산을 그네 타듯 건너다니는 신기를 보여주셨으니 고맙기 한량없소이다. 후일 꼭 호선생의 신기를 글로 옮겨 세상에 알리겠다고 내 선비의 명예를 걸고 약속하겠소. 헌데…… 호선생이야 하루에 천 리 가는 게 우습겠지만 사람은 그렇지 않다오. 거기서 계속 그렇게 있으면 우리가 잠을 잘 수 없다오. 자면서 휴식을 취해야 내일 또 먼 길을 걸을 힘을 얻을 수 있지 않겠소. 그래서 하는 말인데…… 뭐 특별히 더 보여줄 게 없고 꼭 거기에 있어야만 되는 연유가 없다면 밤도 깊었는데 자리를 비켜주는 게 어떻겠소?"

성기의 일장연설을 들은 호랑이는 대단히 귀찮다는 표정을 지으며 느릿느릿 자리에서 일어났다. 옷을 말리던 개똥이의 입이 다물어지지 않았다. 성기가 호랑이와 통하였다는 뿌듯함에 젖어 낙락장송처럼 의연하게 서서 손을 흔들 준비를 하고 있을 때였다. 갑자기 벼락 치는 듯한 소리와 함께 호랑이는 순식간에 몸을 날려 성기의 머리 바로 위로 휘익 넘어가며 쓰고 있던 갓을 빼앗아갔다. 성기는 그대로 엉덩방아를 찧으며 주저앉았다. 넋이 나간 듯한 얼굴의 성기는 자신의 사타구니를 적시며 흐르는 뜨뜻한 오줌을 멈추게 할 수 없었다. 호랑이는 뒤편 바위 위에서 두 사람을 바라보며 마침내 입을 열었다.

"산짐승들만 사는 첩첩산중에서 오랜만에 사람을 보니 반가워서 장난 좀 쳐봤어. 이 갓은 내게 선물했다고 생각해. 아, 나도 졸리니 그만 가서 자야겠다."

호랑이가 사라지자 숨죽이고 있던 다른 생명체들의 소리가 비로소 조심스럽게 되살아나고 있었다. 마치 숨어서 두 사람을 조롱하는 듯했다. 찌그러지는 보름달은 어느새 반대편 산을 넘어가는 중이었다. 성기는 참담한 얼굴로 화톳불 앞에 앉아 일렁이는 불꽃을 바라보았다. 젖은 옷이 마르면서 사타구니가 근질거렸다. 성기는 앉은 채 까딱까딱 졸고 있는 개똥이를 깨웠다.

"개똥아, 지금이 어떤 세상인데 사람이 이런 수모까지 당해야 하냐!"

"……이제 그만 주무세요, 되련님. 어차피 산속은 짐승들 세상이잖아요."

"내 언젠가 꼭 이 야만의 시대를 하나도 빠뜨리지 않고 기록할 것이다. 구미호의 꼬리를 자르고 산적들을 퇴치할 정책을 창안해서 조정에 상소할 테니 두고 봐라. 호랑이 입에서 인간의 말을 영영 빼앗아버리겠어. 사람이 쓰는 갓을 가져가서 지놈이 대체 뭘 하겠다는 거야! 개똥아, 역시 한양으로 떠나길 잘했다. 강릉 땅에 처박혀 있었음 아무 생각도 못 하는 바보로 살았을 거야. 우린 지금 암흑의 땅을 지나 빛이 있는 한양으로 가는 거야!"

"……예. 그나저나 오줌에 젖은 옷은 다 말랐어요, 되련님?"

이튿날 성기와 개똥이는 물을 따라 내려가다가 구절리 근처에서 산판꾼들을 만났다. 아니 그들보다 먼저 하늘을 향해 치솟은 붉은 소나무가 이 산 저 산에서 계곡으로 쓰러지며 내지르는 요란한 소리를 먼저 들었다. 간신히 암흑의 땅을 벗어났는데 곧바로 전장으로 들어선 기분이었다. 목도꾼들이 아름드리 소나무들을 나르느라 내지르는 구령소리가 물소리를 지우고 있었다. 나무들은 그렇게 제각기 물에 떠내려가다가 아우라지쯤에서 뗏목으로 엮여 한양까지 가는 것이었다. 왜란 때 불탄 경복궁을 중건하려는 대원군의 야심이 강원도 산골짜기까지 들어와 있는 바로 그 현장이었다. 성기와 개똥이는 긴 장대를 이용해 바위에 걸린 나무들을 하류로 흘려보내는 건장한 체격의 사내를 따라 걸었다. 사내에게서 다디단 술도 몇 잔 얻어 마신 터라 성기의 발걸음은 한결 가벼웠다.

"그러니까 호랑이 아가리에서 용케 빠져나오셨구만! 운이 좋아도 엄청 좋았던 거요. 우리 같은 산사람도 웬만해선 안 가는 곳이오, 거기가."

"그나저나…… 아우라지에 가면 뗏목을 얻어 탈 수 있습니까?"

"엽전만 있음 뭘 못 하는 세상이겠소! 내가 바로 앞사공이우."

"아우라지에서 한양까지 뗏목을 타면 시간이 어느 정도 걸립니까?"

"요즘은 물 사정이 좋으니 넉넉잡아 열흘이면 갈 수 있을 게요. 아냐. 단양이나 충주까지만 가면 훨씬 빠른 배도 있을 테니까 이레면 되겠네. 클클! 근데 말이오? 호랑이한테 갓을 뺏겼을 때 되게 창피했겠구만. 다른 봉변은 안 당했소?"

김선비와 개똥이는 입을 굳게 다문 채 비지땀을 흘리며 사내를 뒤쫓았다. 가끔 기억 속에서 따라오는 호랑이 때문에 화들짝 놀라 뒤를 돌아보며. 아름드리 소나무들은 서로 엉키고 걸렸다가도 용케 좁은 여울을 빠져나가고 있었다. 물길은 이름 그대로 구절양장이었다. 물집이 터져 따끔거리는 발바닥에 약초라도 붙이고 싶었지만 걸음이 워낙 빠른 사내를 놓치기 싫어 성기는 절뚝거리는 걸음을 멈추지 않았다.

"대원군 덕에 요즘 살 만합니다! 내가 사는 술이니 어여 잔 비우시오!"

날이 어두워지고 있었다. 성기가 주막에서 낮잠에 빠졌던 오후에 구절리로 올라가 소나무들을 아우라지로 한번 더 끌고 온 사내는 주막집의 젊은 기생을 차고 앉아 목소리를 높였다. 임계에서 흘러온 골지천이 송천과 만나는 아우라지는 온통 소나무들에 덮여 수면조차 보이지 않을 정도였고 아우라지 일대는 강릉 단오장처럼 흥청거렸다. 아우라지는 이 골 저 골에서 떠내려온 소나무들이 떼꾼들에 의해 뗏목으로 엮이는 곳이었다. 그러니까 산지의 나무시장인 셈인데 경복궁 중건으로 그 규모가 급작스럽게 커져 있었다. 당연히 이 골 저 골에서 소문을 듣고 낫과 호미를 팽개친 사람들이 한몫 잡으려고 모여든 곳이기도 했다. 취한 사내는 투박한 손으로 기생의 푸짐한 젖가슴을 주물럭거리며 성기에게 술잔을 내밀었다.

"당신은 행운아요! 호랑일 보고도 살아남았으니. 꿈으로 치면 길몽 중의 길몽을 꾼 거야. 내가 모는 뗏목에 공짜로 탈 자격이 충분하단 말이지!"

"직접 맞닥뜨리면 당장 그 말 꺼낸 것부터 후회할 거요."

장구 소리와 아라리가 그치지 않는 밤이었다. 때꾼들의 수입이 대단하다는 걸 증명해주는 소리였다. 성기는 기분좋게 술에 취해 바람을 쐬려고 홀로 강변을 걸었다. 모래사장 곳곳에서 모닥불이 타오르고 그 옆에선 들병이들이 사내들과 부둥켜안은 채 히히덕거리고 있었다. 파도 소리에 운을 맞춰 기생들과 놀던 경포대의 밤이 떠올랐지만 이내 고개를 훼훼 저었다. 성기는 그들을 피해 한적한 곳으로 자리를 옮겼다. 물 위엔 떠날 채비를 끝낸 뗏목들이 밧줄에 단단하게 묶인 채 나란히 정박돼 있었다. 호기심을 이기지 못한 성기는 물살에 조금씩 흔들거리는 뗏목으로 올라갔다. 웬만한 집보다 훨씬 평수가 넓은 뗏목이었다. 재잘거리는 물소리에 자극받은 성기는 뗏목 위에서 바지춤을 풀고 흘러가는 물 위에다 시원하게 소변을 보았다.

　"거기 웬 놈이냐?"

　뒤통수를 때리는 고함소리에 화들짝 놀란 성기는 그만 또 바지를 오줌으로 적시고 말았다. 정말이지 강릉을 떠난 이후로 제대로 되는 게 없었다.

　"웬 놈인데 야심한 시간에 남의 뗏목 위에서 얼쩡거리는 거야! 도둑놈이지?"

　"아…… 그냥 구경 삼아 한번 타본 거요. 도둑이라니 당치 않소!"

　그러나 장비를 닮은 거구의 사내는 성기에게 길을 내주지 않았다. 양손에 술병과 몽둥이를 각각 든 사내는 퀴퀴한 술냄새를 성기의 얼굴에 내뿜으며 기분 나쁜 미소를 흘렸다. 성기의 바로 뒤편은 깊은 소였다. 헤엄을 칠 수는 있었지만 그보다 먼저 성기는 자신을 도둑으로 취급하는 사내가 괘씸하기 이를 데 없었다.

"그럼 오밤중에 남의 뗏목에서 서성거리는 놈을 도둑이라 부르지 달리 뭐라 부를까?"

"난 영 너머 강릉 송정에 사는 김성기라 하오. 내일 뗏목을 얻어 타고 한양에 가려는 사람이오. 저기 주막에 가면 우리 집 종놈이며 태워주기로 한 앞사공도 있단 말이오. 술도 깰 겸, 처음 보는 뗏목이라 호기심이 동해 한번 타본 것뿐이오. 정 못 믿겠으면 나랑 같이 주막에 가서 확인해봅시다."

"잡혔을 때 그만한 개구멍쯤 준비 안 한 도둑놈이 세상천지에 어딨어?"

사내는 병나발을 불곤 뒷걸음치는 성기를 향해 한 걸음 더 다가섰다. 뗏목이 한쪽으로 기울자 물이 발목까지 차올랐다. 무엇이든지 선택을 해야 할 시점이었다.

"대체 어떻게 해야 내 말을 믿겠소?"

머리카락은 뒤죽박죽으로 헝클어졌고 수염은 돼지털처럼 뻣뻣한 사내가 그제야 씩 웃었다. 뗏목은 균형을 되찾았다.

"김선비, 나랑 씨름해서 이기면 믿지."

"씨름?"

성기는 자신보다 세 배 정도 덩치가 큰 사내를 멍하니 쳐다보았다. 차라리 정신 바짝 차리고 물로 뛰어드는 게 나을 듯싶었다. 하지만 그건 스스로 도둑이라고 인정하는 거였다. 그러나 질 게 뻔한 씨름도 마찬가지였다. 엮여도 꼼짝할 수 없을 정도로 엮인 상황이었다. 모래사장을 곁눈질했지만 사람들은 모두 사라졌고 주인 없는 모닥불만 타고 있었다. 주인이 돌아오지 않고 있는데도 취해 잠든 개뚱이란 놈도 괘씸하기 그지없었다. 어느새 성기의 바지춤을 잡은 사내는 먼저 일어나려고 씩씩거렸다. 심판을 보기 위해 허겁지겁 산을 넘어온, 찌그러진 보름달이 마침내 밤하늘에 둥실 떠올랐다.

"내가 지면 어떻게 되는 거요?"

"이길 때까지 하는 거야."

다리에 힘을 주고 버틸 때마다 얼음장처럼 쑤욱 가라앉는 뗏목 위에서 벌어진 씨름판이었다. 성기의 모습은 마치 고목에서 떨어지지 않으려 용을 쓰는 새끼곰 같았다. 힘과 덩치에서 앞선 사내는 다짜고짜 성기를 들어올리려 했다. 들리지 않으려고 몸을 뒤로 빼자 사내는 앞으로 바투 다가섰다. 밀려서 물에 빠지지 않으려면 사내의 힘을 이용해 계속해서 몸을 틀어 도는 수밖에 없었다. 돌면서 아무리 들여다봐도 성기가 받아칠 만한 허점이 보이지 않았다. 더욱이 모래판도 아니고 출렁거리는 뗏목 위였다. 성기가 쓸 수 있는, 버틸 수 있는 유일한 기술도 사내에게 들리지 않도록 몸의 중심을 뒤로 빼서 계속해서 도는 게 전부였다. 그런데 이상하게도 승부는 나지 않고 대체 몇 번이나 돌았는지 헷갈릴 때, 성기는 보았다. 아니 발견했다. 사내의 다리가 하나밖에 없는 것을. 그래서 요즘으로 치면 백두급인 사내가 가볍디가벼운 태백급인 성기를 쉽게 쓰러뜨리지 못하는 것이었다. 성기는 비로소 회심의 미소를 지었다. 하긴 살다보면 외다리 사내하고 씨름도 하는 법이었다. 숨을 들이마신 성기는 계속해서 뒤로 빼던 몸을 배지기 기술을 걸듯 갑자기 앞으로 밀어붙였다. 성기의 두 발은 사내의 힘에 의해 마치 물 위를 찰랑찰랑 걷는 듯, 허공으로 들릴 듯 말 듯 위태로웠다. 성기의 배와 사내의 배가 마침내 맞닿으려 할 때 성기는 재빨리 오른손을 뻗어 사내의 무릎 뒤편을 잡아당겼다. 그러자 너무도 쉽게 거대한 고목이 뗏목 위로 우지끈 넘어갔다. 허공으로 시커먼 물탕이 치솟았다가 달빛을 받으며 내려왔다.

"김선비, 한 판 더 하자!"

"그런 게 어딨어!"

"씨름은 원래 삼세판이야!"

"약속이 틀리잖아?"

"씨팔, 아녀잘 겁탈하고 도망치는 주제에 뭔 말이 그렇게 많아!"

"……그게 무슨 뚱딴지 같은 소리야. 난 일 때문에 한양으로 가는 거라구."

"발뺌을 하시겠다! 끈적끈적했던 경포대의 밤을 부인하시겠다? 지금 자네 부친은 화병으로 드러누웠어."

"……좋아. 딱 삼세판이야?"

외다리 사내는 들어올리려는 욕망밖에 없었다. 성기는 시간을 끌다가 같은 기술로 단번에 사내를 넘어뜨렸다. 늦가을 홍시처럼 얼굴이 변한 사내가 소리쳤다.

"오 판 삼 선승!"

하지만 결과는 마찬가지였다. 내리 네 판을 이긴 성기는 사내를 설득했다.

"이보게, 난 뗏목 도둑이 아냐. 밤도 깊었으니 이제 그만하고 돌아가 눈 좀 붙이는 게 어떻겠소?"

"계속 하는 거야!"

외다리 사내는 씨름에 미친 것 같았다. 보름달도 심판을 보다 지쳤는지 아예 구름 뒤편으로 숨어버렸다. 성기는 한 번쯤 져줄까도 생각했지만 사내의 상태를 볼 때 이기고 지는 게 문제가 아니었다. 슬슬 밀려오는 졸음을 등에 업은 채 성기는 비몽사몽 외다리 사내와 끝이 없을 것 같은 씨름을 하고 또 했다.

그날따라 닭은 아주 늦게 새벽을 알렸다.

"되련님, 꼭두새벽부터 혼자 뗏목 위에서 장대 잡고 대체 뭐 하시는 겁니까?"

"……개똥아!"

긴 뗏목은 햇살이 반짝이는 송천을 지나 조양강으로 접어들었다. 노련한 앞사공이 방향을 잡으면 뒷사공이 긴 장대를 이용해 뗏목을 밀어 속력을 높였다.

"그건 돗가비가 틀림없소."

"맞아요, 도련님. 돗가비가 씨름 좋아한단 얘긴 저도 들었습니다."

한양까지는 어림잡아 육백 리 물길이었다. 중간중간에 뗏목을 박살낼 수도 있는 무서운 여울이 있다지만 앞사공 사내는 걱정할 것 없다며 목소리를 높였다. 물속에 숨어 있는 날카로운 여까지도 자신의 손바닥 안에 있다고 장담했다. 정작 무서운 건 그게 아니라 젖통을 다 드러낸 채 강변에서 장구를 두드리며 춤을 추는 기생이나 들병이라고 했다. 그녀들에게 제대로 걸리면 뗏목을 엮은 칡줄이 썩어가는 줄도 모른다며 웃음보를 터뜨렸다. 이상하게도 뗏목만 타면 다른 때보다 훨씬 심하게 여자를 품고 싶은 충동이 생긴다는 거였다. 어떤 떼꾼은 아예 나루터마다 첩을 두고 있는 모양이었다.

뗏목의 뒤편에 앉은 성기는 앞사공의 우스갯소리를 흘려들으며 깜박깜박 졸았다. 간밤을 꼬박 세운 탓이었다. 이해할 수 없는 건 왜 성기에게만 이상한 것들이 달려드냐는 것이었다.

내가 그렇게 만만해 보인단 말인가. 그도 아니면…… 훗날 내가 크게 될 것을 알아차리고 내 운명의 앞부분에 미리 출연해서 작은 흔적이라도 남겨놓으려는 의도일까. 그렇단 말인가. 진정 그렇다면…… 허허, 영특한 것들!

성기는 졸음에서 깨어나 하늘까지 치솟은 거대한 벼랑을 흐뭇한 눈으로 쳐다보았다. 가히 그의 기상과 맞먹을 만한 벼랑엔 온갖 꽃들이 다투어 피어 있었다.

"자, 여기서부턴 험하니 꽉 붙드시오! 재수 없음 급류 속으로 곤두박질할지도 모르니."

앞사공의 당부에 성기는 천천히 고개를 끄덕였다. 점점 좁아지는 강폭으로 물은 쾅쾅거리며 빠른 속도로 몰려갔고 바위에 부딪혀 뒤집히면 거품을 토해놓느라 정신이 없었다. 자리에서 일어난 성기는 그 옛날 왜적을 섬멸했던 성웅 이순신을 떠올리며 칼 대신 물푸레나무 지팡이를 든 채 앞을 노려보았다. 무릇 시련과 고난 없이 만들어지는 위인은 없는 법이었다.

"되련님……!"

개똥이의 외침을 마지막으로 듣고 성기는 급류 속으로 휘말려 들어갔다. 물속으로 큰 바람이 지나가고 있었다. 몸은 변신을 시도하는 구미호처럼 물살을 타고 공중제비를 돌았다. 그 위로 검은 구름 같은 뗏목이 유유히 지나갔다. 물속에서는 아무 소리도 들리지 않았다. 좁은 여울을 통과한 물은 이윽고 넓어지고 깊어진 소에서 빙글빙글 맴을 돌았다. 비로소 성기는 의지대로 수면을 향해 두 손을 휘저을 수 있었다. 경포바다의 오리바위 십리바위를 왕복하는 헤엄 실력을 지닌 성기였다. 물 밖으로 얼굴을 내민 성기는 재빨리 사방을 살폈다. 건너편 모래사장에 정박한 뗏목 위에서 떼꾼들에게 거 보라는 듯 자랑을 하던 개똥이가 성기에게 손을 흔들었다. 개똥이는 분명 성기의 헤엄 실력을 자랑했을 터였다. 성기도 따라서 한 손을 흔들어주었다. 빠른 속도로 맴을 도는 소에서 빠져나가는 유일한 방법은 잠수해서 헤엄치는 거밖에 없다는 걸 잘 알고 있었다. 성기는 다시 손을 흔들어주고 물속으로 들어갔다.

물속은 여전히 고요했다. 뗏목이 있는 곳을 향해 활짝 벌린 두 팔을 내밀었다가 당기려 할 때 성기는 갑자기 등에 소름이 돋는 것을 느꼈다. 누군가 그의 두 발을 꽉 움켜잡고 있었다. 아니나 다를까. 몸을 틀어 바닥을 보니 소복을 입은 한 여자가 해초처럼 긴 머리카락으로 성기의 발목을 휘감은 채 놓아주지 않았다.

말로만 듣던 물귀신이구나.

성기는 터질 것 같은 숨을 참으며 수면을 향해 무쇠처럼 무거워진 두 팔을 힘겹게 휘저었다. 두 다리는 굳어가는 엿가마 속에 빠진 듯 조금씩 두 팔을 따라왔다. 어쩔 수 없이 물 밖 사람들에게 도움을 청해야만 하는 상황이었다.

"되련님, 되게 멋있습니다!"

저편 뗏목 위에서 아무것도 모르는 개똥이가 다시 박수를 치며 환호했다. 두 떼꾼도 엄지를 치켜세우며 대단하다는 표정을 감추지 않았다. 성기는 살려달라는 외침을 억지로 삼킨 채 숨을 들이켜곤 다시 물속으로 끌려들어갔다. 물귀신의 머리카락은 그사이 다리를 더 단단하게 감고 있었다. 자존심 때문에 삼켜버린 말을 후회하고 또 후회했지만 이제는 얼굴마저 물 밖으로 내밀 수 없었다. 성기는 물귀신의 머리카락에 끌려 바닥으로 내려갔다. 이대로 죽을지도 모른다는 생각을 처음으로 했다. 싸늘한 미소를 흘리는 물귀신은 말없이 성기를 바라보기만 했다. 물귀신의 얼굴 앞으로 많은 것들이 천천히 흘러가고 있었다. 강릉을 떠난 뒤에 우여곡절을 겪으며 만났던 것들이 마지막으로 모습을 드러내자 성기는 더이상 숨을 참으며 견딜 수 없었다. 곧바로 숨을 토해내지 않으면 그대로 산산이 터져버릴 것 같았다. 성기는 그것들을 향해 소리쳤다.

"사람 살려……!"

"……"

"……사람?"

"사람을 살리라고?"

"누구 보고 살려달라는 거야? 이 물속에 사람은 너 말고 아무도 없어."

"왜…… 우리가 널 살려야 하지?"

"이제 우리랑 놀 생각이 없는 거야?"

성기는 간신히 고개를 끄덕였다. 그런데 기이한 일은 외다리 도깨비, 구미호, 갓을 쓴 호랑이, 배가 고프면 인육도 먹는다는 산적들, 그리고 물귀신은 성기가 무수한 물방울과 함께 꺼내놓은 한마디 말에 대꾸를 한 뒤 대단히 슬픈 표정을 지우지 못하고 서서히 물러나고 있었다. 성기는 두 눈을 부릅뜬 채, 자신이 내뱉은 말의 위력에 의아해하며, 그리고 왠지 알 수 없는 고독을 발목에 매달고서 물 위로 떠올랐다.

새참을 먹으면서 휴식을 취한 일행은 다시 뗏목을 타고 아무

일도 없었다는 듯 한양을 향해 흘러갔다. 한 십 리를 더 흘러가서야 성기는 물속의 일을 털어놓았다.

"되련님, 그게 말이 됩니까! 전 못 믿겠어요. 헛것을 봤겠죠."

"진짜야."

"난 당신 말을 믿소. 까놓고 말해서 세상에 사람보다 간사한 종자가 또 어디 있겠소."

"에이, 아무리 그래도 사람 살리라는 말에 모두 사라졌을라구요! 뭔가 다른 까닭이 있겠지…… 설마 물속에서 소피를 본 건 아니죠?"

성기는 장대에 걸어놓고 말리던 옷을 입으려다가 잊고 있던 지도를 떠올렸다. 나달나달해진 그림지도를 조심스럽게 펼쳐놓고 들여다보던 성기는 한참이나 눈을 비비고 또 비볐다. 지도 속 곳곳에 도사리고 있던 위협적인 존재들은 모두 어디론가 사라지고 없었다. 아름드리나무들도 마찬가지였다. 남은 것은 헐벗은 산과 산의 이름, 갈라지고 만나는 길, 그리고 사람의 마을을 알리는 지명뿐인, 헐벗은 풍경이 전부였다. 덜 마른 옷을 입은 성기는 여름인데도 불구하고 온몸을 부르르 떨었다.

이별 전후사의 재인식

─ 그녀와 그의 연평해전, 그리고 즐거운 트위스트

한여름이었다. 그는 남한강변의 이름만 남은 작은 나루터 마을에서 그녀를 기다렸다. 들어가 쉴 만한 곳도 없는, 정말이지 쇠락해가는 시골마을인지라 문을 닫은 중국집 처마 밑에서 겨우 햇살을 피할 수 있었다. 어느 쪽에서 그녀가 나타날지 알 수 없었기에 담배를 피우며 구부러진 길의 오른쪽 왼쪽을 번갈아 살폈다. 어느 날 갑자기 그녀를 찾아야 한다는 강박에 사로잡혀 어느 인터넷사이트로 들어가 그녀의 나이와 이름을 치자 백여 명의 그녀가 동시에 나타나는 사태가 벌어졌다. 그는 그녀의 생일을 잊어버렸기에 더이상 범위를 좁히지 못하고 참고 또 참으며 같은 이름의 홈페이지들을 하나하나 점검해나갔다. 일 년에 한 번 정도 그의 꿈에 나타나 까닭도 얘기하지 않고 펑펑 울다가 사라지는 게 헤어져 지낸 지난 팔 년 동안 두 사람 사이에서 벌어진 일의 전부였다. 휴대폰 화면의 시간을 재차 확인하고 왼쪽 어깨에서 자꾸만 흘러내리는 가방을 추스르고 있을 때 흰색 자가용이 마을 초입으로 들어와 망설임 없이 멈췄다. 그리고 한 여자가 내렸다. 그의 마음속으로 호박돌만한 무엇이 쿵 떨어졌다. 멀리서 보아도, 그녀였다.

1997, 이별전후사의 인식

누가 다음 대통령이 될까? 그녀는 곰팡이 냄새가 희미하게 피어나는 침대에 누워 평소와 달리 자기 몸에 손도 못 건드리게 하며 텔레비전 뉴스를 시청했다. 가을이 깊어가는 밤이었다. 달아오를 대로 달아오른 그는 그녀의 물음에 대꾸할 여력이 없었다. 하지만 그녀는 침대 위의 고슴도치 같았기에 설불리 접근할 수 없었다. 그랬다가는 가시에 찔려 피를 흘리는 건 고사하고 아예 그녀가 떠나갈 거라는 불안 때문이었다. 힘들어? 그녀는 벌거벗은 그의 몸, 특히 아랫도리를 보며 물었다. 아니…… 참을 만해. 누가 될까…… 정말로 궁금하다는 얼굴이어서 그도 이불 속으로 들어가 알몸을 감춘 채 텔레비전을 들여다보았다. 하지만 전국을 순회하며 선거운동을 하는 후보들 중 과연 누가 차기 대통령이 될 것인지 그로서는 당연히 알 수 없었다. 예상해보는 것도 귀찮았다. 정치에 관심이 없어서가 아니었다. 낮 동안 그녀와

198

함께 강남의 아파트 단지를 돌며 백여 장이 넘는 과외전단지를
붙인 노고를 그녀가 풀어주길 바랄 뿐이었다. 늦은 저녁을 먹고
그의 집으로 들어올 때만 해도 그는 보람과 기대에 부풀어 있었
다. 부엌 겸 욕탕에서 서로의 등에 즐겁게 비누칠을 해주고 뜨
거운 물로 샤워를 할 때에도 문제될 게 전혀 없어 보였다. 침대
위에서의 갑작스런 돌변에 대해 해명을 요구하고 싶었지만 그는
나라의 앞날에는 관심을 두지 않고 오로지 개인적인 즐거움에만
탐닉한다는 비판을 듣고 싶지 않아 입을 다물었다. 누굴 찍을
거야? 지금까지 내가 찍은 후보가 국회의원이나 대통령에 당선
된 적이 한 번도 없었어. 그래서 고민이야. 차라리 투표를 하지
않는 게 나을 것 같아. 어느새 시들어버린 성기를 되살리려고
이불 속에서 만지작거리며 그는 우울하게 대답했다. 한 표라도
더 모아야지, 그걸 말이라고 하는 거야? 근데…… 지금 뭐 하는
거야? 그녀가 이불을 와락 들췄다. 저질! 그의 손아귀 속에서
당황한 성기가 어찌할 줄 모르고 있었다. 머릿속에 오직 그 생
각밖에 없지! 그는 묵묵히 이불을 끌어당기고 텔레비전을 시청
했다. 대통령 선거는 혼전을 거듭하는 중이었다. 그녀의 말대로
한 표가 아쉬운 상황이었다. 세번째로 대권에 도전하는 후보는
이번에도 실패하면 여러 정황으로 보아 영영 꿈을 접어야 할 듯
싶었다. 그는 비장한 표정으로 고개를 끄떡였다. 무슨 일이 있더
라도 신성한 투표권을 행사하겠다고. 처음으로 야당과 여당이
자리를 바꾸는 일에 기꺼이 동참하겠다고. 그러나 그는 알고 있

었다. 그렇다 하더라도 그녀와 그가 다리품을 팔아가며 붙인 과외전단에 적힌 연락처로 전화를 걸어오는 학부모는 없을 거라는 사실을. 구제금융 시대에 새로이 과외를 신청할 배짱을 가진 학부모를 찾기란 쉽지 않기 때문이었다. 그것은 그녀 역시 조만간 아무런 일거리가 없는 신세로 전락한다는 걸 의미했다. 그는 긴 한숨을 꺼내놓았다. 화났어? 아니야. 좀 피곤해서 그래. 오늘 힘들었지? 이리 와. 내가 껴안아줄게. 됐어. 그만 자자. 어이구, 삐쳤구나! 어느새 태도를 바꾼 그녀는 얼굴을 이불 속으로 디밀고 들어가 그의 사타구니에 고정시켰다. 반면에 그는 텔레비전에서 시선을 떼지 않았다. 한 후보는 경상도를 휘젓고 다른 후보는 전라도를 훑고 있었다. 그렇게 그들은 서울을 향해 서서히 진군하는 중이었다. 그의 사타구니에 얼굴을 파묻은 그녀도 서서히 달아오르고 있었다. 그 역시 마찬가지였지만 애써 표정을 풀지 않은 채 텔레비전에 몰두했다. 그렇지만 정말 마음에 드는 후보가 있는 것도 아니었다. 그녀의 강요가 아니라면 투표하고 싶지도 않았다. 그녀의 따스한 입김은 풀이 죽어 있던 그의 물건을 조금씩 키우고 있었다. 어쩔 수 없이 그도 잠시 대통령선거를 잊고 뾰로통해진 마음도 풀 겸 이불 속으로 머리를 디밀어야 할 상황이었다. 불안해. 그러나 예고 없이 튀어나온 그녀의 한마디에 그는 급격하게 허물어졌다. 텔레비전 속으로 뛰어들어가 대통령 선거에 출마해 세상의 모든 불안을 없애겠다는 공약을 내걸고 싶은 심정이었다. 이불 속의 그녀는 다시 그의 사타구니에 대고 말했다. 침대 위, 곧 허물어질 것 같은 무덤 속에서 새어나오는 듯한 말을. 불안해.

　뭐, 금반지를 내놓으라고? 나라의 운명이 걸린 문젠데 당연히 우리도 동참해야지. 이건 우리 두 사람이 만난 지 일 년을 기념하는 의미로 마련한 커플반지잖아. 그는 그녀의 가느다란 손가락과 자신의 투박한 손가락에서 반짝이는 금반지를 우울한 눈빛으로 들여다보았다. 달아나려고 하는 그녀의 마음을 붙잡기 위해 술값, 밥값, 책값을 아껴 어렵게 마련한 반지였다. 그 반지가 그녀의 약지를 부드럽게 감싸고 있는 것을 볼 때마다 그는 마음속에서 피어오르는 불안의 연기를 어느 정도 잠재울 수 있었다. 생각 같아선 그녀의 약지만이라도 갑자기 굵어져서 영영 반지가 빠지지 않았음 싶었다. 안 빼고 뭐 해? 그는 너무나도 간단하게 그녀의 손가락에서 빠져나온 반지 위에다 원망 가득한 눈빛을 얹어놓았다. 이렇게까지 할 필요는 없잖아. 대체 우리가 뭘 잘못했다고 반지까지 내놓아야 되는 거야! 투덜대지 말고 빨리 빼. 작은 반지 두 개를 은행에 넘긴 뒤 그는 아직 할부금이 많이 남아 있는 그녀의 소형차를 타고 겨울바다로 향했다. 오랜만에 떠나는 여행이었다. 반지를 넘기고 받은 돈이면 넉넉하진 않지만 바다까지 갈 수 있는 기름값과 숙박비, 그리고 밥값을 해결할 수 있었다. 이력서 낸 거는 어떻게 됐어? 그가 보습학원에 뿌리고 다니는 강사 이력서를 두고 하는 말이었다. 그는 대답 대신 운전대를 잡고 있는 그녀의 손가락에 새겨진 반지 자국을 훔쳐보았다. 연락 없어? 차라리 계속해서 국가 경제를 걱정했으면 좋을 것 같았지만 그녀는 그러지 않았다. 좀 기다려봐야 될 것 같아. 언제까지? 연락이 온 데는 페이를 턱없이 깎아내리니 어쩔 수가 없어. 아무리 아이엠에프라지만 그건 해도 너무 하는 거야. 강사가 지들 종이야 뭐야. 그녀는 급브레이크를 밟아 길옆에 차를 세웠다. 두 손으로 운전대를 꽉 움켜잡은 채 온몸을 부들부들 떨었다. 반지를 끼고 있던 자리는 더 하얗게 변해버렸다. 그들이 찾아가는 겨울바다는 혹독한 추위를 견디지 못한 채 꽁꽁 얼어 있을 것 같았다. 지금 그 알량한 자존심 내세울 때야! 멀쩡했던 사람들이 길거리로 나앉는 세상이잖아! 난 지금 이 차 할부금도 못 낼 지경이야! 그와 그녀는 한동안 서로 다른 풍경을 바라보며 담배를 피웠다. 그는 그동안 그녀의 차를 얻어 타기만 했지 한 번도 할부금을 대신 내줄 생각을 하지 못했다는 사실을 비로소 알아차렸다. 미안해. 그는 그녀의 손을 쓰다듬었다. 허전하고 쓸쓸했다. 돌아가면 예전의 반밖에 강사료를 받지 못한다 하더라도 일을 해서 그녀의 걱정을 덜어주리라 마음먹었다. 새 반지를 그녀의 가느다란 손가락에 다시 끼워주리라 고개를 끄떡였다. 그리고 그는 긴 한숨을 토해냈다. 호흡을 가다듬은 그녀는 다시 바다를 향해 소형차를 몰았다. 오디오에서 흘러나오는 노래가 그녀와 그의 침묵을 따스하게 쓰다듬어주고 있었다. 노래 테이프의 한쪽 면이 모두 돌아가자 그는 용기를 내어 침묵 속에서 설계했던 청사진을 그녀에게 내비쳤다. 차라리 우리 합치는 게 더 경제적이지 않을까? 합치다니? 결혼? 동거? 날 먹여살릴 자신 있어? 그녀는 다시 난폭하게 차를 세웠다. 아차 했지만 그는 본의와 다르게 진행되는 상황을 되돌릴 수는 없었다. 반지 판 돈으로 여행가면서 그게 말이 되는 소리야! 미안해. 해빙의 기미를 보였던 바다가 재빠르게 제자리로 돌아가고 있었다.

아이엠에프를 미리 예견하고 저 둘을 미국에 파견한 게 아닐까? 오직 박세리와 박찬호의 세상인 것만 같았다. 실의에 빠져 집을 나가고, 머리를 밀고, 자취를 감추고, 심지어 스스로 목숨을 버리는 사람들이 허다한 세상에서 박세리와 박찬호는 어떤 등불 같은 존재로 변해 있었다. 두 사람이 던지고 치는 작은 공 두 개가 태평양 건너에서 희망을 잃고 사는 이들에게 미소를 되찾게 해줬다고 텔레비전 속의 사람들은 떠들었다. 그와 그녀에게도 그 영향인지는 몰라도 짧은 평화가 찾아와 머물렀다. 그는 중고생을 상대로 열심히 목소리를 팔아 그녀의 자동차 할부금을 두 번이나 내주었고 그녀는 혼자 사는 그를 안타까이 여겨 어머니가 해놓은 김치와 밑반찬을 부지런히 퍼날랐다. 그와 그녀는 명절을 이용해 비싸지는 않지만 정성이 담긴 선물을 들고 양쪽 집에 인사도 드렸다. 불안한 그 무엇이 여전히 저 밑바닥에 웅크리고 있었지만 서로에 대한 배려가 앞섰기에 수면을 뚫고 나오지는 않았다. 세상에서 낙오되지 않았다는 위안으로 손을 잡고 함께 텔레비전을 시청하는 밤은 그 무엇과도 바꿀 수 없는 소중한 시간이었다. 그리고 그 텔레비전 화면 속에서 박찬호와 박세리가 번갈아 강속구를 던져 양키들을 삼진아웃시키거나 엘피지에이 우승컵을 거머쥐고 있었다. 그녀가 말했다. 박찬호를 보면 힘이 느껴져. 야구 보느라 밤을 새워도 다음날 아무렇지 않다니까. 박찬호의 힘이 태평양을 건너와 내게까지 전해지나봐. 그는 텔레비전 뉴스 속의 박찬호를 뚫어지게 살폈다. 잘하긴 잘하는데…… 뭐랄까, 심오한 영혼의 무게가 덜 느껴져. 힘만 보인다고 할까. 반면 박세리에겐 힘과 영혼이 골고루 섞여 있는 것 같아. 힘이 있어야만 이 복잡한 세상을 직통버스처럼 뚫고 나갈수 있다니까! 그렇지 않으면 시내버스처럼 손님이 기다리는 모든 정류장에 일일이 다 서야 하는 거잖아. 그게 얼마나 피곤한 일인지 알아? 박세리의 원동력도 역시 힘에서 나온 거야. 저 굵은 다리를 봐. 그녀는 연못에서 걸어나오는 박세리의 굵은 종아리를 가리켰다. 그와 그녀는 마치 서로의 성을 바꾼 채 토닥이는 것 같았다. 그는 그녀의 지적이 같은 여자로서 박세리를 모독하는 것임을 눈치챘다. 맨발로 연못에 들어가 공을 치고 나오는 박세리의 모습에 온 국민이 눈시울을 적시고 박수를 보내지 않았던가. 당연히 그의 반격이 필요한 시점이었다. 하지만 야구장에서 분을 이기지 못해 태권도의 이단옆차기를 시도한다는 건 도무지 용납할 수 없는 일이야. 내가 다 얼굴이 화끈거린다니까. 언제까지고 힘으로만 버티겠다는 게 말이 되는 얘기야. 자기 가

204

슴으로 돌멩이가 날아오는데 가만히 당하고만 있으라고? 그게 심오한 영혼을 지닌 자의 처세술이야? 그와 그녀는 한동안 격앙된 어투로 좁은 침대 위에서 서로의 세계관에 대해 공격과 방어를 하다가 결국 서로 등을 돌리고 누웠다. 하지만 두 사람 모두 쉽게 잠들지 못했다. 그는 과연 어떤 사람이 헤아리기조차 힘든 돈을 벌고 있는 박세리의 남편이 될 것인지 궁금해하다가 탄식을 내뱉었다. 희망이라니. 박세리와 박찬호는 결코 그와 그녀의 희망의 대상이 될 수 없었다. 그는 입술을 깨물고 남몰래 울었다. 그렇게 깊어가는 주말 밤 그녀는 몸을 돌려 그의 목덜미를 눈물로 적시며 말했다. 난 가난하게 사는 게 정말 싫어. 장밋빛 미래를 약속한다는 게 헛된 공약처럼 여겨졌기에 그는 돌아누워 말없이 그녀를 힘껏 껴안아주었다. 당장은…… 껴안아줄 힘밖에 없었다. 방은 어두웠다.

딱 두 시간이면 돼. 마지막으로 선물할 게 있어. 선물? 헤어지기로 합의한 뒤 보름가량 지나 그는 그녀에게 전화를 걸었다. 보름 동안 그는 아주 더디게 이삿짐을 쌌고 학원강사 생활을 정리했다. 그 보름 동안에도 시도 때도 없이 그녀의 알몸이 떠올랐지만 애써 지워버렸다. 대상조차 불분명한 증오가 치솟을 때도 묵언을 서약한 수도자처럼 이를 악물었다. 사 년 동안의 연애가 소리조차 없는 신음으로 변해 잇새를 빠져나가고 있었지만 도처에 노숙자들이 자리를 깔고 있는 사호선 명동역을 빠져나오는 그녀를 보자 그는 이내 미소를 지어 보였다. 웬 선물? 그동안 제대로 된 선물 한번 못 했잖아. 미안해서 그러니까 부담 갖지 마. 돈은 있어? 그는 고개를 끄덕이고 명동 거리로 그녀를 데려갔다. 20세기가 끝나간다는 명동의 밤거리는 활기차 보였다. 그는 그녀의 목에 목걸이를 걸어주었다. 처음엔 너무 비싸다며 사양하던 그녀도 보석매장의 화려한 조명에 조금씩 취해갔는지 세번째 매장에서 비로소 웃음을 지었다. 그는 앙가슴 위에서 반짝이는 목걸이를 건 그녀를 옷가게로 데려갔다. 이건 너무 비싼 메이커야. 괜찮아. 그는 자신이 좋아하는 색의 옷을 그녀에게 강제로 권했다. 하지만 치마는 아랫배가 너무 나와 맞지 않았다. 그녀가 원하는 걸로 바꿀 수밖에 없어 아쉬웠지만 어쩔 수 없었다. 그녀는 조금 미안한 표정으로 물었다. 이러다 거지 되는 거 아냐? 괜찮아. 한 바퀴 돌았더니 힘들다. 어디 들어가서 쉬다가 헤어지자. 명동 거리가 내려다보이는 이층 맥줏집에서 그와 그녀는 한동안 담배를 피우고 술만 마셨다. 나 내일 고향으로 내려가. 그렇구나. 거기 가면 먹고 자는 건 해결되니까 좀 쉬면서 내가 정말 하고 싶은 걸 해보려고. 그렇구나. 그동안 돈도 없는 나 만나느라고 힘들었지? 아니야. 당신 좋은 사람이란 거 알아. 나 약속이 있어서 조금 있다가 일어나야 돼. 벌써 두 시간이 다 돼가네. 근데…… 누굴 만나는데? 응…… 아는 사람. 남자야? 그냥 선배야. 그만 갈게. 선물 고마워. 같이 나가자. 나도 가야 하니까. 명동 거리를 꽉 채운 사람들은 제각각의 길이 다름에도 불구하고 서로 충돌하거나 뒤엉키지 않고 자연스럽게 흘러가거나 흘러오고 있었다. 그는 계단 앞에 우두커니 서서 옷이 든 종이가방을 들고 인파 속으로 사라지는 그녀의 뒷모습을 물끄러미 바라보다가 무엇인가가 생각난 듯 달려갔다. 그리고 그녀의 어깨를 잡았다. 가로등과 네온불빛, 소음이 가득한 거리에서 그녀는 눈물을 흘리며 걷고 있었다. 예상하지 못했던 모습에 그는 잠시 망설이다가 이윽고 그녀의 귀에 입을 대고 말했다. 너는 잘 모르겠지만 네 성기는 명기니까 어느 남자에게 가도 사랑받을 거야. 고마워. 그녀는 다시 떠나갔고 그는 그 자리에 서서 눈두덩이 붉어질 때까지 손등으로 눈을 비볐다. 20세기가 온갖 요란을 떨며 가짜 21세기로 넘어설 때까지.

2007, 이별전후사의 재인식

어떻게 날 찾을 생각을 했어? 아주 드물게, 꿈에서 너를 보는 게 전부였는데 그냥 어느 날부터인가…… 마음 한구석이 왠지 모르게 허전해지는 걸 느꼈어. 왜 이러는 걸까, 며칠을 곰곰이 생각하다가 갑자기 번개가 치듯 네가 떠올랐던 거야. 찾아야겠다! 찾아야만 한다! 그날부터 오직 그 생각만 했던 거야. 그는 입술에 묻은 닭기름을 닦지도 않은 채 그녀를 찾아나섰던 길을 이야기했다. 밤나무가 우거진 골짜기 유원지의 식당 방갈로에 마주

앉아. 탁자의 넓은 쟁반 위에는 파헤쳐진 닭뼈들이 아무렇게나 흩어져 있었다. 그녀는 맨손으로 뜯은 살점을 그의 접시에 계속 올려놓았다. 빈 소주병은 탁자 아래에서 담뱃재와 꽁초를 받아 들이고 있었다. 시간이 많이 흘렀네. 얼굴이 발갛게 변한 그녀가 그의 담배를 꺼내 불을 붙이며 말했다. 그리고 이렇게 다시 만났네. 그는 그녀의 목에서 여전히 반짝이는 목걸이를 물끄러미 바라보았다. 자루 속에 가득 찬 얘기들 중에서 어느 것을 먼저 꺼내야 할지 종잡을 수 없었다. 말을 꺼내기도 전에 먼저 목이 막힐 정도였다. 아이들은? 응. 아들 하나 딸 하나. 나랑 헤어지고 곧바로 결혼한 모양이네? 그런 셈이지. 너는? 응…… 아들 하나. 그렇구나…… 그와 그녀는 서로의 빈 잔에 술을 따라주고 동시에 마셨다. 집구석에만 있다가 오랜만에 이런 데 나오니 좋다. 여긴 꼭 과수원에 있는 원두막 같아. 나 다리 좀 펼게. 그녀는 무릎을 꿇었던 다리가 불편한지 탁자 아래로 다리를 뻗고 치마로 허벅지를 꼼꼼하게 덮었다. 이웃 방갈로에서 넘어오는 화투 치는 소리를 들으며 그는 무릎 앞에서 꼼지락거리는 그녀의 아담한 발가락을 훔쳐보았다. 세월이 지났음에도 변함없이 귀여웠다. 나, 많이 늙었지? 아는지 모르는지 엄지발가락을 까딱거리며 그녀가 물었다. 아냐, 그대로야. 너도 그대로야. 우리 지난주에 헤어지고 다시 만난 것 같아. 팔 년이 지났어…… 그래, 팔년…… 그는 고개를 끄덕였다. 그녀의 말대로 지난 팔 년은 마치 일주일처럼 빨리 지나간 것 같았다. 담배연기와 백숙 냄새가 빠져나가는 작은 창문 밖에서 매미가 울었다. 밤꽃 냄새도 가느다랗게 피어났다. 멀리서 소쩍새인지 뻐꾸기인지 구분하기 힘든 울음소리도 들려왔다. 참, 뭐 해? 고향에서 집사람이랑 조그만 학원을 운영하고 있어. 잘돼? 먹고살 만해. 넌 언제 서울을 떠났어? 결혼하면서 바로. 남편이 지점장으로 승진했거든. 당신 와이프는 나보다 이뻐? 아니, 그냥 착해. 그녀의 발가락은 그의 무릎 앞으로 조금 더 다가와 있었다. 그는 휴지를 가져오면서 꼭 그만큼 뒤로 물러났다. 그와 그녀가 팔 년 만에 다시 만나 닭을 뜯고 소주를 마시는, 이름만 남은 작은 나루터 근처의 밤나무숲은 서로가 살고 있는 곳에서 거의 중간쯤에 위치하고 있었다. 한적한 곳에 자리잡고 있어 다른 이들의 시선에서도 비교적 자유로운 곳이었다. 그는 먹다 남은 닭과 닭죽, 빈 소주병, 운두에 립스틱과 기름기가 묻어 있는 빈 술잔, 가늘고 굵은 닭뼈를 차례로 훑어보았다. 그것들은 세기가 바뀌던 그날 밤, 그녀와 헤어진 명동의 밤하늘을 물들이던 불꽃들의 썩지 않은 잔해인 것처럼 느껴졌다. 그 잔해들이 새롭게 만난 밤나무 골짜기의 밀실 같은 방갈로에서 어떤 모습으로 변화를 할 것인지 그는 아직 알 수 없었다. 선풍기가 돌아가고 있었지만 그녀는 더운 듯 위에 걸치고 있던 얇은 겉옷을 벗었다. 그는 그녀의 맨 어깨에 걸쳐져 있는 슬립과 브래지어 끈에서 시선을 돌렸다. 왜…… 날 찾았어? 돌아간 시선을 다시 끌어오는 그녀의 취한 듯한 말이었다. 그는 그녀의 목을 타고 내려와 앙가슴 위에서 반짝이는 목걸이에다 곤혹스러운 시선을 고정시켰다. 닫지 않는 물통을 향해 내미는 그녀의 손을 따라 탁자 아래의 발가락도 함께 움직였다. 짧은 순간 그의 무릎으로 팔 년 전의 바람이 칼날처럼 스윽 지나갔다. 만나고 싶었어. 나도. 그리고 그녀와 그는 좁은 방갈로에서 서로 시선을 마주치지 않으려 애쓰며 한동안 허둥거렸다. 때가 탄 벽지와 창 옆에 걸려 있는 커튼, 방 한구석에 놓여 있는 잘 개켜진 군용모포와 화투, 그리고 용도를 알 수 없는 담요, 안에서 잠글 수 있는 문고리까지 모두 훑어본 뒤 그는 먹다 남은 닭으로 집요하게 몰려오는 파리를 쫓으며 입을 열었다. 술 깰 때까지 화투나 칠까? 둘이서 무슨 재미로? 내기를 걸면 되잖아. 잠깐만! 그녀의 핸드백 속에서 휴대폰이 울렸다. 그녀는 화면을 들여다보더니 한숨을 폭 뱉고는 통화를 했다. 엄마야. 왜 우는 거니? 그래, 그래! 아줌마한테 맛있는 거 해달라고 그래. 엄마 친구 만나고 조금 있다가 들어갈게. 그래, 알았어. 그래, 엄마 바쁘니 그만 끊어. 그는 그녀가 통화를 하는 동안 거의 숨을 멈추고 있다가 호주머니 속에서 휴대폰을 꺼내 벨소리를 진동으로 전환시켰다. 무슨 내기? 가야 되는 거 아냐? 괜찮아. 그녀가 군용모포와 화투를 끌어오고 그는 탁자를 한쪽으로 밀었다. 옷 벗기 내기 어때?

쟤는 왜 저렇게 잘 넘어져? 샤워를 하고 나오자 알몸의 그녀는 침대 위의 이불 속에서 머리만 내민 채 텔레비전을 시청하고 있었다. 맨체스터 유나이티드에서 활약하고 있는 축구선수 박지성을 두고 하는 말이었다. 두꺼운 커튼이 창을 가린 모텔 방에서 유일하게 조명 역할을 하고 있는 게 텔레비전이었다. 사실 그는 밝은 곳에서 그녀의 모든 것을 보고 싶어했으나 그녀는 그렇지가 않았다. 어딘가에 숨어서 노려보고 있을지도 모를 몰래카메라에 대한 두려움 때문이었다. 그도 그녀의 옆에서 쿠션에 등을 반쯤 기대고 누워 관계 뒤의 노곤함을 즐기며 수시로 넘어지는 박지성의 뒤를 쫓아다녔다. 파울을 얻기 위한 계산된 행동이 아닐까? 다치면 자기만 손해잖아. 옛날처럼 실의에 빠진 국민을 위해 희망을 전해줄 시기도 아닌데 왜 저런 무모한 행동을 하는 거지? 자세를 바꿔 모로 누운 그는 이불 속으로 손을 들이밀어 그녀의 가슴과 배, 사타구니를 어루만졌다. 햇살 환한 한낮에 두 사람이 모텔에서 머무를 수 있는 시간은 두 시간이었지만 아직 반도 넘어서지 못하고 있었다. 만나는 횟수가 늘어나면서, 어두침침한 모텔에서 오후의 시간을 보내는 날들이 많아지면서 텔레비전의 채널을 돌리는 손놀림도 함께 바빠졌다. 잠시 쉬는 시간을 이용해 텔레비전을 시청하고 다시 어둠 속으로 들어가 사랑을 나누는 일이 되풀이되었다. 한 달에 두어 번 정도밖에 만날 수 없는 처지였으므로 만나면서 헤어지기까지의 시간들은 정말이지 시험문제를 일 분에 한 문제씩 풀어도 모자랄 만큼 소중하고 귀한 것이었다. 그는 안타까운 시간의 파편들로 조합된 듯한 그녀의 몸 구석구석을 옛날과 조금도 다름없게 복원시키려는 듯

어루만졌다. 그러자 그녀의 가느다란 목에서 짧은 탄식이 넘어 왔고 퍽, 하는 소리와 함께 박지성이 출전한 경기를 중계하던 텔레비전 소리가 죽어버렸다. 어둠 속에서 두 사람은 이내 서로의 몸 곳곳을 찾아 깊은 동굴을 헤매는 장님새우들로 변해버렸다. 우리…… 같이 살까? 빳빳하게 굳어버린 듯한 그녀의 목젖을 따스한 혀로 풀어주고 있을 때 탄식처럼 새어나온 그녀의 말이었다. 아스라한 절벽을 기어오르다 돌덩이에 맞고 주르르 흘러 내리듯 그는 그녀의 몸 위로 빈 자루처럼 허물어졌다. 그리고 한동안 꼼짝도 하지 않았다. 박자가 엇갈리는 두 사람의 숨소리만 어둠의 밑바닥에서 피어나고 있었다. 그럴 수…… 있을까. 그는 예상하지 못했던 그녀의 기습적인 슛에 비틀거리고 있다는 사실을 들키지 않으려고 애를 썼다. 아니 기습적인 슛이 아니라 그것은 게임의 규칙을 송두리째 바꾸자는 말로 들렸다. 사실 그녀와 그의 재회는 서로의 역할에 대해 상당 부분 분명한 명시가 아닌 암묵적인 동의 아래 진행되고 있던 터였다. 그가 머릿속의 혼란을 추스르기도 전에 그녀의 다음 말은 탄식 투가 아니라 표정을 분명히 한 채 건너왔다. 난 그럴 수 있어. 그리고 그녀가 설정해놓았던 어둠을 더듬어 환하게 방을 밝혀놓고 쾅 소리와 함께 화장실로 사라졌다. 그는 한참 동안 양손을 휘젓다가 침대와 벽 사이에 들어가 있는 리모컨을 찾아 텔레비전을 켰다. 얼굴에 여드름이 많은 박지성은 여전히 공을 쫓아 초록의 잔디밭을 종횡무진, 달리 보면 좌충우돌 달려가고 있었다. 그도 담배를 피우며 그 뒤를 따라 그녀의 진의란 것을 찾으려고 바삐 걸음을 옮겼다. 넌 지금도 그때 내가 널 찼다고 여기고 있을 거야. 화장실에서 나온 알몸의 그녀는 더이상 불을 끄지 않았다. 아니야. 그때 난 사실…… 네가 원하는 어떤 부분도 채워줄 수 없는 상황이었어. 그런데도 널 잃어버리기는 싫어서 안절부절못했지. 알아. 그래서 시간이 흐른 지금에야 비로소 말을 꺼낸 거야. 그녀는 이불을 밀쳐버리고 헝클어진 그의 머리를 왼쪽에서 오른쪽으로 쓰다듬어주었다. 평소 그는 늙어 보이지 않으려고 오른쪽에서 왼쪽으로 머리를 넘기지만 어쩔 수 없이 참아야 했다. 그러니…… 당연히 오지 않은 미래를 화사하게 치장하느라 바빴던 거야. 그리고 돌아와 한숨지었지. 허공에다 공약을 남발한 기분이었거든. 알아. 하지만 그때 우리 두 사람은 더이상 어쩔 수 없었어. 그와 그녀는 환한 전등불 아래에서 누운 채, 서로 다른 방향을 보며 포옹을 했다. 그사이에 그는 머리카락의 방향을 제자리로 옮겨놓았고 그녀는 아나운서와 거의 동시에 소리쳤다. 페널티킥! 박지성이 또 넘어졌어! 그러나 그는 포옹을 풀지 않고 덤덤하게 말했다. 그거 재방송이야. 알아. 모든 게…… **코미디 같아**. 넘어지고…… 일어나고…… 절실해 보이는 게 없어. 그녀의 입김이 그의 목을 타고 돌았다. 그는 말없이 그녀의 알몸을 더 세게 껴안았다. 그녀의 입김이 다시 피어났다. 우린…… 어디로 가는 걸까. 모텔을 나가야 할 시간이었다.

그러니까 우리는 성별을 떠나 똑같은 전업주부들이네. 바람난 전업주부들. 아니야! 난 그것과 다른, 사랑을 하는 거야. 그녀의 단호한 주장에 머쓱해진 그는 벗어놓았던 옷을 주섬주섬 찾아 입었다. 귀퉁이로 밀어놓았던 상을 끌어당겨 고개를 끄떡이며 닭의 가슴살을 뜯었다. 모텔이 안방이라면 밤나무가 우거진 골짜기 유원지의 식당 방갈로는 그와 그녀의 전용 별장 같은 곳이었다. 그렇게 되기까지 방갈로의 창밖으로 밤꽃이 피었고 가시가 촘촘한 밤송이가 열렸고 어느새 벌어진 가시 사이로 윤이 나는 밤알이 뚝뚝 떨어졌다. 그리고 겨울이 도착해 이른 함박눈이 내리고 있었다. 지금까지 모두 몇마리의 닭을 뜯었을까? 상 밑으로 다리를 뻗어 발가락으로 그의 사타구니를 간질이던 알몸의 그녀는 갑자기 입을 닦고 상 위의 절반도 먹지 않은 닭을 호기심 가득한 눈으로 살피기 시작했다. 창밖에선 함박눈이 게으르게 내리고 있었다. 여자의 가느다란 교성이 이웃 방갈로에서 건너왔다. 그는 약간의 술기운에 기댄 채 낯선 여자의 교성을 훔쳐들으며 그동안 먹은 닭의 수를 헤아리다가 포기했다. 그는 하품을 했다. 사람의 눈을 피해 방갈로의 문을 안에서 잠근 채 사랑을 나누고 닭을 뜯고 술을 마시는 일이 갑자기 지루해졌기 때문이었다. 한숨을 감추려고 술을 삼켰다. 그녀가 그의 빈 잔을 채워주었다. 우리 어디로 여행이나 갈까? 몇 시간 후면 당신은 집에 가서 애를 기다려야 하고 나는 학원 아이들 관리해야 하잖아. 그 바다가 보고 싶어. 그와 그녀는 방갈로의 작은 창 너머로

214

내리는 함박눈을 바라보며 바다를 떠올렸다. 그 바다로부터 떠난 지도 십여 년이 넘어가고 있었다. 돈으로도 해결할 수 없는 게 있나봐. 이제…… 그걸 알았어. 그녀의 탄식이었다. 그녀의 피부 곳곳에서 붉은 꽃이 피어나고 있었다. 술과 몸 상태가 서로 어긋났을 때 생기는 현상이었다. 모텔에 가서 좀 쉬어야 할 것 같은데. 그녀는 고개를 가로저었다. 오늘은 끝까지 여기서 보내. 모텔은 지긋지긋해졌어. 그럼 화투나 칠까? 우리가 다시 만나 할 수 있는 일이란 게 고작 닭 먹고 술 마시고 섹스하고 화투 치는 거밖에 없니! 그녀가 던진 술잔은 벽에 부딪쳤지만 작은 실금 하나 가지 않았다. 그는 그 술잔을 휴지로 닦고 다시 술을 채워 그녀 앞에 가져다놓았다. 젖가슴은 예전보다 풍만해졌지만 힘을 잃었고 배와 허리는 상반신의 무게를 이기지 못하고 밖으로 삐져나와 두 겹의 주름을 만들고 있었다. 그의 몸도 그녀와 다를 게 하나 없었다. 배는 개구리 배처럼 불룩 튀어나왔고 머리카락은 미풍에도 두피를 빠져나와 홀씨처럼 훌훌 날아다녔다. 그래 화투나 치자. 그녀는 상을 밀치고 조금 전 두 사람이 사랑을 나누었던 군용모포를 가져와 바닥에 깔았다. 한 사람은 알몸이었고 한 사람은 옷을 입은 묘한 구도였다. 그는 책상다리를 하고 앉은 그녀의 샅을 물끄러미 바라보았다. 네가 지면 하나씩 옷을 벗는 거고 내가 이기면 하나씩 옷을 입는 내기야. 뭔가 불공평하지 않아? 뭐, 아무렴 어때! 창밖의 눈은 함박눈에서 싸락눈으로 변해 있었다. 십여 년 전 그 바다로부터 떠나온 뒤의 풍

경이었다. 그때는 바닥에 먹을 패가 없어 헉헉거렸지만 십여 년
뒤의 풍경은 먹을 게 너무 많아서 탈이었다. 네가 지면 어떻게
할 건데? 그대로 있는 거지 뭘 어떻게 해. 넌 아줌마 알몸 눈요
기나 실컷 하는 거지. 이웃 방갈로에서 다시 여자의 교성이 피
어나고 있었다. 밤이 모두 떨어진, 눈이 내리는 밤나무숲의 방갈
로 안에서 사람들은 화롯불을 놓고 둘러앉아 모두 고소한 밤을
구워먹고 있는 것 같았다. 그가 알몸이 되면 그녀가 옷을 입었
고 다시 그녀가 알몸으로 돌아가면 그의 몸에 옷이 걸쳐졌다.
이러다 어느 날…… 우리는 아무렇지 않게 헤어지겠지. 그렇겠
지. 짧은 대답과 함께 그는 미지근해진 술을 비웠다. 자잘한 이
유들로 만남이 무산되다가 어느 날엔 까마득하게 잊어버리겠지.
그러다 문득 생각나면 다시 몇 번 만나고…… 그와 그녀는 담요
위의 화투장을 치우지도 않은 채 그 위에서 메마른 사랑을 시작
했다. 등과 엉덩이, 허벅지에 선명한 화투장 자국을 몇 군데나
남기고서야 사랑을 마쳤다. 창밖의 눈은 함박눈으로 돌아왔지만
술기운이 사라지는 두 사람의 알몸엔 물방울 하나 들어 있지 않
을 것 같았다. 생각해보니 우린 다시 만나면서 서로가 갖고 있
었던 것 중 어느 하나도 포기하지 않은 것 같아. 그녀의 얼굴이
빠르게 좌우로 흔들렸다. 아니야. 난 그러려고 했어. 그녀의 부
인에 그는 드러누운 채 창을 향해 힘겹게 고개를 끄덕였다. 하
지만 이렇게 가끔 만나는 것도 좋아. 그녀의 묘한 수긍에 그는
자리에서 일어나 고개를 끄덕였다. 벗어놓은 바지 주머니에서

216

그의 휴대폰이 요란하게 진동했다. 휴대폰은 진동을 멈추지 않은 채 다시 그의 주머니로 들어갔다. 받아. 받지 않아도 되는 전화야. 받아! 나 위하는 척 전화 안 받는 거 싫단 말이야!

이번 대통령은 누가 될까? 누가 되든 상관없잖아! 그녀가 덧붙였다. 안 그래? 다시 시작된 대통령선거가 막판으로 치닫고 있었다. 본격적으로 겨울이 되면서 그와 그녀는 밤나무골의 방갈로와 기존의 단골 모텔을 정리하고 새로운 모텔을 찾아 유목민처럼 전전하고 있었다. 두 사람의 마음속으로 몇 차례 격렬한 파도가 지나간 뒤부터 만남도 오히려 편안해졌고 만남의 횟수도 늘어났다. 모텔이 서로 다른 이름을 걸고 있는 것처럼, 자세히 들여다보면 다른 창밖 풍경, 다른 침대, 다른 거울과 다른 사랑의 도구들을 가지고 있다는 사실을 알았던 것이었다. 마음이 이제 대통령 선거와는 멀어졌다는 거겠지. 비꼬는 거야? 물침대에 누운 그녀가 항의를 하듯 발가락을 게의 집게 모양으로 만들어 그의 사타구니를 집어 비틀었다. 아냐. 나도 정치엔 흥미 없어. 저들이 진정으로 우리 생활에 관심이 없는 것처럼. 그는 그녀의 발가락에 물려 꼼짝하지 못하는 물건을 구출하자마자 그녀의 몸 위로 달려들었다. 전국의 대도시를 순회하며 유세를 하는 대통령 후보들과 그들의 지지자들이 내지르는 함성이 뒤편 대형 와이드비전을 통해 흘러나왔다. 그와 그녀는 그 함성을 배경으로 뒤엉켜 돌아갔다. 그녀는 리모컨을 손에서 놓지 않은 채 사랑을 했다. 보수와 중도, 진보의 함성이 번갈아 흘러나오다가 어느새 화면은 에로영화로 돌아가 둘의 알몸을 붉게 물들였다. 그 신음이 다 지나가기도 전에 프리미어리그의 중계방송이 방을 가득 채웠다. 행복해! 그녀의 공감각적 시청 소감이었다. 그는 십 년 전의 대통령선거 기간 때 그녀가 그에게 내뱉었던 말을 또렷하게 기억했다. 그 시간 동안 세상도 달라졌고 그와 그녀도 많이 달라져 있었다. '불안해'에서 이상한 '행복해'로 건너오는 동안의 일이었다. 그는 그녀가 욕실에서 샤워를 하는 동안 '행복해'의 주변을 찬찬히 둘러보았다. 호텔은 아니었지만 물침대는 넓고 쾌적했다. 베개와 이불은 예전처럼 다른 사람의 머리카락이나 거웃이 붙어 있지 않았다. 창밖엔 다른 건물의 어둡고 지저분한 뒷면이 보이는 게 아니라 아름다운 겨울 산이 우뚝 자리하고 있었다. 그는 담배를 물고 좀더 자세히 살펴나갔다. 그녀와 그가 벗어놓은 옷들은 품위를 지키기엔 그런 대로 무난했다. 그리고 마침내 샤워를 끝낸 그녀가 흰 수건으로 중요한 부분을 가린 채 나타났다. 그녀는 망설이지 않고 그의 품으로 안겼다. 행복해. 나도. 그는 귓속말을 건넨 그녀에게 팔베개를 만들어주고 텔레비전의 대선 관련 프로를 시청했다. 점찍어놓은 후보가 누구야? 나도 따라 찍을게. 그녀의 질문에 그는 그녀와 다시 만나서 먹은 닭의 수효를 세듯 잠시 막막해하다가 입을 열었다. 나는 이 불이 오래오래 타오를 것이라 믿었는데…… 어이없게도 오늘 날짜의 신문지가 화르르 타듯 짧게 불꽃을 피웠다가 사그라졌어. 왜 이렇게 된 거지? 내 마음속에 뭐가 들어앉아 있는 건지 모르겠어. 너도 나랑 비슷한 거 같은데, 뭐라고 설명해줄 수 있어? 대체 무슨 소리야? 그녀는 머리가 아프다는 듯한 표정을 짓곤 이불 속으로 손을 디밀어 그의 물건을 다시 세우려고 정성을 들였다. 통 말을 듣는 기미가 보이지 않자 그의 얼굴을 쏘아보더니 이불 속으로 머리를 디밀고 사타구니를 향해 내려갔다. 그는 후보들이 정책토론을 하는 텔레비전 화면에서 눈을 떼지 않았다. 그렇지만 귀를 세우고 눈을 부릅떠도 모든 게 헛갈리기만 했다. 과거마저 헛갈렸다. 갑자기 혼란스러워진 마음을 어찌하지 못하고 있을 때 그녀가 이불을 들추고 나오며 쏘아붙였다. 정말 이럴 거야! 그는 그녀의 화난 얼굴을 보다가 문득 알았다. 그녀와 그의 만남에 있어 이제 비로소 누가 대통령이 돼도 상관없다는 것을. 마침내 그녀와 그의 기억이 거의 다 타고 있다는 사실을.

남한강변에서 맞는 바람은 매서웠다. 그와 그녀는 서둘러 작은 분식집으로 뛰어들어갔다. 연탄난로 옆으로 의자를 당겨놓고 손을 비볐다. 춥다! 그치? 응. 올 겨울 들어 제일 추운 것 같아! 아줌마, 라면 두 그릇 고춧가루 확 풀어서 얼큰하게 끓여주세요! 그래도 눈이 안 와서 다행이야! 이 추위에 길마저 얼어버리면 어쩌겠어. 난 스노타이어도 아니란 말이야! 야, 난 지난겨울 학원버스에 아이들 태우고 가다가 눈길에 미끄러져 까딱했음 대형사고 날 뻔했어! 운전 실력이 좋아서 겨우 사골 면했지만. 겨울엔 무조건 조심해야 돼! 그럼! 그와 그녀는 연탄난로 옆에 앉아 정말 얼큰한 라면을 먹었다. 창문 너머로 가장자리에서부터 안쪽으로 얼어가는 남한강이 보였다. 컵에 든 물로 입속을 가셔내고 담배를 피웠다. 아주머니에게 부탁해 커피까지 얻어 마셨다. 가야지? 그래, 가야지. 그와 그녀는 분식집 앞에 서서 저편에 주차해놓은 서로의 자가용을 확인했다. 그가 그녀에게 말했다. 잘 가! 그녀가 응답했다. 너도. 그리고…… 좋은 사람 만나길 바랄게. 흙먼지가 섞인 맞바람을 뒤집어쓴 채 멍하니 서 있는 그에게 그녀의 작은 손이 악수를 청해왔다.

저 언덕으로 건너가네

아침인데도 관광버스 안은 시큼한 술냄새로 가득했다. 히터의 따스한 바람은 의자에 처박혀 잠든 사람들의 코와 입에서 쉬지 않고 나오는 냄새를 한번 더 발효시키는 것 같았다. 간밤에 마시고 먹은 온갖 술과 갖가지 안주가 미처 소화되지도 못하고서 냄새로 되올라오는 터라 뒷자리에선 숨쉬기조차 어려웠다. 생각 같아선 벽에 걸린 비상용 망치로 창문을 내고 싶을 정도였다. 고개를 내밀어 앞쪽을 기웃거렸지만 만만한 자리를 찾을 수 없었다. 그러니까 관광버스의 중간부터 맨 뒤까지는 모두 술이 덜 깬 사람들이 좌석 두 개를 혼자서 차지하고 잠든 사실을 삼십분이나 늦게 도착한 나만 모르고 있었던 것이다. 버스는 이미 고속도로에 진입한 터라 내릴 수도 없었기에 나는 치밀어오르는 욕설을 지그시 삼키고 잠바를 벗어 얼굴을 덮었다. 꼬박 밤을 새워 일했으므로 악취가 코에서 꽃을 피워도 어쨌든 잠을 자야만 했지만 잊고 있었다는 듯 다시 따끔거리는 사타구니는 그마저 쉽게 허락하지 않았다.

"뭐, 성지순례?"

아침밥상은 차릴 마음도 없다는 듯 영희는 이불 속에서 나오지도 않은 채 옷을 갈아입는 내 등에 대고 쏘듯이 물었다. 성지라니? 가당치도 않다는 표정을 짓고 있을 게 뻔했으므로 나는 고개를 돌리지 않았다. 속이 쓰렸지만 얼큰한 국 한 그릇 받아먹는 것도 포기했다.

"다방년 사타구니가 성지야!"

"아, 그만해라. 내가 잘못했다고 몇 번이나 빌었냐!"

"이번엔 아예 그 잘난 물건 잘라버리고 오지 그래!"

"에이 씨팔! 밤새 일하고 온 사람한테 밥도 안 차려주고 바가지나 긁어대니. 야, 남자가 사회생활 하다보면 그럴 수도 있는 거지!"

"뭘 잘했다고 큰소리야? 내가 병원에서 창피했던 거 생각하면 아직도 온몸이 덜덜 떨린단 말이야!"

"아, 됐어! 됐으니까 입 다물어!"

말다툼 소리에 잠에서 깨어난 두 아이의 울음까지 합세한 터라 나는 쫓기듯이 집을 나왔다. 아, 정말이지 인간 양봉주가 어쩌다가 여기까지 추락했단 말인가. 그 화려했던 옛날은 다 어디로 가고 멀쩡한 내 집에서 아침도 못 먹고 마누라에게 쫓겨나다

224

니. 나는 3월의 찬바람이 휭휭 지나가는 다리 위에서 쓴 담배를 몇 모금 못 피우고 던져버렸다. 택시 영업으로 밤을 새우면 술을 마시지 않아도 속이 쓰려오는 건 직업병인 모양이었다. 편의점에 가서 컵라면 국물이라도 들이켜야 했다. 정말이지 결혼 십 년차에 걸려도 된통 걸린 게 틀림없었다. 물론 약간의 의혹이 없진 않았지만 워낙 예민한 성격의 사건인지라 더이상 파헤쳐볼 엄두가 나지 않았다. 괜히 잘못 건드렸다간 시골마을의 전쟁이 가히 세계대전으로 번질 가능성이 농후했기 때문이었다. 씁쓸하지만 삼 일에 한 번씩 대관령을 넘어가서 아픈 주삿바늘을 엉덩이에 꽂는 게 최선의 수습책인 것 같았다. 억울한 면이 없진 않았지만 다른 방법이 보이지 않았다. 아, 정말이지 인간 양봉주 살다살다 여기까지 오게 될 줄은 꿈에도 상상 못 했다.

"자, 한숨 주무셨습니까? 뒤편에 계신 분들은 아직 깨어나지 못한 걸 보니 어젯밤에 술 좀 거하게 푸신 것 같네요. 그럼 주무시는 분은 그대로 주무시고 지금부터 오늘 성지순례 일정을 간략하게 말씀드리겠습니다.

거룩한 불, 법, 승, 삼보께 귀의합니다. 먼저 제 소개를 하겠습니다. (……) 그리고 오늘 수다사水多寺 40대 불자회 성지순례에는 인원 부족 관계로 운전 불자회 신도님들과 함께 가게 되었습니다. 그리고 수다사 보행 스님께서 동행하셨습니다. 가고 오는 도중에 좋은 말씀을 들려주실 겁니다. 마지막으로 오늘 순례에 협찬을 해주신 분들이 있습니다. 회장님께서 음료수 두 박스와

맥주 한 박스, 개인 사정상 참여하지 못한 부회장님께선 과일 한 박스를 보내주셨습니다."

강원도를 벗어난 관광버스는 호법분기점에서 중부고속도로를 타고 남으로남으로 내려가고 있었다. 하늘은 서쪽에서부터 조금 씩 흐려졌다. 나는 음료수와 함께 네 알의 알약을 삼키고 사라지는 산과 점점 넓어지는 낯선 평야를 바라보았다. 높은 산과 산 사이의 골짜기, 그 산을 넘어가는 고갯길에 익숙했던 내겐 너무나 막막하고 지루한 풍경이었다. 평야의 지평선을 보며 살던 사람이 깊은 산골짜기에 들어섰을 때 느끼는 갑갑한 심정과 비슷했다. 탁 트여서 도리어 갑갑한 것이었다. 어쩔 수 없이 내 시선은 술냄새 풍기는 버스 안으로 되돌아오고 말았다.

"형, 맥주 한잔하세요."

덤프트럭을 모는 후배가 건너편 자리에서 캔맥주를 권했다. 앞쪽에 있는 스님을 의식한 작은 목소리로. 성지순례가 아닌 일반관광이었다면 벌써 소주잔이 돌고 노랫소리가 울렸을 터였다.

"나, 술 끊었다."

"봉주 형이 술을 끊어요? 에이, 그런 농담이 어디 있어요. 그거 믿을 사람 이 버스 안에 아무도 없어요."

몇몇이 후배의 목소리를 듣고 뒤를 돌아보더니 웃으며 고개를 끄덕였다.

"진짜야, 인마!"

"아니, 형, 무슨 낙으로 살려고 술을 다 끊어요! 그럴 거면 차

226

라리 스님이 되는 게 낫지."

나는 의자를 뒤로 젖히고 다시 잠바를 뒤집어썼다. 택시 운전
대 잡고 얌전히 사는 동안 느그들 참 많이 컸다. 옛날 같았으면
내게 말이나 건넸겠냐. 세상 드럽게 좋아졌다. 천민자본주의란
게 이런 것인 모양이다. 나 같은 사람도 성지순례란 걸 다 다니
니. 산불로 타버린 절에 가서 자원봉사도 하고. 정말 좋은 세상이
다. 가만…… 저 새끼가 혹시 지금 내가 술 먹으면 안 된다는 걸
알고 장난을 치는 건 아닐까. 그러고 보니 저 새끼 마누라랑 집사
람이 꽤 친한 것 같던데. 설마…… 아냐, 여자들 입 싼 건 불변
의 진리라잖아. 아냐, 아냐. 그래도 설마하니…… 나는 슬그머
니 얼굴을 덮었던 잠바를 내리고 버스 안을 둘러보다가 마지막
으로 건너편에서 맥주를 맛있게 홀짝거리는 후배 놈의 표정을
살폈다. 어떻게 된 게 예전에 한 가닥씩 놀다가 어렵사리 철든 선
후배 놈들이 대부분 수다사 신도가 되어 성지순례를 가고 있었
다. 옛말대로 세상 오래 살고 볼 일이었다. 아니, 결론을 먼저 말
한다면 거룩한 부처님의 은덕을 입은 모양이었다. 대단한 부처님
이었다. 시골마을의 문제아들을 모두 품에 거두었으니. 아니, 아
니. 나는, 저들은, 정녕 어떤 연유로 불문에 들었단 말인가.

"빨리 낫고 싶음 절대 마시지 마세요."

사주를 보면 술이 따라다닌다고 나와 있는데 술을 마시지 말
라니. 하루 일이 끝나는 새벽에 마시는 소주 한 병이 낙이라면
낙이었는데 비뇨기과 의사는 주사액이나 먹는 약을 세게 처방해

주면 소주 몇 잔은 괜찮지 않느냐는 내 의견을 단호하게 묵살했다. 삼 일도 아닌 대략 삼 주 동안 금주를 해야 된단 얘기였다. 박찬호가 던진 야구공에 사타구니를 정통으로 가격당한 기분이었다. 나는 대관령 중턱의 신사임당 시비 앞에 택시를 세워놓고 줄담배를 피우며 커져만가는 울분과 의혹의 눈뭉치를 굴리고 또 굴렸다. 세 사람의 입에서 나온 알리바이가 철조망처럼 얽히고 설켜 도무지 풀 수가 없었다. 의사나 형사, 상담소나 국가인권위원회가 동원된다 하더라도 해결은커녕 쉽게 개입할 수 있는 문제가 아니라는 게 바로 문제의 본질이었다. 즉 오로지 세 사람만의 문제였다. 그렇다고 삼자대면을 할 성질의 사건도 아니었다. 그 난해함과 민감한 자존심 사이에서 누런 고름이 흘러나오고 있는 중이었다.

"그짓도 하면 안 되겠죠?"

유리 위에 올려놓은 내 오줌방울을 현미경으로 들여다보던 의사는 아예 대답조차 하지 않고 주사실을 가리켰다. 한숨은 소변을 받던 화장실에서 시작해 대기실, 진료실, 주사실, 약국 앞, 약국 안(약사는 다른 손님들에겐 친절하고 큰 소리로 약에 대해 설명했지만 내겐 아무 말도 않고 돈만 받았다), 그리고 신사임당 시비까지 줄곧 따라왔다. 어린 율곡을 데리고 대관령을 오르던 신사임당의 한숨과는 차원이 다른 한숨이었다. 망했다! 나는 흐릿한 안개가 덮고 있는 저 아래 강릉과 바다와 하늘의 경계를 찾으려고 허둥거렸다. 이 병은 어디에서 왔을까. 이 병을 얻기 위해 나는 어떤 노력을 했는가. 이 병을 어떻게 집사람과 그녀에게 통고해야 한단 말인가. 가까운 신사임당 시비와 분간하기 힘든 수평선은 아무런 언질도 주지 않았다. 더 짙은 안개만 꾸역꾸역 영을 넘어와, 의학적으로 의젓하게 표현하자면 비 임균성 요도염, 흔히 하는 말론 임질, 통상적으론 가장 흔한 성병이라 불리는 병균을 사타구니에 품고 있는 나를 덮을 뿐이었다.

"눈이다!"

강원도 산골짜기에 사는 사람들은 관광버스가 호남 땅으로 접어들면서 퍼붓기 시작한 3월의 눈보라에 대해 신기하다는 듯 한마디씩 꺼내놓았다. 마치 태어나 처음 눈을 본 사람처럼. 보행 스님의 눈치를 살피며 마시는 맥주가 입에 착착 달라붙는다는 표정들이었다. 그 맛을 달리 표현할 길이 없던 차에 쏟아지는 눈보라를 만나자 얼씨구나 호들갑을 떠느라 바빴다. 천연덕스럽게 눈에 대한 덕담까지 주고받을 정도였다. 모르는 사람이 보면 고단한 여행길에 우연히 고향사람을 만나 반가워하는 줄로 여길 터였다.

"술 맛이 괜찮아?"

자고 있던 보행 스님이 복도에 나와 마이크를 잡고 내뱉은 첫 법어였다. 구십 킬로그램이 넘을 듯한 든든한 체구에 복도가 꽉 차는 듯했다. 버스 천장의 취침등에서 내려온 붉은 불빛이 스님의 배코 친 머리 위에서 번들거려 마치 희극배우를 보는 것 같았다. 그 사실을 아는지 스님의 얼굴로 장난기 가득한 미소가 번지고 있었다. 나는 눈발에 지워지는 차창 밖의 평야를 바라보며 에코가 심한 스님의 말을 들었다.

"내 눈치 보지 말고 마셔. 해장술을 마셔야 어제 마신 술이 깨지. 안 그래?"

"스님도 한 캔 드릴까요?"

"난 됐어. 머리 밀기 전에 평생 마실 술 다 마셨어. 자자, 마시면서 내 얘기 들어."

박수소리가 일제히 터져나왔다. 잠시 법당이 되었던 버스는 다시 세속의 방으로 모습을 바꿨다. 마이크를 잡은 스님은 버스 중간으로 자리를 옮겨 좌우에 앉은 사람을 살피다가 내 옆으로 왔다.

"우리가 오늘 찾아가는 절에 대한 소개는 아까 사무국장이 했고, 봉주야, 니 우리나라 삼보사찰이 어디 어딘지 알아? ……몰라? 아까, 사무국장이 얘기했잖아. 술만 마시지 말고 공부해서 제발 느그 작은아버지 체면 좀 살려드려라. 너 때문에 번영회장님 명예가 막 떨어지는 소리 들리지? 안 들려? 그럼 들릴 때까지 마셔.

여러분, 여러분들도 이제 사십대야. 좋은 시절 다 지나간 거야. 안 그래? 그러면 사십대가 뭐야? 불혹? 그건 공자 고집이고. 사십대는 바로 살아갈 인생이 얼마 남지 않았다는 거야. 쓸데없는 데 눈 돌리지 말고 정리를 하란 얘기야, 정리! 여러분들 절에 가서 부처님한테 시주하고 절하면서 뭐 해? 빌잖아. 뭘 해달라고, 소원을 들어달라고. 빌지 말아. 갖고 있는 걸 버려. 빌면 뭐해. 언젠가는 망하는 거야. 사십대는 정리하기도 바쁜 때야. 봉주야, 절에 가서 뭘 하라고?"

"정리요."

"맞다. 그래, 우리나라 삼보사찰이 어디라고?"

삼보사찰을 알면 폭파시켜버리고 싶은 기분이었다. 보행 스님은 말투만 봐선 영락없는 약장사 같았다. 머리를 깎았다지만 나이도 오십을 넘지 않은 것 같아 그의 반말이 기분좋게 들리는 건 아니었다. 절 밑에 살면서 택시를 몰다보니 이래저래 절과의 인연을 끊을 수 없었다. 그동안 스님들도 많이 태웠던 터라 신도회에 가입했는데 툭하면 무슨 행사에 참석하라고 연락을 해대는 통에 성가실 정도였다. 이 핑계 저 핑계를 대면서 피해가던 차에 고름이 터지면서 분위기가 반전된 것이었다. 절 행사에 참여하면 의사가 금지한 금주와 성관계 금지 항목을 슬기롭게 이행할 수 있을 것 같았다. 그렇게 해서 절 근처를 자주 어슬렁거리기 시작했는데 하지만 아무리 뜯어봐도 보행 스님은 내가 생각했던 스님 상이 아니었다. 그렇다고 다른 스님으로 교체해달라고 할 수도 없었다. 조금 후에 도착하게 될 금산사는 자기가 출가했던 절이라며 주저리주저리 자랑을 늘어놓고 있었다.

"봉주야, 니 미륵이 뭔지 아나?"

"……테레비에서 보니 관심법을 쓰는 궁예가 미륵이라고 하던데. 아닌가요?"

"맞다, 맞다! 우린 지금 그 미륵을 만나러 가는 거야."

"궁예는 죽었잖아요, 스님?"

눈보라는 그쳤다가 퍼붓기를 반복했다. 차창 밖 모악산 자락의 노란 산수유꽃들이 한순간에 나타났다가 지워졌다. 갑작스런 한파에 호남의 산야는 어쩔 줄 몰라 하는 것 같았다. 나는 멀리서 들리는 북소리처럼 통증이 올라오는 사타구니를 허벅지로 꽉 누른 채 미륵이란 부처를 상상하다가 이내 포기했다. 〈태조 왕건〉의 탤런트 김영철의 애꾸눈만 떠오를 뿐이었다. 그게 아니면 어디선가 보았던, 얼굴 형상이 마모된 돌부처가 전부였다. 양쪽 허벅지로 번갈아 사타구니를 누르고 있었지만 잠근 수도꼭지에서 물방울이 새는 것처럼 누런 고름이 찔끔찔끔 흘러나오는 듯한 기분이 들었기에 사실 미륵에게 내줄 의자 하나 준비할 여력이 없었다. 다만…… 어서 빨리 시간이 흘러가길 바랄 뿐이었다. 의사가 진단한 그 시간이.

미륵전은 발이 시릴 정도로 추웠지만 거대한 미륵불은 괜찮다는 표정을 짓고 있었다. 공양간에서 얻어먹은 밥과 국이 뱃속에서 그대로 얼어버릴지도 모른다는 생각만 들었지 앞에서 허연 입김을 뱉어내며 주절거리는 스님의 말은 귀에 들어오지 않았다. 불단 앞에 켜놓은 작은 석유난로의 온기를 가지고선 미륵이 당장 내일 온다고 해도 아무도 믿지 않을 것 같았다. 내일이 아니라 법당 밖에서 막 신발을 벗고 있대도 마찬가지였다. 나는 나뭇잎처럼 작은 방석 위에서 밀려나지 않으려 애를 쓰며 비로소 이번 성지순례 참가를 후회했다. 사타구니마저 얼어버린 듯 감각이 없었다. 미륵이 아직 오지 않았다면 내 앞에 서 있는 거대한 미륵불은 미륵의 낡고 오래된 옷밖에 되지 않았다. 그래서 나는 잠시 미륵을 밀쳐놓고 그녀와 집사람인 영희, 그리고 나를 찬찬히 들여다보려고 노력을 했다. 물론 시시비비를 가려 책임자를 처벌하겠다는 게 아니었다. 나는 다만 진실을 알고 싶었다. 너무 추운 미륵전은 세속을 정리하기에 의외로 적합한 장소였다.

여기에 내가 있고 그녀가 있고 영희가 있다. 처음엔 모두 탈이 없었다. 이 병은 세상을 떠돌다가 어느 날 누군가의 몸으로 들어왔다. 누군가는 한 사람일 수 있고 셋 다일 수도 있다. 그렇게 들어온 병은 공평하게 세 사람 모두에게 퍼졌다. 내가 알고 싶은 것은 바로 이 병이 누구에게 최초로 들어왔냐는 것이다. 이 병은 보통 균이 들어온 지 일주일이 경과하면 그 증상이 나타나는데 일부러 검사를 받지 않는 한 신체구조상 남자에게서 먼저 증상이 나타난다. 먼저 나. 거듭 말하지만 진실이 해결의 지름길이다. 나는 그녀와 영희와만 관계를 가졌다. 미륵불에 맹세한다! 범위를 좁히려고 증상의 발견일로부터 한 달 전까지를 계산에 넣었다. 이 병은 오로지 성 접촉에 따른 전염에 의해서만 발병한다. 그러므로 일단 나는 용의자에서 제외된다. 다음은 그녀. 의사에게 진단을 받고 한 시간 뒤 나는 몹시 우울한 심정으로 그녀에게 전화를 걸어 사실을 알리고 검사를 받을 것을 권했다. 그녀는 노발대발했다. 그녀는 단호하게 자신의 알리바이를 밝힌 뒤 공을 넘겼다. 나는 긍정도 부정도 아닌 입장을 고수하며 일단 병원에 가라는 말로 매듭을 지었다. 그녀의 진술에 의하면 역시 그녀도 제외. 다음은 집사람 영희. 이틀을 장고한 끝에 나는 병에 걸렸다는 사실을 통고했다. 예상했던 것보다 더 큰 해일이 덮쳤다. 그녀와 달리 매일 보는 처지이다보니 해일은 시도 때도 없이 들이닥쳤다. 일단은 견뎌야 했다. 검진 결과 두 여자의 몸에서도 병균이 발견되었다. 이제 사건은 치료와 수사를 병행해야 하는 대단히 복잡한 국면으로 접어들었다. 나는, 한마디로 사면초가였다. 살인을 저지르지 않았는데 살인죄로 무기형을 받고 창살에 갇힌 자의 심정을 비로소 이해할 수 있었다. 더욱이 내가 그녀들을 여전히 사랑하고 아끼므로 나의 무죄 항변은 그녀들을 유죄로 몰고 갈 수밖에 없는 게 이 병의 맹점이었다. 그리고 나는 영희에게 숨겨두었던 그녀의 존재를 노출시키고 만 것이다. 다행히 술자리에서 우연히 만난 다방 아가씨였다고 속여서 고비는 넘어갔지만 그 여파도 만만찮았다. 병의 진원지를 밝히기 위해 곁가지는 일단 빼자. 내 진술에 의해 영희는 범인이 그녀라고 단정했다. 그녀는 먼저 나를 지목했고 얼마 지나지 않아 영희에게도 화살을 돌렸다. 가정주부라고 해서 아예 용의자에서 제외시킨다는 것은 요즘 세태로 볼 때 타당하지 않다고 주장하며. 음…… 미처 생각하지 못했던 터라 나는 잠시 당황했다. 그때껏 나는 영희가 그녀와 나의 관계에서 비롯된 피해자라고만 생각했기 때문이었다. 그러자 갑자기 지각판이 흔들리는 듯했다. 마음의 울렁거림은 오래도록 멈추지 않았다. 그러나…… 사건의 진실은 더욱더 복잡하고 캄캄한 미궁 속으로 들어간 꼴이었다. 관계를 맺은 날짜까지 계산해보았지만 무위로 끝났다. 세상이 별안간에 다르게 보였다. 나는 영희와 그녀의 어떤 마음을 알 수 없고, 그녀들 또한 마찬가지였다. 다른 어떤 분야보다도 더 양심고백을 기대하기도 어려웠다. 각자 자기가 정한 병원에 정기적으로 가서 엉덩이를 까고 주삿바늘을 꽂는 일밖에 남지 않은 듯했다. 진실은 개구리 소년의 행방보다 훨씬 더 멀리 있는 것처럼 보였다.

후백제의 견훤이 그의 아들에 의해 갇힌 장소라는 미륵전 불단 밑으로 우리 성지순례단 일행은 줄을 서서 들어갔다. 방울토마토 같은 전등 하나가 겨우 켜진 불단 밑은 냉랭한 공기로 가득했다. 나는 덜덜 떨며 보행 스님의 뒤를 따라갔다. 미륵의 발을 만져보려는 심사였다.

"이거야. 만지면서 소원을 빌어."

스님은 낮은 목소리로 내게 말했다. 버스에선 빌지 말고 정리하라고 떠들더니 그새 세계관이 변한 건지 아니면 내게만 특별히 권하는 건지 알 수 없었지만 나는 허리를 숙이고 손을 뻗어 보이지 않는 미륵의 발을 찾았다. 하지만 미륵의 발은 손에 잡히지 않았다. 통로 안쪽의 천 길 동굴 같은 그곳은 너무 캄캄한 터라 나는 아예 주저앉아 조심스럽게 손을 디밀었다. 미륵의 발이 아니라 맹수의 사나운 입이 어둠 속을 더듬는 내 손을 물어버릴 것만 같아 스님의 옷자락을 잡은 나머지 한 손을 놓지 않았다. 삼층 건물 높이의 키를 가진 미륵의 발이 얼마나 클 것인지 짐작조차 할 수 없었다. 그 거대한 발밑에 깔린다면 어떻게 될까 생각하니 온몸에 소름이 돋았다. 텔레비전 드라마에서 본, 분노가 복받쳐 눈에서 피가 흐를 듯한 견훤의 얼굴이 갑자기 눈앞에 나타나는 건 아닌가 하여 두렵고 두려웠다.

"봉주야, 아까 뭘 빌었냐?"

사나운 날씨 탓에 성지순례단은 남쪽으로 더 내려가 선운사로 가려던 계획을 포기하고 가까운 송광사로 방향을 틀었다. 바닥에 쌓이지 않는 눈발은 차창 밖에서 요동쳤다. 버스기사도 덩달아 길을 잃고 시가지를 빠져나가지 못하고 있었다. 제 딴에는 빨리 가려고 지름길로 접어든 결과였다. 옆에 앉은 보행 스님에게 나는 가능한 한 빨리 고름을 멈추게 해달라 빌었다고 말하지 않았다. 대신 미륵의 얼음장처럼 차가운 발을 쓰다듬었던 손바닥을 펼쳐 보였다. 스님의 눈이 탁구공만큼 커졌다. 앞쪽에 앉은 사람들은 길을 놓고 저마다 한두마디씩 꺼내놓으며 운전을 거들었다. 배가 곧 산에 오를 형국이었다.

"드디어 니가 한 소식 했구나!"

"소식은요. 손이 너무 시려서 비는 걸 깜박 잊었어요."

"……그럼 그렇지! 나도 못 접한 소식을 니가 했을 턱이 있겠냐. 그나저나 니도 철부지 때 꽤 놀았다며?"

"뭘요."

236

"툭하면 소주잔과 맥주잔 씹어 먹는 게 특기였다며? 궁금해서 묻는데 그러고도 괜찮냐? 심심한데 그 얘기 좀 해봐라."

"창피한 옛날 일이죠 뭐. 정말 듣고 싶어요? 뭔 스님이 세속 일에 그렇게 관심이 많아요. 아, 알았어요, 알았어. 얘기할게요. 유리컵 씹어 먹는 거, 보는 사람은 끔찍할지 몰라도 사실 간단하고 별 탈도 없어요. 그냥 씹어 삼키면 끝이에요. 요령껏 씹으면 입속과 목에 상처도 크게 안 생겨요. 피가 전혀 나오지 않으면 효력이 없으니까 입술을 적실 만큼은 흘려야 상대방이 찍소리 못하죠 뭐. 뱃속은 괜찮아요. 위액인지 뭔가가 자동으로 분비돼 대처를 하더라구요. 소화가 안 되는 것이라 나중에 똥 쌀 때 조금 따끔거려요. 유리 조각이 항문을 조금 찢으면서 나오거든요. 더 얘기할까요?"

"됐다, 됐어! 니도 참 살려고 별 지랄을 다 했구나. 그래도 늦게나마 철들어 여기까지 온 거 보면 나름대로 성공했다."

아무리 봐도 보행 스님은 머리만 깎았다 뿐이지 건달에 더 가까웠다. 나는 앞자리로 돌아가는 스님의 등을 향해 혀를 내밀었다. 오래전의 내가 어디 유리잔만 씹어 먹었겠는가. 부릴 수 있는 말썽은 다 부렸다고 해도 심한 욕이 아니었다. 온갖 싸움판과 도박판에 빼먹지 않고 얼굴을 디밀었다. 반창고가 떨어지지 않는 얼굴로 여자애들의 치마 속을 기웃거리느라 바빴다. 지독히도 철이 없었던 날들의 일기였다. 덕분에 아버지와 작은아버지가 대관령을 오르내리며 그 뒷수습을 하느라 발품깨나 팔았다. 머릿속에서 내가 제어할 수 없는 쇠공이 제멋대로 굴러다니던 시절이었다. 그 십여 년의 만행 끝에 가까스로 잡을 수 있었던 게 바로 택시 운전대였다. 그리고 때를 맞추기라도 한 듯 만삭의 몸을 이끌고 영희가 대관령을 넘어와 아버지의 집 대문을 두드렸다. 신기한 것은 그즈음부터 마음속에서 들끓던 격랑이 잠들고 세상이 호수의 수면처럼 잔잔하게 보이기 시작한 거였다. 보행 스님은 그 모든 게 다 대자대비한 수다사 비로자나불의 은덕이라고 우겼다.

사타구니가 다시 따끔거렸다. 오래전에 삼켰던 유리 조각이 악착같이 뱃속에 남아 있다가 길을 바꿔 오줌구멍으로 빠져나오는 것 같았다. 피와 고름이 냄새를 풍기며 팬티를 적시는 듯했다. 호남의 들녘을 지워버린 잿빛 눈보라보다 더한 우울이 작디작은 내 몸속에서 요동치고 있었다. 만행 이후 십 년 동안 쌓아올린 잔잔한 평화가 안에서부터 일거에 갈라지는 중이었다. 나는 따끔거리는 사타구니를 허벅지로 누른 채 조심스럽게 관광버스 안의 사람들을 살폈다. 마음속 깊은 골방에 감추어두고 있을 그들의 비밀을 엿보고 싶었다. 팬티를 적시는 누런 고름을. 평상심을 유지해야 할 버스기사는 계속해서 날씨에 대해 투덜거렸다. 체육사를 운영하는 저 형은 겨울 내내 드나들던 노름판에서 집 한 채를 살 수 있는 돈을 잃었다는 소문이 은근히 들렸다. 칼국숫집을 하는 그 건너편 형은 딸내미가 공부를 지지리도 못해 속을 썩였는데 고등학교 졸업도 하기 전에 임신을 해서 형수가 앓아누웠다고 시장 사람들이 수군거렸다. 저 후배 녀석은 특별히 하는 일도 없이 마누라가 미장원을 운영해서 벌어오는 돈으로 먹고살더니 지난겨울부터 다방의 커피배달 자가용을 몰고 있었다. 들리는 소문에 의하면 비번인 아가씨를 데리고 경포대 횟집이나 모텔을 수시로 들락거린다고 했다. 그리고…… 밴댕이 속을 가진 면사무소 직원들. 나는 술 생각이 간절했지만 참고 또 참았다. 버스 안에서는 바깥 풍경이 잘 보이지 않았지만 밖에서 보면 왠지 각자의 적나라한 내면이 다 들여다보일지도 모른다는 생각이 들어 나는 허벅지로 감싼 사타구니를 감추고 또 감췄다.

"수다사로 가주세요."

새벽 한시쯤 비틀거리며 택시부를 찾아온 여자가 내뱉은 말이었다. 나는 만취한 그녀를 재빨리 훑었다. 최소한 왕복 택시비는 지니고 있어야 했다. 면소재지에서 삼십 리 떨어진 산속에 있는 수다사로 가는 손님들은 택시부의 가장 큰 고객이었다. 그렇기에 자질구레한 일들도 많이 벌어졌다. 여자의 상태는 한밤중에 서울 거리에서 택시를 잡고 지리산으로 가자는 거와 비슷했다. 수다사는 취객을 재우는 여관이 아니었기 때문이다. 나는 출발을 하지 않고 뒷자리에 기댄 그녀가 눈을 뜨게 만들었다. 명색이 수다사 운전 불자회 회원이 아닌가.

"손님, 시간이 늦었는데요."

눈을 뜬 그녀는 한참 나를 바라보더니 이윽고 가방 속 지갑을 꺼냈다. 삼만원이 곧 내게로 건너왔다.

"최대한 빨리 가요."

재수가 좋은 날이었다. 이만원이나 더 받았으니. 나는 어떤 차의 추월도 용납하지 않으며 모두 여섯 대의 차량을 추월한 끝에 오 분을 앞당겨 수다사에 도착했다. 덕분에 그녀는 택시에서 내리자마자 구토를 시작했고 나는 등까지 두드려주는 서비스를 베풀었다. 좌석을 더럽히지 않은 것만 해도 다행이라 여기며.

"아저씨, 되게 달리네! 마음에 든다. 명함 좀 줘요."

"절에 아는 분이 계십니까?"

"멋쟁이 스님이 친구예요."

그녀는 그렇게 해서 내 택시의 단골이 되었다. 그리고 적당한 시간이 흘러 나는 그녀의 애인, 혹은 기사가 되었다. 하지만 나는 묻지 않았다. 묻지 못했다. 왜 그녀가 먼 서울에서 강원도 산골짜기까지 찾아와 나를 부르는지. 운전대를 놓고 수다사의 멋쟁이 스님이 누군지 알아보려고 몰래 밤길을 서성거리지도 않았다. 다만 택시부에서 수다사로 가는, 아니면 되돌아오는 시간을 일 분씩 단축시켰을 뿐이었다. 나는 예감하고 있었다. 더이상 시간을 단축할 수 없게 되었을 때 하품을 남겨놓고 그녀가 사라지리라는 것을. 그러나 이미 하품 도사가 돼버린 집사람과 조금씩 하품에 익숙해져가는 그녀가 남겨놓은 것은 하품이 썩어 녹아내린 것 같은 고름이었다. 물론 그녀들도 비슷한 판단을 내리고 있겠지만 말이다. 그리고 우리 세 사람은 서로 다른 병원에서 한숨을 뱉으며 삼 일에 한 번씩 엉덩이에 주삿바늘을 꽂고 있는 중이었다. 금주와 금욕의 언덕을 조심조심 지그재그로 올라가면서. 아니, 내려가면서. 이번 놀이는 조금 위험했다고 투덜거리며.

관광버스는 농촌의 마을길을 위태롭게 빠져나갔다. 아무리 봐도 절로 가는 길 같지가 않았다. 눈보라에 홀린 기사가 운전하는 버스에 꼼짝 못하고 갇힌 듯 사람들은 하나둘 답답함과 의문을 꺼내놓았다. 보행 스님이 일어나 정리를 한 뒤에야 사람들은 의혹의 표정을 풀었지만 가까운 길을 두고 먼 길을 돌고 있다는 의심을 모두 풀지는 않고 있었다. 왠지 차창 밖의 길은 끝내 봄을 보지 못하고 세상을 떠난 어느 시골 촌로의 스산한 상가와 연결돼 있을 것처럼 보였다.

"아니 그럼 내가 일부러 여러분들 골탕 먹이려고 이런단 말입니까!"

"아아, 됐습니다. 빨리 가기나 합시다."

"아, 씨팔! 중도에 일정을 바꾼 게 누굽니까? 제가 바꿨습니까! 난 이 길 처음 가본다고 아까 말했잖아요!"

"젊은 양반이 왜 화를 내고 그러나. 낯선 길에 눈보라까지 지독하게 쳐대니 답답해서 한소리 한 거야. 천천히 갑시다. 천천히."

원행 길에 운전기사를 화나게 해서 좋을 건 하나도 없었다. 어쨌든 승객들의 안전 여부는 그의 손에 달려 있으니까. 기사의 말투가 괘씸했지만 수다사 성지순례단은 그 사실을 잘 알고 있었다. 옆사람과의 대화도 가급적 자제하면서 각자 뿌연 차창을 통해 길을 찾고 틈틈이 운전기사의 용태를 살폈다. 일단은 무사히 송광사까지 도착하고 보자는 암묵적인 동의를 깨버린 이는 출발하면서 내게 술을 권한 후배 녀석이었다. 녀석은 조금 취해 있었다. 난간도 없는 둑길을 떨어질 듯 버스가 바짝 붙어서 돌자 녀석은 운전기사의 고의적인 장난을 눈치채고 발끈해서 복도로 뛰쳐나갔다.

"이봐요, 기사 양반! 지금 손님 태우고 장난치는 거요?"

"......"

"당장 버스 세워!"

사타구니는 바늘로 찌른 듯 따끔거렸다. 시장바닥처럼 소란스러워진 버스는 쏟아지는 눈발 속으로 멈추지 않고 거북이처럼 기어갔다. 나는 통증을 잠재우려고 사타구니를 두 손으로 지그시 눌렀다. 아직도 다섯 번이나 더 주삿바늘을 엉덩이에 꽂아야 했다. 화장실에 갈 때마다 생리대를 갈듯 고름으로 젖은 휴지를 교체해야 했다. 그에 비하면 보이지 않는 절을 찾아 옥신각신, 좌충우돌 미끄러져가는 관광버스는 한가하다 못해 무료할 정도였다.

"나는 정직해." 휴대폰을 빠져나온 그녀의 말은 늘 똑같았다. "당신 택시엔 많은 사람들이 타잖아." 속에서 무엇인가가 욱, 하고 치밀었지만 나는 수다사의 멋쟁이 스님을 거론하진 않았다. "......어쨌든 빨리 병원에 가서 치료 받아." "창피해서 거길 어떻게 가?" "그래도 가야 돼." "당신 아내한텐 얘기했어? 당신이 정직하다면 거기서 병이 온 거잖아!" "그건 내가 알아서 할게.
일단 병원부터 가." 모두 다 정직하다고 말했다. 모두 다 정직한
데 모두 다 고름을 흘리고 있었다. "그년 데리고 셋이 병원에
가. 의사는 이 병이 누구한테서 왔는지 알 거 아냐!" 영희도 내
말을 믿지 않았다. 나는 영희를 강제로 끌어앉히고 백지에 세
사람의 관계를 그림으로 그려가며 수사의 어려움을 설명했다.
"그럼 경찰서에 가든가!" 사건은 미궁에서 빠져나오지 못한 채
일단 종료되었다. 말은 그렇게 했지만 영희 역시 경찰서까지 가
고 싶진 않았던 거였다. 가시거리가 짧은, 불투명한 눈보라 속을
겨우겨우 빠져나가는 버스 안에서 나는 불자회 사무국장이 나눠
준 일정표 뒷면에다 다시 세 사람의 관계도를 그려놓고 아무리
들여다봤지만 여전히 오리무중이었다. 범인을 찾는 것보다 해탈
이 오히려 쉬워 보였다.

멋쟁이 스님(?) — 그녀 — 나(양봉주) — 영희 — ?
〈정직한 세 사람〉

"저게…… 절 아닌가?"
우습게도 송광사는 내가 생각했던 조계산의 그 송광사가 아니
었다. 눈보라 깊은 곳에 주저앉아 있는 것처럼 보이는 절은 마
을의 논밭과 닿아 있었다. 버스에 남아 잠이나 자고 싶었지만
보행 스님의 성화에 그럴 수도 없었다. 도깨비 얼굴 형상의 굴

뚝에선 벌써 저녁연기가 빠져나오고 있었지만 어지러운 눈보라에 이내 지워졌다. 추운 강원도를 떠나왔는데 더 추운 곳에 도착한 꼴이었다.

"……그래서 제가 방송국에 다시 전화를 걸었습니다. 그럼 가격만이라도 매기지 말라고. 가격을 매기니까 도둑놈들이 더 극성을 부린다고. 도둑놈들 때문에 밤에 야구방망이를 껴안고 잔다고. 근데 여러분들 혹시 아세요? 요즘 도둑들은 어쩐 일인지 스님을 무서워하지 않아요. 자다가 뛰어나와 고함을 쳐도 자기들 할 일만 하지 콧방귀도 안 뀌더라고요."

법당은 바깥보다 더 추웠다. 스님의 이야기는 내 머릿속에서 자주 끊어져 길을 잃곤 했다. 나는 진흙으로 빚었다는, 미륵불보다는 작지만 키가 오 미터는 된다는 약사여래가 왼손에 들고 있는 약병을 쳐다보며 벌벌 떨었다. 무서워서가 아니라 너무 추워서. 내 바람과 달리 약병은 쉽게 고개를 꺾어 약을 흘려주지 않을 것 같았다. 절에 대한 설명은 벌써 끝났지만 일행들이 텔레비전 프로〈진품 명품〉때문에 전국의 절간에 도둑이 수시로 출몰한다는 얘기에 관심을 보이자 스님은 신이 난 듯 말을 멈추지 않았다. 버스에 있겠다는 나를 끌고 온 보행 스님은 보이지 않았다. 분명 따스한 요사에서 엉덩이를 지지고 있을 게 틀림없었다. 그 생각을 하자 다시 사타구니가 따끔거렸다. 그녀가 말한 멋쟁이 스님이 혹시 보행 스님이 아닐까 하는 생각이 쏜살같이 지나간 터라 미처 주위담을 겨를도 없었다. 그게 누구더라도 승복을 입고 비뇨기과를 방문하는 건 쉬운 일이 아니겠다는 생각이 들었다. 교복을 입고 갈 수 없는 곳이 있었듯이 승복도 마찬가지였다. 사복이 필요할 터였다. 나는 계속해서 뻗어나가려는 생각을 간신히 붙잡아 약사여래 앞으로 끌고 왔다. 전설을 건너온 약사여래는 눈물을 흘리지 않았다. 들고 있는 약병도 빈 병이 된 지 오래인 것 같았다. 아니면 유효기간이 지나 아무 데도 쓸모없는 약이 담겨 있거나. 하지만 나는 추위에 이를 딱딱 부딪치면서도 방석에서 일어나지 못했다. 이리저리 헛생각이 쏘다녔던 사이에 어느새 몸은 굳어버린 듯했다. 마이크를 잡은 스님의 목소리도 벌소리처럼 앵앵거릴 뿐 더이상 들리지 않았다. 마치 꿈을 꾸는 것만 같았다. 고개를 조금 돌리는 데에도 수십 년의 세월이 흘러가는 것처럼 느껴졌다. 벌을 받는 것 같아 덜컥 겁이 났지만 다행히 약사여래의 표정은 처음 그대로 온화함을 잃지 않은 터라 마음을 놓았다. 나는, 결국, 약을 얻는 걸 포기했다. 포기하겠다는 마음의 각서를 약사여래에게 건넸다. 그냥 차안此岸의 병원에서 아픈 주사를 맞고 약을 먹겠다는 뜻을 얼굴 가득 식은땀을 흘리며 전했다. 그제야 약사여래의 수간호사인 듯한 스님의 목소리가 들리기 시작했다. 살집이 좋은 스님은 객담을 접고 천장의 벽화에 대해 설명했다. 갖가지 악기를 연주하고 있다는, 여러 폭의 주악비천도는 색이 낡아서 잘 보이지 않았지만, 그래서 그 악기들의 소리도 당연히 내려오지 않았지만 나는 고개를 쳐들고 목이 뻐근해질 때까지 천장을 더듬었다.

"좀 뻔뻔하다는 생각이 안 들어?"

"뭐가?"

영희는 부쩍 잦아진 나의 종교활동에 대해 기어코 발을 걸었다. 화재로 불탄 양양 낙산사에서 종일 자원봉사활동을 하고 숯검둥이가 되어 돌아온 날이었다.

"솔직히 당신 이런 사람은 아니었잖아? 내가 다 당황돼. 왜 그러는 거야? 나한테 뭐 불만 있어? 나 정말로 이쁜이수술 할까?"

"쓸데없는 생각 말고 애들이나 잘 키워! 좁은 동네에 살면 다 아는데 이 정도 활동은 해야지."

일하는 시간까지 빼가며 종교활동을 한 게 아니므로 영희는 더이상 관여하지 않았다. 큰 행사 땐 식구가 모두 함께 참여한 적도 있었다. 그후로 일 년이 지나 고름이 흐르는 사타구니를 감춘 채 '금강경 독송으로 업장을 소멸시키자'란 플래카드 아래를 지나 수다사에서 돌아온 밤이었다. 영희는 두번째로 내 발을 걸었다. 백태클 수준이었다.

"그래, 부처님이 용서해준대? 든든한 빽 있어 좋겠네!"

금강경을 독송한 입이므로 가급적 말을 삼가는 게 좋았다. 나는 영희에게 항복을 선언하고 아이들 방으로 가서 이불을 펴고 외로이 누워 금강경 독송을 다시 시작했다. '수보리여! 그대 생각은 어떤가? 신상身相으로써 여래를 볼 수 있는가? 아닙니다, 세존! 신상으로써 여래를 볼 수 없습니다. 여래께서 신상이라 하신 것은 신상이 아니기 때문입니다. 부처께서 수보리에게 말

246

씀하셨다. 무릇 모든 상은 다 허망하니, 만약 모든 상이 상이 아님을 본다면 여래를 보리라.' 그리고 이내 잠들었다.

북쪽으로 방향을 잡고 고속도로를 달리는 관광버스의 차창 밖은 어두워지고 있었다. 계속해서 눈보라가 치는지조차 분간하기 어려웠다. 성지순례를 마치고 돌아가는 버스의 승객들은 두 패로 나뉘져 있었다. 오전에 깨어 있던 사람들은 대부분 잠든 반면 오전에 잠들었던 사람들이 역할을 바꿔 취침등 불빛 속에서 다시 눈을 반짝이며 캔맥주를 홀짝거렸다. 화를 다 풀지 못한 표정의 운전기사는 한시라도 빨리 돌아가려는 듯 가속페달을 밟고 추월을 하느라 바빴다.

"기사 아저씨. 천천히 갑시다."

덤프트럭을 모는, 과속운전의 대가인 선배가 최대한 감정을 감춘 채 점잖은 투로 청했지만 잠시뿐이었다. 운전을 직업으로 삼은 사람이 볼 때도 그것은 명백하게 고의적인 난폭운전이었다. 송광사를 찾아가면서 이미 한바탕 소란을 떤 터라 깨어 있는 사람들은 떨떠름한 표정을 한 채 어떻게 할까 망설이고 있었다. 그렇다고 사차선 도로를 지그재그로 질주하는 걸 모른 척하고 잠을 청할 수도 없었다. 아무것도 모르고 잠든 사람들이 부러울 정도였다. 나는 좌석 옆을 뒤져 안전벨트를 찾아냈다. 그 소리를 시작으로 여기저기서 벨트를 착용하는 소리가 들렸다. 하지만 안전벨트만으로 해결될 문제가 아니었다. 나는 벨트를 풀고 자리에서 일어났다. 운전석까지 가는 길이 멀었다.

"속이 좋지 않은데 가까운 휴게소에 들렀다 갑시다."

"이게 무슨 자가용입니까! 아무 데나 멈추고 싶다고 멈추게."

이쯤 되면 아무리 사타구니가 따끔거리고 고름이 흘러나온다 해도 참을 수가 없는 것이었다. 미륵도 약사여래도 잠시 잊어야만 했다. 몸의 형상으론 여래를 볼 수 없다지만 신상身相의 짓거리로 볼 때 운전기사는 여래가 아니었다.

"그럼 버스 안에서 설사를 하란 얘기요?"

"에이, 씨팔!"

관광버스는 밤의 고속도로변에서 거칠게 멈췄다. 열린 문으로 지나가는 차량들이 내지르는 굉음과 눈보라가 아우성치며 들어왔다. 나는 할 말을 잃은 채 미륵의 발을 찾듯 캄캄한 어둠 속을 들여다보다가 돌아섰다. 버스가 멈췄으므로 운전기사의 멱살을 잡고 끌어내는 것은 어렵지 않았다. 통로가 비좁아 들고 돌아가기엔 불편했지만 나름대로 적응할 수 있었다. 어쨌든 응원객이 많아서 외롭지 않은 싸움이었다. 주고받거나 겹치기도 하는 욕설이 난무했지만 그나 나나 먼저 상대방 얼굴에 주먹을 날리진 않았다. 바닥에 쓰러뜨려 발로 밟거나 걷어차는 우를 먼저 범하지도 않았다. 우리는 현대사회의 싸움의 법칙을 충분하게 숙지하고 있기 때문이었다. "이게 무슨 추태야! 당장 그만둬!" 적당한 시기가 되면 누군가가 말려줄 거란 사실도 알고 있었다. 보행 스님은 붉은 취침등 빛을 머리에 이고서 내 뒷덜미를 잡아당겼다. 진짜 화가 난 것인지 아닌지 잘 알 수 없는 표정이었다.

뭘 봤는데?

서울의 담벼락 옆에 핀 목련을 보며 소주를 마시고 있다는 그녀의 문자메시지였다. 소주? 병이 다 나았나?

병은 병이고 소주는 소주야. 또 뭘 봤는데?

관광버스는 제한속도를 정확하게 지키며 북상했다. 뒤에 오는 모든 차들이 우리가 탄 관광버스를 앞질러가고 있었다. 나는 그녀에게 날아다니는 천녀가 연주하고 노래하는 소리를 들었다고 메시지를 보냈다.

그게 바로 천녀의 옷을 입은 임질균이야. 넌 이제 나를 떠나려고 하는구나.

나는 당신이 누군지 모르겠어……

네가 잃어버린 부처야.

나는 그녀에게서 온 메시지를 모두 지웠다. 휴게소 화장실에서 용변을 보고 식당에서 간단한 저녁을 먹고 일회용 커피와 담배연기를 번갈아 마시고 피운 뒤 이윽고 버스로 되돌아온 지 한참이 되었는데 운전기사는 나타나지 않았다. 불자회 사무국장이 고속도로 휴게소를 한 바퀴 돌았지만 허사였다. 안내소에서 방송까지 내보냈지만 마찬가지였다. 답답함을 이기지 못한 청년회원들이 투덜거리며 운전기사를 찾아 나섰지만 나는 자리에 앉아 눈을 감은 채 목련을 떠올렸다. 그녀처럼 소주를 마시고 싶은 생각이 간절했다.

"이게 다 봉주 네놈 탓이다."

"스님, 아깐 정말 위험했다니까요. 계속 갔으면 사고 났어요."

"사고가 왜 나! 운전기사가 무슨 가미가제냐, 아니면 자살폭탄테러범이냐? 운전기사가 널 시험한 거야."

"나를요? 왜요?"

청년 회원들이 삼십여 분 만에 찾아서 부축해온 운전기사는 어디서 술을 구해 마셨는지 엉망으로 취해 있었다. 그 시간 동안 그렇게 빨리 취할 수 있다는 게 신기했다. 데리고 오긴 왔지만 그다음이 문제였다. 갈 길은 먼데 빈자리에 쓰러져 잠든 기사를 깨워 운전대를 맡길 수는 없는 노릇이었다. 누군가 짧은 논평을 남겼다.

"야, 참 대단한 성지순례다!"

나는 관광버스의 운전석에 앉아 앞유리로 몰려드는 벌레 같은 눈발을 윈도브러시로 닦았다. 대형면허증이 있고 술을 마시지 않은 터라 어쩔 수 없이 운전대를 잡았지만 백미러 속의 사람들은 여전히 불안한 표정을 다 풀어버리지 않았다. 운전기사만 코를 골며 늘어지게 자고 있었다. 긴장을 한 탓인지 사타구니는 주기를 빨리 해서 따끔거렸다. 그때마다 고름이 빠져나오는 것 같았다. 코를 흥흥거렸지만 다행히 냄새는 나지 않았다. 밤의 고속도로는 눈보라 자욱한 사막을 건너가는 길처럼 기이하게 보였다. 손에 땀이 잡혔다. 보행 스님의 말대로 운전기사의 시험에 들긴 든 모양이었다. 뒤통수에 무수한 눈동자를 매달고서 집을 찾아가는 기분이었다. 차선을 바꾸거나 추월을 할 때마다 그 눈동자들이 내뱉는 짧은 탄성이 들렸다. 나는 사무국장이 건네준 불경 테이프를 틀어 그들의 불안을 잠재우려 했다. 세상에서 가장 큰 택시를 몰고 가는 듯했다. 고름으로 팬티를 흥건하게 적시며. 소주를 마시고 싶다는 생각은 사라지지 않았다. 모두 잠들면 살짝 운전석을 빠져나와 캔맥주라도 하나 훔쳐야 할 것 같았다. 붉은 불빛들이 점점이 이어져 띠를 만들고 있는 길은 허공에 걸려 있는 외가닥 줄처럼도 보였다. 나는 길고 넓은 택시에 수다사 불자들과 심지어는 미륵과 약사여래, 악을 쓰며 바가지를 긁어대는 영희와 천녀의 옷을 입은 임질균까지 모두 태운 채 아슬아슬하게 줄타기를 하고 있었다. 잘게 부서진 유리 조각을 입 안 가득 넣고 삼키지도 내뱉지도 못한 채.

길은 저 아래 물이 누운 곳까지 내려갔다가 달이 떠오를 법한 언덕을 향해 다시 아스라이 올라가고 있었다. 하지만 그 언덕으로 건너가지 못할 것 같았다. 운전기사도 그 사실을 알고 미리 술에 취해 잠든 게 틀림없었다.

해 설

현실적 구체성과 소설적 환상의 변주

정의진(문학평론가)

1. 소설의 역사적 근대성에 충실한 소설

김도연의 단편들을 읽으면서, 우선 나는 그가 소설의 원론에 충실한 소설가라는 생각이 들었다. 소설의 역사적 형성과 전개 과정을 설명하는 다양한 서구의 이론들이 있지만, 인류가 문자를 발명한 이래 그 오랜 인류문화사를 동반하며 전통과 권위를 축적한 시에 비해, 소설이 비교적 근대적인 문학 형식이라는 점에는 다수가 동의하는 듯하다. 그런데 소설의 근대적인 언어적 형식은 일종의 '무형식', 즉 정형률에 입각한 일정한 규칙적 리듬이 부재한 '산문'의 형식으로 전면화되었다. 그래서 소설은, 특히 그 역사적 형성기에 예술이 아니라 일종의 잡설로 취급받기도 하였다. 절대적이고 고귀한 이상에 부합하는 절대적이고 고귀한 어떤 형식, 일종의 황금률과도 같은 숭고한 미적 형식(결국 정형률)의 대척점에서, 우선 소설은 '속되고 잡되게' 문학 안으로 들어와 문학의 언어적 지평을 넓혔다. 소설이 다루는 인간과 세상과 우주는 가히 삼라만상이라고 해도 지나치지 않을, 숭고와 비속의 경계를 넘어 존재하는 모든 것이다. 그런 만큼 소설은 애초부터 특정한 이상적 언어 형식에 스스로를 가둘 수가 없었고 그럴 의사도 없었다. 그래서일까, 오늘날도 문인들의 술자리에서는 이따금 '소설가는 잡놈'이라는 악의 없는 농담이 오간다.

국가의 중대사나 세상의 근본원리가 아닌 신변잡기나 황당무계한 상상을 글로 펼쳐놓는다 하여 '대설'이 아니라 '소설'이라고 칭한 동양의 완고한 봉건적 도덕주의도 서양의 그것만큼이나 '소설가는 잡놈'이라는 농담이 가능하도록 일조했을 것이다. 그러나 세월은 흐르고 문학사도 진화하여, 오늘날 구체적인 세속을 시로 끌어들이거나 시 못지않은 언어적 긴장과 절제미에 입각한 소설을 시도하는 장르간의 '크로스오버' 현상조차, 적어도 다양한 문학작품들에 익숙한 독자들에게는 그리 낯설지 않게 되었다. 그럼에도 불구하고 소설이 애초에 소설이었던 이유, 즉 어떤 관념적, 이념적, 도덕적, 계급계층적 편견 없이 우선 존재하는 모든 현실의 복합적인 양상을 형식적 제약 없이 자유로운 상상력으로 표현하는 소설의 근본 태도는, 여전히 유효하고 필수적인 소설의 덕목이자 문학일반의 덕목일 것이다. 근현대 산문

시를 견인한 원동력 가운데 하나도 바로 소설의 이러한 근대성이었다.

오늘날 소설에 적어도 신변잡기 이상의 어떤 사회적 가치가 부여된다면, 그것은 전적으로 소설이 '신변잡기'에서 출발했기 때문이며, 그것이 소설의 근대성이다. 저속하거나 비루하거나 악하거나 열등하다고 규정된 모든 것들의 속살을, 권위 있는 지배적 담론의 품위 있는 언어 형식과는 다른 '잡설'의 형식으로 표출하면서, 소설은 기존의 지배적 가치관과 윤리의 맹점을 폭로했었다. 바꾸어 말해서 소설은, 적어도 일정 수준에 도달한 소설은, 반윤리적이거나 비윤리적인 것이 아니라 자신이 발 딛고 있는 현실 안에서 구체적으로 윤리적이었다. 근대 이후 삶과 풍속의 변화, 이와 더불어 변화하는 사회적 윤리들의 형성에 소설이 행사한 영향력은 지대하다.

소설의 역사적 형성에 대한 다소 긴 원론적 이야기를 김도연의 단편들과 관련지어 끌어들이는 이유를 그의 소설을 읽은 독자들은 짐작하리라 생각한다. 김도연의 단편들은 우선적으로 자신 내지 자신이 관계맺고 있는 구체적 현실에서 출발한다. 공간적으로는 강원도 진부 일대, 시간적으로도 현재가 다수 소설의 기본 배경이다. 소설 속 인물들은 오늘날 강원도 진부 일대를 살아가는 평범하다 못해 때로 바닥을 기는 인물들이며, 그들 사이에서 벌어지는 사건들은 그 안으로 들어가 인물들의 정서적 파동을 함께 구체적으로 호흡하지 않는 한 지루하고 비루해 보인다. 김도연은 우선 거기에서 출발한다.

그런데 이를 다루는 김도연의 소설적 기법에는 일정한 공통분모가 존재한다. 거의 대부분의 소설에서 김도연은 자신이 다루는 현실에 이런저런 꿈과 환상 들을 매우 강렬한 상상적 이미지를 동원하여 교차시키며, 심지어 현실과 환상의 경계들을 지우기도 한다. 바닥을 친 현실 속에서 생성된 꿈을, 김도연은 다시 현실에 보다 높은 의미를 부여할 큰 꿈으로 바꾸려 애쓰되, 그의 소설적 환상은 현실을 초월하지 않는다. 현실과 환상의 경계를 넘나들며 삶의 의미를 갱신하는 일은 매우 지난해서, 김도연의 소설 속에 등장하는 환상의 다수는 악몽이다. 그리고 그 악몽은, 악몽에까지 이르고야 만 삶을 어처구니없어하는 연민과 역설적 유머들을 종종 동반한다. 동인문학상 후보에 올랐던 그의 장편소설 『소와 함께 여행하는 법』(열림원, 2007)을 이미 읽은 독자라면 이 점을 훨씬 쉽게 수긍할 수 있을 것이다.

김도연이 이효석의 「메밀꽃 필 무렵」의 후일담 형식으로 쓴 「메밀꽃 질 무렵」에는, 단지 봉평장터와 장돌뱅이들에 대한 추억뿐만이 아니라 모든 사라지는 것들에 대한 소박하고 보편적인 예의와 존중이 있다. 그 과거로 편입되는 추억의 삶을 불러내는 것은 죽은 아버지 허생원을 그리워하는 동이의 '꿈'이다. 현실과 겹쳐지며 현실에 과거라는 시간적 깊이를 부여하는 동이의 꿈이 없다면, 현실의 봉평장터는 그저 장터일 뿐이다. 현실이 오직 즉자적 현재만을 따라 이어진다면, 그 안에서 사회적 메커니즘에 따라 생존하는 생물학적 삶이야 가능하겠지만, 그러한 사회는 이미 자신의 지속에 의미의 깊이를 부여할 능력을 상실한 사회이다. 사라지는 것들을 추억하는 능력을 상실한 사회는 의미의 죽음이라는 즉자적 현재만을 생물학적으로 존속시킬 뿐이며, 따라서 그러한 현재로 구성된 사회를 살아가는 현대인은 문화인이 아니라 원시인, 즉 동물에 가깝다.

그렇다면 현재 한국사회는 동물적인가 문화적인가? 바꾸어 질문해보자. "아버지, 인생이 뭔가요?" "뭐긴, 장보러 왔다가 장보고 가는 거지"라는 「메밀꽃 질 무렵」의 마지막 구절은, "잠시 건넛마을에나 다녀온다는 듯 편안한 얼굴로 고단했던 이승을 정리하고 아버지를 따라 저세상으로" 간 동이의 어머니 성서방집 처녀의 마지막 모습을 반추하게 만든다. 과거 강원도 산골마을 평민들의, 해탈에 가까운 범속함의 경지로 맞이하는 품위 있는 죽음에 대한 이상을, 현재 한국사회는 충분히 기억하고 추억할 능력이 있는가?

2. 소설적 환상과 현실

결국 김도연의 소설세계로 들어가기 위하여 이 평문이 설정한 키워드는 '현실'과 '환상'이다. 현실은 종종 시공간적으로 확장되고 변형되는 소설적 환상의 개입을 통해 그 의미의 깊이를 확보한다. 그런데, 비록 그 양상이 매우 다양하고 복합적이라는 것을 인정하더라도, 현실과 상호작용하지 않는 소설적 환상은 그저 독자를 순간적 자극을 통해 유인하는 일회용 소모품에 불과할 것이다. 매우 핍진한 사실성과 황당무계함에 가까운 허구적 환상을 결합시켜 일종의 상호 상승효과를 끌어낼 것인지, 아니면 이도저도 아닌 절충과 다소 색다른 시도에 그치고 말 것인지는 전적으로 소설가 자신의 역량에 달린 문제일 것이다.

그렇다면 김도연의 경우는 어떠한가? 그의 소설에서 환상이 현실과 효과적인 긴장관계를 형성하고 있는가를 논하기 이전에 우선 적시해둘 사항 하나는, 김도연은 환상을 피상적인 흥미유발기제로 활용하는 전략과 처음부터 거리를 취하고 있다는 점이다. 그의 여러 소설에서 환상은, 출구 없는 폐쇄회로 같은 현실에 대한 숨 막힘이 비등점에 다다를 때 예기치 않게 펼쳐진다. 예를 들어 「바람자루 속에서」의 한 대목을 보자.

대관령 아래의 집이 까마득히 멀게 느껴졌다. 그의 눈꺼풀이 조금씩 내려갔다. 일 킬로 전방에 횡성 소사휴게소가 있습니다. 백오십 년 된 아가위나무가 휴게소 마당에서 흰 꽃을 피우고 있네요. 졸리시면 그 꽃그늘 아래서 잠시 쉬어가십시오. 그는 눈을 떴다. 시린 얼음장 같은 소름이 등을 타고 내려가는 것 같았다. 깜박 졸았던 순간의 아찔함이 냄비 속의 물이 끓듯 가슴속에서 요동쳤다. (……) 가슴을 다소 진정시킨 그는 내비게이션을 바라보며 담담하게 물었다. 무슨 소리였어? (……) 전방에 낙석주의 구간입니다.

이어서 휴게소가 있습니다. 나비는 일부러 딴청을 부리는 것 같았다. 그는 아가위나무의 흰 꽃을 상상하며 고갯마루를 향해 차를 몰았다. 불빛 너머 어둠 속에서 안개가 꾸역꾸역 내려오고 있었다. 쩡─ 하는 울림과 함께 귀가 먹먹해졌다.

박선생 덕분에 오늘 잘 놀았어. 다음 학기에 또 봅시다. (……) 휴대폰 화면에 떠 있는 K교수의 문자메시지를 지웠다. 함박눈에 덮여 있는 듯한 아가위나무를 한참 쳐다보다가 고개를 끄덕이며 문자메시지를 작성했다. 예, 선생님. 다음 학기에 뵙겠습니다. 그는 망설이지 않고 메시지를 전송시켰다.(97~98쪽)

소설을 분석하면서 작가의 개인사를 끌어들이는 것이 일종의 반칙이라는 것은 잘 알고 있지만, 김도연이 몇몇 대학에서 소설 창작 강의를 한다는 것을 알고 있는 평자로서는 「바람자루 속에서」를 읽으면서 그를 직접적으로 떠올리지 않을 수 없었다. 게다가 평자 자신이 시간강사인 만큼, 이 소설이 묘사하고 있는 상황과는 다소 거리가 있지만(즉 필자는 다행히도 교수라는 지위를 악용하여 강사들을 홀대하거나 심지어 직간접적으로 착취하는 사람들과는 확연한 거리를 취하고 있는 분들을 주로 만났다), 일종의 동병상련하는 심정이 자연스럽게 들었다. 김도연의 실제 강사생활이 어떤지는 그가 말을 안 해서 잘 모르지만, '전국투어'를 해야만 일정한 수입이 보장되는 현재 한국의 강사생활에 어쨌든 고달프고 아슬아슬한 측면이 있는 것은 사실이다.

그런데 이 소설을 읽으면서 김도연을 떠올리는 보다 근본적인 이유는, 서두에서도 밝혔듯이 그의 소설가로서의 기본윤리가 삶과 현실에 대한 밀착, 그것도 바닥을 기는 현실에 대한 밀착이기 때문이다. 실제의 김도연은 독신인 만큼 그를 재촉하고 감시하는 아내의 전화나 문자메시지 세례야 물론 없을 것이다. 그러나 대관령의 고속도로를 휘감는 안개같이 불투명한 삶 속에서, 그 막막함을 임시방편으로 메우는, 연인이라기보다는 차라리 섹스파트너에 가까운 Y와 아내 사이에 무책임하고 모호하게 끼어서, 다음 학기 강의를 보장받기 위하여 한 달 치 강사료를 교수접대비로 룸살롱에 처박는 소설 속 강사의 모습에는 일정한 사실적 개연성이 있을 것이다. 이미 최소한 수십 번은 언론에 오르내린 일부 대학의 부패하거나 혹은 열악한 상황은 엄연한 현실이다. 결국 소설 속 강사의 삶은, 제도화된 굴욕에 미래에 대한 막막함과 자신의 무력함 내지 무책임함이 악순환 고리로 겹치면서, 한마디로 지리멸렬 그 자체이다. 이러한 '유체이탈'의 상황, 현실에 더이상 일말의 의미도 부여하지 못하고 의식이 무장해제당하는 상황에서, 졸음운전의 그 짧고 위험한 순간, 불현듯 그에게 횡성 소사휴게소의 백오십 년 된 아가위나무의 환영이 떠오른다. 불과 삼십 년 된 소사휴게소 한참 이전에, 삶과 아름다움의 절정의 이미지로 아가위나무 흰 꽃은 항상 거기 있었다.

　이 아가위나무의 환영이 현실에 개입하는 순간을 묘사하는 김도연의 문장과 문장 사이는 논리적이고 정서적으로 촘촘하며 치

262

밀하다. 내비게이션의 안내가 시적 문장으로 화하는 환청을 경험한 강사는, 졸음운전의 위험을 깨닫고 정신을 차리며, 이번에는 현실의 아가위나무를 향해 소사휴게소로 나아간다. 방향타 없는 혼미한 삶의 상황을 연상시키는 안개가 고갯마루를 뒤덮고, 다시 삶의 비루함을 환기시키는 K교수의 전적으로 현실적인 메시지가, 대관령 고지대에서 귀가 '쩡—'하는 순간과 동시에 환청처럼 서술된다: "박선생 덕분에 오늘 잘 놀았어."(98쪽) 이 대목에서 현실과 환청 사이를 교묘하게 가르는 유일한 지표는 텍스트상의 문단 나눔을 위한 줄바꾸기뿐이다.

현실과 환청, 사실과 환영이 교묘하고 정치하게 교차하는 이러한 기법은 「바람자루 속에서」 전반에 걸쳐, 나아가 김도연의 소설 전반에서 발견된다. 그런데 「바람자루 속에서」의 '아가위나무 흰 꽃'이라는 결정적인 환영의 이미지는 세상 밖 어딘가에 초월적으로 존재하는 이미지가 아니다. 아가위나무 흰 꽃이 구체적 현실 속 소사휴게소에 존재한다는 사실은 김도연의 소설세계 전반을 이해하기 위한 중요한 단서이다. 나아가 이 소설에서 환청과 사실을 가르고 뒤섞는 핵심적인 기능을 담당하는 기제가 현실의 내비게이션이라는 점 또한 주목의 대상이다. 김도연은 아마도 환상은 현실 그 자체, 보다 정확히 말해서 현실 구석구석으로 침투해 한 사회를 촘촘한 그물망처럼 얽어매는 유무형의 제도적 장치들인지도 모른다고 말하는 듯하다. 따라서 김도연의 소설적 환영은 지극히 완고하고 견고해 보이는 현실이라는 환영을 풀어헤쳐 재질문하기 위한 것이되, 역으로 이렇게 창조된 가상의 환영들은 전적으로 현실 안에 존재한다.

「북대」는 이러한 현실과 환상의 상호작용을 집약적으로 보여주는 소설이다. 이 소설에서 북대는 택시기사인 '나'와 다방 아가씨 '밀크셰이크'가 도달하고자 하는 사랑과 구원의 상상적 이름인 동시에, 비록 진부면내에서 멀리 떨어진 외딴 절일지언정 실제로 오대산에 존재하는 절이다. 그러니까 진부면과 북대의 공간적 거리는, 백오십 년 전부터 소사휴게소 그 자리에 항상 서 있는 아가위나무가 삶의 어떤 결정적 순간에 환영처럼 눈에 박히는 것처럼 이중적인 의미, 즉 존재하면서 존재하지 않는 거리를 의미한다. 구체적 현실로 존재하는데, 붙잡으려는 순간 환영으로 변하는 다른 삶의 가능성에 대한 질문이, 「북대」에서는 석가모니와 제자 수보리의 문답이 이어지는 『금강경』에 대한 패러디로 시작된다: "수보리야, 갠지스 강의 모래알만큼 많은 다방이 오대산 아래에 있다면, 너는 그 모든 다방에 있는 아가씨들이 아주 많다고 하겠느냐?"(123쪽) 불교 경전에 대한 택시기사의 이러한 언뜻 발칙한 패러디는, 그러나 그가 실제로 한 다방 아가씨와 맺게 되는 인연에 의해 이중적인 의미의 울림을 확보하게 된다. "북대? 이렇게 눈이 퍼붓는 밤에?" "지금 안 가면 영영 못 갈 거야." "손님들이랑 있단 말이야!" "괜찮아. 내가 다 변상해줄게"로 이어지는 택시기사 '나'와 다방 아가씨 밀크셰이크의 실랑이는, "……영원히 북대에 못 갈 거야." "갈 수 있어"

라는 보다 높고 지속적인 의미를 지닌 삶에 대한 갈망으로 길항하며 이어진다.

수입 빠듯한 택시기사와 아무나 티켓으로 살 수 있는 다방 아가씨의 삶의 전망이 막혀 있으면 막혀 있을수록, 은밀하고 조용하게 축적되는 새로운 삶에 대한 갈망 또한 클 것이다. 그런데, 비록 이들보다 다소 처지가 낫고 그 속내가 잘 은폐되어 있는 사람들이라 한들, 일상을 비루한 생존으로 전락시키고 그 전락을 사회적 지위의 우열관계로 포장하며 승자와 패자를 잔인하게 나누는 현실, 특히 한국사회의 현실을 도리 없이 경험한 사람들이라면, 누군들 이들 같지 않을 수 있겠는가? 즉 감히 현실을 빠져나갈 엄두조차 못 내다가도, 누구라서 감히 꿈꾸지 않을 수 있을까? 현실과의 실랑이가 택시기사 '나'와의 사랑의 실랑이로 전이되면서, 다방 아가씨 밀크셰이크가 한마디 날린다: "수보리나 틀어줘요."(154쪽) 그리고 질문과 꿈은 계속된다. 그러한 질문과 꿈만이 삶을 삶이게 한다: "변함없이 세존은 묻고 수보리는 대답을 하고 있었다. 무엇이 있는 것이고 또 무엇이 있지 아니한 것인지 알 수 없었다. (……) 룸미러 속에서 눈을 감고 있는 그녀를 다시 훔쳐보았다. 하지만 나는, 아니기에 비로소 맞다, 는 데까지는 영원히 닿지 못할 게 뻔했다."(154~155쪽) 그러나 실패가 예정된 수순처럼 앞을 가로막는다 해도, 나도 그녀도 '아니기에 비로소 맞는' 그 가능성을 포기하지 못한다. 두려운 말일지언정, 사랑의 다른 이름은 불가능성이다. 아니 가능성과 불가능성 사이에서 꾸준히 흔들리는 것이다. 그 고통에서 완전히 벗어날 길이 없기에, 부질없었던 듯 사랑의 대상이 바뀌거나 멀어지기도 하기에, 부처는 깨달음의 가능성을 질문이라는 형식으로 열어놓았을 것이다.

비록 단편들마다 소설의 주제나 문제의식이 다양하게 변주될지라도, 환상이 질문을 부르고 질문이 환상을 낳는 김도연 소설의 어떤 근본 구조는 일관되게 유지된다. 「저 언덕으로 건너가네」에서 임질에 걸려, 그 최초의 원인제공자가 자신인지 아내인지 애인인지 자신도 모르는 또다른 관계인지(애인이 말한 '스님'을 포함해서!)를 질문하는 희비극적 상황에 빠진 택시기사 '양봉주'는, 그 와중에도 불교 성지순례를 떠난다. 그런데 그가 궁극적으로 원하는 것은, 물론 일차적으로는 임질의 진짜 원인제공자를 밝히는 것이겠지만, 그 질문에 갇혀버린 자신의 한심한 상황과는 다른 어떤 삶이다. 그를 결정적으로 고문하면서 심지어 어떤 영적 구원까지 꿈꾸게 한 딜레마는 다음과 같은 것이다: "모두 다 정직하다고 말했다. 모두 다 정직한데 모두 다 고름을 흘리고 있었다."(243쪽) 이 딜레마의 와중에 양봉주의 머리에 떠오른 다음과 같은 문장은, 「북대」의 금강경에 대한 패러디처럼 장난스러우면서도 진지하고 속되다 못해 위악을 가장하지만, 결국 궁극적 치유의 꿈에 연동되어 있다: "범인을 찾는 것보다 해탈이 오히려 쉬워 보였다."(243쪽) 그러나 해탈은 쉽지 않고, 관광버스 운전사의 고의적인 난폭운전에 화가 치밀어 싸움까지 벌인 양봉주는, 결국 만취한 버스기사를 대신해 운전대를 잡게 된다. 그런 그 앞에 어느 순간 "수다사 불자들과 심지어는 미륵과 약사여래, 악을 쓰며 바가지를 긁어대는 영희와 천녀의 옷을 입은 임질균"까지 뒤엉킨 환영이 떠오른다.

결국 김도연의 소설적 환상은 허구적인 초월적 해방과는 거리가 먼 환상이다. 츠베탕 토도로프의 거의 교과서적 정식처럼 되어버린 의미 있는 환상의 양식에 대한 정의는, '불안의 낙인이 찍혀 있는' 환상이다. 이때 불안은 물론 병리학적이라기보다는 오히려 정신적 건강성의 신호, 즉 현실의 변화 가능성을 상상하되 그 상상이 현실의 무게를 고스란히 감내하는 능력이다. 김도연의 소설적 환상이 생성하는 어떤 정서적 상태 내지 마음의 파동들은, 삶과 현실과 사회의 막힘과 풀림이 시간의 결을 따라 변주해내는 불안과 희망을 고르게 껴안고 있다. 그걸 다른 말로 바꾸면 역사, 갠지스 강의 모래알같이 많은 사람들의 구체적인 역사들일 것이다. 따라서 모든 환상은 아닐지라도 적어도 어떤 환상들, 그러니까 김도연의 소설적 환상 같은 것들은 사회의 필수 구성요소이다.

김도연이 긴장을 풀고 '옛날 옛적 호랑이 담배 피우던 시절에' 풍으로 다소 편안하게 쓴 「사람 살려!」는 그러한 환상의 필요성에 대한 현대적 우화로 이해할 수 있다. 이 소설은 "그리 멀지 않은 옛날, 그러니까 흥선대원군이 임진왜란 때 불탄 경복궁 중건을 위해 강원도의 알짜 소나무들을 베어가던 무렵", 즉 서구

근대 문물이 제국주의라는 야만적 형식으로 조선에도 그 위협적 실체를 드러내던 시대를 배경으로 삼고 있다. 강원도 강릉 포남 마을 땅 부잣집 김씨 가문 아들인 한량 성기는, 달빛 좋던 어느 날 경포 솔밭에서 친구들과 술 마시며 음풍농월하다가, 술김에 어떤 처자에게 또 사고를 치고 그길로 하인 개똥이와 한양으로 줄행랑을 놓는다. 한심한 사고를 치고 도주하는 주제지만, 평소에 '깡촌' 강릉을 벗어나 변화하는 한양의 신식문물을 접하며 안목을 넓히려는 대장부의 포부를 품고 있던 성기는, 엉뚱한 사고를 계기로 이를 실행에 옮긴다. 한양으로 가는 길에 그는 별의별 일을 다 겪는데, 특히 구미호, 배가 고프면 인육도 먹는다는 산적들, 갓 쓴 호랑이, 외다리 도깨비, 물귀신 등을 만난다. 그러니까 「사람 살려!」는 중립적으로 말하자면 한국의 민담전통을 현대적으로 계승 내지 패러디한 것이고, 속된 말로 하면 완전 '구라'다.

어떤 나라의 민담도 '구라'가 제공하는 '재미'를 배제하고는 성립되지 않는다. 그 재미를 구성하는 다양한 요소들이 있겠지만, 대표적인 요소 가운데 하나가 비사실적인 황당무계함이다. 이 황당무계함은 즉자적인 유용성이 없을뿐더러 비합리적이다. 근대는 이러한 전통적 민담의 상상력을 점차적으로 시대착오적인 것으로 만들어버렸다. 봉건적 사회질서와 가치관이 강요하는 부당한 억압들과 신분제적 계급질서가 붕괴되는 과정에서, 그러나 자본주의적 합리성의 이름하에 그 의미가 숙고되지 않은 채 쇠락의 길을 밟았던 많은 것들 가운데 민담이 있다. 민담이 대중적으로 향유되던 시기가 그 종말을 예고하던 상황을, 「사람 살려!」는 성기가 물귀신에서 놓여나는 장면에 비유해서 묘사한다. 물속에서 허우적대면서 사람 살리라고 소리치는 성기에게, 물귀신을 포함해 구미호, 산적들, 갓 쓴 호랑이, 외다리 도깨비 등 그 모든 봉건적 미개함과 시대착오적인 환상들이 묻는다 : "이제 우리랑 놀 생각이 없는 거야?"(192쪽) 그들은 슬픈 표정으로 물러나고, 성기는 물속에서 허우적대다 살아난다. 살아난 성기는 옷을 말리다가 문득 한양 길을 안내하는 자신의 지도를 펴보는데, "지도 속 곳곳에 도사리고 있던 위협적인 존재들은 모두 어디론가 사라지고 없었다. 아름드리나무들도 마찬가지였다. 남은 것은 헐벗은 산과 산의 이름, 갈라지고 만나는 길, 그리고 사람의 마을을 알리는 지명뿐인, 헐벗은 풍경이 전부였다".(193쪽)

그 이후 성기는 자신의 몸속에 기록과 기억과 추억과 체험으로 축적된 그 오랜 한반도의 역사와 근대적 합리성이 부단히 길항하는 삶을, 다른 많은 한국인들처럼 살았을 것이다. 그리고 그가 잃게 될 것 가운데 하나는, 비합리적인 허구의 이면에 민담이 온전하게 보전하고 있던 자연과 동물과 식물 들에 대한 친화력, 보다 넓게는 인간이 자신을 둘러싸고 있는 환경에 표하던 두려움과 존중일 것이다. 비록 오늘날의 관점에서 볼 때 상당부분 허황된 비과학적 믿음에 기초했을지언정, 자연과 환경에 지배와 정복의 대상 이상의 가치를 부여하던 전통의 붕괴가 어떤 재앙

들을 불러올 수 있는지를, 그때는 서구인도 조선인도 몰랐다. 즉 근대의 자본주의적 실용주의와 합리성은 그 자체로 또하나의 미신이었고, 그 근대적 미신의 부정적인 파괴력은 오늘날까지 이어지고 있으며, 특히 오늘날 한국에서 그 미신의 힘은 민담 속의 산적, 도깨비, 호랑이, 물귀신보다도 더 큰 공포를 낳는다. 그 공포는 가령 할리우드의 무수한 재난영화나 한국의 〈괴물〉 같은 영화를 통해 또다른 현대의 '황당무계하고 비합리적인' 허구를 낳는다. 그런데 이러한 허구가 표현하는 공포에는 전통적 민담 속의 '환경 친화적인 재미와 웃음'이 없다. 현대 재난영화의 허구를 지배하는 것은 공포 그 자체이다. 그러나 민담적 세계관이 불가능해 보이는 시대일수록, 그것의 가치를 기억하는 일은 더욱 필요하다. 이미 끝난 것으로 알았던 과거가 새로운 모습으로 회귀한 일은 역사에서 그리 드물지 않다.

지도 속에서 사라진 민담의 역사적 기억들을 목도하고, "덜 마른 옷을 입은 성기는 여름인데도 불구하고 온몸을 부르르 떨었다".(193쪽) 두려움으로 몸을 떠는 성기 스스로도 어림짐작조차 불가능했던 민담적 상상력의 상실이 낳은 결과는, 자본주의적 합리성의 지배와 더불어, 그 합리성이라는 미신이 낳은 또다른 '비합리적' 허구들이었다. 전적인 합리적 이성과 실용성은 또다른 허구를 낳았을 뿐이다. 결국 문제는 합리성이냐 비합리성이냐, 사실이냐 허구냐보다 더 근본적인 층위에 존재한다. 미신을 퇴치하는 것은 과학의 힘만으로는 턱없이 부족하며, 미신을 다른 각도로 이해하고 상상력의 가치를 새롭게 발견하는 것이 아마도 훨씬 생산적이고 '사실적인' 처방전일 것이다. 결국 김도연이 암시하는 것처럼 아마도 우리는 도깨비, 구미호, 물귀신, 호랑이 등과 함께 노는 법을 새롭게 익혀야 할 것이다. 그가 자신의 거의 모든 소설들, 가령 「꾸꾸루꾸꾸 빨로마」에서는 약수터 민박집에서 요양하는 사내가 산신당에서 불러낸 환영들과, 「바람자루 속에서」에서는 고라니와 멧돼지로 변신한 시간강사의 연인 Y 및 K교수와 소설적 상상으로 '노는' 이유를 이쯤에서 우리는 짐작할 수 있다. 두려움, 적대감, 불편함, 죄의식 등의 대상들을 머릿속에서 합리적이고 계산적으로 배제하는 방식이 아니라, 설사 극단적인 경우에는 악몽과 공포를 동반하더라도 그것들과 놀며 다친 마음을 치유하던, 오랜 과거로부터 전해져 내려오는 상상력을 통한 공존의 방법론이 김도연 소설의 한 축인 것이다.

3. 김도연 소설의 문학적 사회정치성

「이별전후사의 재인식 ― 그녀와 그의 연평해전, 그리고 즐거운 트위스트」와 「떡 ― 병점댁의 긴 하루」는 이 소설집에 실린 단편들 중 환상적 장치의 개입 없이 비교적 일관되게 리얼리티에 기초해 쓰인 소설들이다. 김도연이 아마도 의도했겠지만, 「이별전후사의 재인식」이라는 제목은 80년대 대학가와 학생운

동권의 스테디셀러이자 '의식화' 교재이기도 했던 『해방전후사의 인식』(흔히 줄여서 '해전사'라고 부르던), 그리고 이를 반박하고자 소위 '뉴라이트' 계열의 학자들이 몇 년 전에 출간했던 『해방전후사의 재인식』이라는 책 제목을 연상시킨다. 「이별전후사의 재인식」의 부제인 '그녀와 그의 연평해전, 그리고 즐거운 트위스트'가 암시하듯이, 거시사적인 역사적 맥락이 일상의 연애담과 교차하는 이 소설 전반부의 소제목은 '1997, 이별전후사의 인식', 후반부는 '2007, 이별전후사의 재인식'이다. 연인이던 두 남녀는 1997년 무렵 서로에 대한 싫증이 아니라 가난 때문에 헤어졌는데, 2007년 무렵 유부남과 유부녀가 되어 팔 년 만에 불륜의 관계로 재회한다. 이러한 줄거리 자체는 물론 진보적 역사관이냐, 뉴라이트적인 역사관이냐라는 공방과는 아무런 직접적 연관이 없다. 「이별전후사의 재인식」이 거시사적인 정치담론이나 직접적인 정치상황과 거리를 취하고 있는 것은 분명하다. 그러나 「이별전후사의 재인식」은 비정치적인 소설이 아닐뿐더러, 심지어는 정치에 대한 패러디도 아니며, 차라리 대다수 한국 성인남녀들의 정치의식의 변화를 남녀의 만남과 이별에 빗댄 정치적 우화에 가깝다.

알다시피 1997년과 2007년은 대통령 선거가 있었던 해인데, 두 남녀는 섹스의 와중에서도 '누가 대통령이 될까'라는 궁금증을 수시로 표현한다. 두 사람의 일차적인 관심사야 둘의 관계겠지만, 사적인 일상의 차원에서는 짐작조차 할 수 없는 더 복잡

272

하고 거대한 층위에서 대다수 사람들의 삶을 좌지우지하기도 하는 시대와 역사의 변전에 그들도 휘말린다. 안 그래도 위태롭던 둘의 관계는 IMF 구제금융시대를 맞아 끊어진 과외자리와 턱없이 낮아진 학원 강사 임금 때문에 결정적인 위기를 맞는다. 그 요란하던 '금모으기' 운동에 애국심을 핑계 삼아 내놓은 커플반지를 밑천으로 겨울바다로 여행을 가기도 하고, 박세리와 박찬호의 선전에 대리만족을 느끼며 열광(하는 척)하고 용기를 가다듬기도 하지만, 결국 둘은 헤어지기로 합의한다. "난 가난하게 사는 게 정말 싫어"라며 우는 그녀를 그도 이해한다. 그후 결혼하고 아이도 낳고 소위 생활의 기반을 잡은 두 남녀는, 그의 갑작스런 제의로 팔 년 만에 남한강변 작은 나루터 마을에서 재회하고, 그후 이곳의 방갈로 식당과 모텔을 밀회의 장소로 삼아 만남을 이어간다. 1997년에 그랬던 것처럼 2007년에도 그들은 잠자리에서 대통령 선거에 관심을 표하고 박지성의 선전에 흥분(하는 척)한다.

그러나 재회의 감격과 설렘은 밀회가 거듭될수록 관성으로 화한다. 아프게 헤어지고 어렵사리 다시 만나 남의 눈까지 피해 이어가던 사랑이 시들해지는 상황을 두 사람 모두 인정하기 싫지만, 그 돌이킬 수 없는 사태는 다음과 같이 정치적으로 번역되거나, 혹은 정치적 상황과 조우한다: "이번 대통령은 누가 될까? 누가 되든 상관없잖아!"(217쪽) 그리고 이어지는 그들의 대화: "마음이 이제 대통령 선거와는 멀어졌다는 거겠지. 비꼬는 거야? (……) 아냐. 나도 정치엔 흥미 없어. 저들이 진정으로 우리 생활에 관심이 없는 것처럼."(217쪽) 이 말들이 그들이 나눈 마지막 말이 되었다. 이러한 마지막이 만약 타락하고 부패한 정치가들의 권력다툼에 불과한 선거와 국민들의 구체적 삶 사이의 괴리라는 그 흔한 정치혐오증을 의미하는 것이었다면, 「이별전후사의 재인식」은 별로 흥미로운 구석이 없는 소설이 되고 말았을 것이다. 시민들의 구체적 삶의 문제들을 진심으로 의제로 상정하고 실천적으로 해결방안을 모색하지 않는 현실정치에 다수의 시민들이 등을 돌린다면, 이는 물론 그 자체로 상당한 정치적 무게를 내포하는 무관심이다. 이러한 무관심은 정치권에 대한 경고의 의미를 가지며 일정한 정치의식을 내포하고 있다. 그러나 동시에 정치혐오증은 다수 시민들의 삶을 직간접적으로 결정하는 너무도 중요한 많은 사안들을 정치가들이 더 쉽고 자의적으로 시민들의 이익에 반해 결정하는 결과를 가져오는 양면의 날을 가지고 있다. 나아가 당장의 사적이익에 급급해 눈앞에서 자신들의 이익으로 돌아오지 않는 것에는 등을 돌리는 소위 '실용주의적' 중산층(이라고 믿거나 믿고 싶어하거나 되고 싶어하는 사람들)의 기회주의적인 정치적 무관심은 사회공동체 자체의 파괴로 이어질 수 있다.

이런 의미에서 「이별전후사의 재인식」의 다음과 같은 구절은 흥미로우며 주목할 가치가 있다: "정말 이럴 거야! 그는 그녀의 화난 얼굴을 보다가 문득 알았다. 그녀와 그의 만남에 있어 이제 비로소 누가 대통령이 돼도 상관없다는 것을. 마침내 그녀와 그의 기억이 거의 다 타고 있다는 사실을."(219쪽) 이 대목은 그들의 이별과 2007년의 대통령 선거를 직접적으로 결부짓는 듯하다. 이러한 상호연관관계는 논리적으로나 상황적으로나 뜬금없어 보이는 것이 사실이다. 게다가 그들은 1997년에도 구제금융시대 실업한파의 소용돌이 속에서 대선에 큰 관심을 둘 여력이 없었다. 그럼에도 불구하고 당시 그들은 섹스의 와중에 다음과 같이 결심한다 : "대통령 선거는 혼전을 거듭하는 중이었다. 그녀의 말대로 한 표가 아쉬운 상황이었다. (……) 그는 비장한 표정으로 고개를 끄떡였다. 무슨 일이 있더라도 신성한 투표권을 행사하겠다고. 처음으로 야당과 여당이 자리를 바꾸는 일에 기꺼이 동참하겠다고."(199쪽) 그런다고 그들의 삶이 당장 나아지지는 않을 것이라는 사실을 알면서도 그들은 그렇게 했다. 그리고 2007년 그들은 더 나이들고 안정되었으며 변했다. 2007년의 선거는 한편으로는 성장, 실용, CEO와 '부자 되세요!' 이데올로기에 대한 '묻지 마' 투표가, 다른 한편으로는 낮은 투표율이 의미하는 무관심과 정치혐오증이 대세를 이룬 선거였다. 그 결과를 2010년 중반 현재의 시점에서 평가한다면, 기대했던 것과는 거리가 있거나 심지어 엉뚱한 방향으로 나아가고 있다고 생각하는 이들이 다수인 듯하다. 민주화세력으로 바꾸었지만 실생활에는 별 도움이 안 된다거나, 양쪽 다 도둑놈이기는 마찬가지라는 실망감이 이유 없진 않았으나, 그 실망 내지 싫증에 대한 즉자적 반작용이 낳은 결과는 매우 위험했다.

결국 「이별전후사의 재인식」은 2007년 대선 상황을 구체적 개인들의 차원에서 진단하며, 그 진단 결과는 세상에 대한 열정과 감수성의 소진, 즉 설렘의 소진이다. 이는 가령 소설 속 남녀의 밀회가 수도 없이 먹은 닭백숙과 소주, 수도 없이 친 옷 벗기기 화투의 관성적 축적으로 점철되는 것과 괘를 같이한다. 즉 김도연은 시민의식이나 계급의식 같은 직접적 이념의 풍향계를 측정하기보다는, 정서적 차원에서 더이상 절박하지 않고 더이상 느끼고 꿈꾸지 않는 세태와 정치적 변화 사이의 함수관계를 질문한다: "그 시간 동안 세상도 달라졌고 그와 그녀도 많이 달라져 있었다. '불안해'에서 이상한 '행복해'로 건너오는 동안의 일이었다."(218쪽) 섹스의 와중에 필사적으로 행복을 확인하는 그녀를 안고, 그는 그녀에게 질문한다: "왜 이렇게 된 거지? 내 마음 속에 뭐가 들어앉아 있는 건지 모르겠어. 너도 나랑 비슷한 거 같은데, 뭐라고 설명해줄 수 있어?"(219쪽) 그녀는 "대체 무슨 소리야?"라고 짐짓 짜증을 내지만, 그러나 그녀라고 왜 모르겠는가. "잘 가!"라는 그의 인사에, "너도. 그리고…… 좋은 사람 만나길 바랄게"라는 말로 돌이킬 수 없는 이별을 확정지은 쪽은 그녀이다.

결국 변화의 설렘과 희망의 감수성을 상실한 남녀의 사랑과 정치 사이의 역사적 함수관계라는 흥미롭고 미묘한 문제가 「이별전후사의 재인식」에서 제기되었는데, 김도연이 이를 앞으로 어떻게 문학적 특수성과 사회의식의 양 측면에서 심화시키고 교차시킬지 기대된다. 진보냐 보수냐, 좌냐 우냐 등과는 다른 감수성의 차원, 즉 이성과 감성, 이념과 삶 등이 보다 밀착되어 일체를 이룬 차원에서 정치, 역사, 사회 등을 재구성해나가는 일은 여전히 문학과 예술의 몫으로 남아 있기 때문이다. 마담 크로우의 글을 인용하면서 보들레르가 썼던 표현인 예술적 '상상력의 정부'가 소위 현실정치의 행정부보다 덜 중요하고 덜 현실적인 정부라고 단정짓기에는, 현실정치의 결함과 한계는 여전히 너무나도 많다. 게다가 정말로 이상에 보다 근접한 현실정치가 등장한다면, 아마도 사회 속에서 문학과 예술의 자리는 지금보다야 비교도 안 되게 넓고 깊을 것이다. 그러한 문학 예술적 정치를 상상하고 선취하는 일은 물론 현실적으로 정치가의 몫이 아니라 작가와 예술가의 몫이다.

「떡―병점댁의 긴 하루」는 김도연의 리얼리즘적 사회의식과 감수성이 만만치 않음을 보여주는 작품이다. 지금 이 글을 쓰는 시점에서 불과 며칠 전에, '탓티황옥'이라는 베트남 여성이 한국으로 시집온 지 일주일 만에 정신이상 상태의 남편에게 살해당했다. 베트남과 같은 동남아계 여성들이 '매매혼'으로 시집오는 과정에서 발생하는 문제들이 한국에서 사회적으로 중대한 문제가 된 지는 이미 오래이다. 그런데 이 문제를 보편적 인권의 차원에서 제기하는 일은 항상 시급하고 중요하지만, 이를 소설화하는 일은 그리 간단치가 않다. 「떡―병점댁의 긴 하루」에서,

선한 눈빛 하나만을 믿고 나이 많은 한국의 농촌총각에게 시집 온 젊은 베트남 여성은, 얼마 안 가 자신을 걸핏하면 구타하고 성적 노예로 취급하는 술주정뱅이 남편의 학대를 감내해야 했다. 남편과 시어머니가 죽고 나자 오갈 데가 없게 된 그녀는, 두 아이를 키우면서 베트남의 부모에게 돈을 송금하기 위해 공사장을 전전하며 떡과 커피, 심지어는 몸까지 팔게 된다. 여기까지는 신문이나 진보적 시사주간지 혹은 TV 뉴스나 특집 다큐멘터리 등을 통해 한국인들 다수가 막연하게나마 알고 있는 이야기이다. 이를 언론 내지 인권 혹은 시민운동이나 사회학의 차원에서 다루지 않고 왜 소설화하는가? 오늘날 특히 르포나 다큐멘터리는 종종 소설보다 훨씬 효과적이고 설득력 있게 이러한 문제를 다룰 수 있지 않은가? 작가의 사회의식이 아무리 높다 한들 사회문제를 직접적으로 소설화한다는 것은 또다른 문제이다. 이 문제를 김도연은 리얼리즘적으로 정면 돌파한다. 여기서 소설적 리얼리즘이란 사실을 가감 없이 실증적으로 글로 옮긴다는 말이 물론 아니다. 오히려 그 반대이다. 이미 아리스토텔레스의 『시학』이 수천 년 전에 천명한 입장이지만, 문학적 서사는 실증적 보고가 아니라 사건의 적절한 취사선택과 효과적인 배치 및 구성에 기초한다. 사실이 아니라 '사실임 직함'의 영역인 문학은 따라서 근본적으로 허구의 영역에 속하고, 허구를 통해서 역설적으로 더 집약적이고 효과적으로 현실을 표현한다. 현실의 어떤 핵심을 보다 극명하게 드러내기 위해서 소설은 가상적 상황을 창조하는 것이다.

「떡—병점댁의 긴 하루」에서 김도연이 설정한 가상적 상황은 우선 병점댁의 '떡'으로 집약된다. 남편에게 학대당하면서도 그녀로 하여금 이를 견디게 한 힘은 떡이다. 그녀는 한국의 떡을 너무도 좋아하게 되었고, 남편에게 맞을 때나 몸을 팔 때에도 기필코 떡을 먹으면서 견딘다. 즉 이 소설에서 떡은 병점댁의 생존의지를 상징적으로 집약한다: "나는 울음을 밖으로 내뱉지 않고 효과적으로 삼킬 수 있는 인절미와 백설기를 입에 넣은 채 우물거리며 한동안 살았던 것이다."(48쪽) 그리고 한국의 전통 음식인 떡은 그녀가 공사장을 전전하면서 인부들에게 자기를 소개하는 한국식 이름, 그것도 전통적이다 못해 오늘날 희귀할 정도로 촌스러운 이름 '병점댁'과 맞물려, 그녀의 삶의 터전이 한국일 수밖에 없다는 울림을 만든다. 여기에 김도연이 묘사하는 아파트 공사장의 구체적인 환경이 맞물리고, 무엇보다도 한국인 인부로 대변되는 남성 우월주의와 인종 차별이 적나라하게 묘사된다. 한국의 티켓다방 아가씨들에게 예사로 날아가는 한국 남성들의 농담과 비하가 뒤섞인 험한 언사들은, 병점댁에게는 농담의 절충지점은 약화되고 비하의 강도는 배가되어 꽂힌다. 그녀의 몸을 탐욕스럽게 훑거나 몸을 살 때에도 그들은 어떤 머뭇거림을 생략하기 일쑤이다: "외국 여자랑 한번 해보는 게 내 꿈이거든. 야, 근데 너 병 걸린 거 아니지?"(49쪽) 그녀를 잡상인 취급하여 쫓아낼 수도 있는 현장사무소 주임은 아예 돈도 주지 않고 그녀를 강간한다. 그들은 그녀를 한국으로 팔려온 노예에 가까운 상품으로 예사로 기정사실화하고, 그녀는 이를 명료하게 의식한다: "내가 저 남쪽나라에서 왔다는 걸 알아차린 사람들은 나이를 떠나 대부분 반말을 한다."(48쪽) 일부분만 언급할 수밖에 없지만, 공사장 인부들의 병점댁에 대한 적나라한 야만성을 김도연은 잔인할 정도로 생생하게 묘사한다. 그들은 물론, 항상 놀랍게도, 적어도 그 다수는 평소에 그런 사람들이 아니며, 심지어 일부는 좋은 남편이자 아버지로 아내와 딸을 애지중지하기까지 한다. 게다가 그들 중 또다른 일부는 일용직 노조나 건설 노조원으로서 피고용자인 자신들의 사회적 권리를 지키고 향상시키기 위한 투쟁에 참여하는 사람들일 가능성도 있다. 이러한 상황이 일용직 노동자라는 특정 직업계층에 한정되지 않음은 누구나 알고 있다.

효과적인 리얼리티를 창출하기 위한 소설적 설정들과 집약적 묘사에 더불어, 「떡 ― 병점댁의 긴 하루」에는 소설을 소설이게 하는 좋은 문장들이 있다. 예를 들어 다음을 보자.

나는 시어머니와 남편이 저세상으로 떠나고 두 아이와 함께 지금까지 떡이 담긴 핸드카를 끌고 두꺼운 책을 한 줄 한 줄 읽듯, 건너뛰지 않고 꼼꼼하게 한 장 한 장 넘기듯 수많은 곳을 방문했다. 고개를 넘고 들판을 지나 개울을 건너갔다. 골목길을 돌고돌며 담장 안을 기웃거렸다. 이름도 헤아릴 수 없는 많은 사무실의 문을 두드렸다. 들어갔다가 대부분 허탕을 치고 나왔다. 그러다가 알았다. 사내들은 떡이나 김밥보다 다른 것을 먹고 싶어한다는 것을. 그렇게만 해주면 훨씬 더 많은 돈을 번다는 사실을.(59~60쪽)

그녀의 한국 생존기를 "두꺼운 책을 한 줄 한 줄" 생략하지 않고 읽는 일, 한국의 물정을 지난하게 '학습'하는 일에 비유한 후, 그녀가 매춘에 이르는 과정을 사건과 상황이 단문 하나씩에 대응하도록 빠른 리듬으로 축약하는 위의 대목은, 소설적 리얼리티가 곧 소설적 구성임을 보여주는 또다른 예이다. 김도연이 「떡―병점댁의 긴 하루」에서 특히 많이 활용하는 건조한 단문들은 이 소설이 자칫 감상주의적인 약자 옹호로 빠지는 것을 효과적으로 제어한다. 이러한 문장들은 냉혹한 현실과도 조응하지만, 동시에 이 냉혹한 현실에서 끝까지 생존하는 나름의 전략, 예를 들어 몸을 팔 때 준비된 교성을 지르는 전략까지 익힌 병점댁의 결의와 사투에도 조응한다. 처음 본 남편의 선한 눈빛을 닮은, 자신에게 유일하게 친절했던 공사장의 한 사내에게 그날 번 모든 돈, 오후에 다섯 사내를 한꺼번에 상대해 다른 날보다 많이 번 돈을 강탈당하고, 병점댁은 "검은 허공을 노려보며 가방에서 빠져나온 인절미를 오래오래 씹는다. 먹고 또 먹는다". (66쪽) 그녀는 이보다 더한 일도 이미 겪었다.

병점댁을 대상화하여 막연하게 동정하지 않을뿐더러, 김도연은 그녀를 어떤 의미에서 그 야비하고 폭력적인 한국 남성들보다 우월하고 존엄한 위치에 설정하는 길을 택한다. 그녀는 베트남에서 남편을 처음 보았을 때, "저쪽도 가난하고 선해 자기 땅에서 배우자를 만나지 못했구나"라고 공감하는 감수성을 지닌 여성이다. 자학과 체념에 빠진 남편이 그 울분을 자신을 구타하는 것으로 풀 때에도 그에게 자신을 사랑하는 법을 배우라고 대응하는 여성이다. 이러한 설정이 지나치게 인물의 성격에 기대는 건 아닌가라는 불안감을 자아내기도 하지만, 가난과 비하받는 직업에도 불구하고 궁극적 자존감을 포기하지 않는 여성들이 한국에도 베트남에도 공히 존재하는 것은 사실이다. 가령 우리는 1980년 5·18 광주 시민항쟁 때 술집과 다방 여성들이 실천한 헌신적 연대를 여러 증언과 기록을 통해 알고 있다.

김도연의 소설들 가운데 다소 예외적으로 명료한 사회적 메시지를 담은 「떡 — 병점댁의 긴 하루」는, 그가 구사하는 환상 내지 환영의 소설적 도입을 탄탄한 현장성과 일상성이 받치고 있다는 점을 고려할 때 예외라고 볼 수만은 없다. 게다가 이 소설에서도 다섯 남자를 한꺼번에 상대한 병점댁의 눈앞에 죽은 남편의 환영은 어김없이 나타난다. 김도연은 이 소설집에서 그가 모색한 다양한 소설적 스펙트럼을 고른 수준을 유지하면서 보여주었고, 이는 그리 쉬운 일이 아니다. 여러 방향으로 뻗어나간 그의 소설적 스펙트럼이 어떻게 확장되고 심화되는지를, 독자들은 당연히 큰 기대감으로 지켜보게 될 것이다.

작가의 말

　지난겨울에는 백담사 만해마을에서 매일같이 눈과 막걸리에 취해 살았다. 소문난 주당으로 알려진 시인과 소설가가 옆방에 기거하면서 수시로 술병을 굴리고 있었기에 피해갈 길이 없었다. 책상 위에는 여기 실린 소설들의 교정지가 오래전부터 놓여 있었지만 먼지만 쌓여갈 뿐이었다. 덩치가 산 같은 시인이 베란다를 넘어와 창문 밖에서 히히히 웃고 있었고 역시 덩치가 울산바위 같은 소설가가 출입문을 통째로 뜯어버릴 기세였으니 말이다. 그들은 너무나 당연하다는 듯 말했다. "도연아, 술 마셔야지!" "소설 교정? 아무 문제 없어!" 아이고, 애당초 저 인간들과 관계를 트는 게 아니었는데, 후회해도 이미 소용없는 일이었다. 내 방의 장판은 결국 그들이 쏟고 흘린 누런 막걸리로 도배되고 말았다. 앞산의 나무들을 일거에 지워버리는 눈발을 취한 눈으로 바라보며 백팔 배를 올리지 않을 수 없었다. "다 내 업보다!"

그리고 다시 겨울이 다가오고 있다. 지난 봄날에는 내 소설 『소와 함께 여행하는 법』을 영화로 찍고 있는 촬영현장을 기웃거렸다. 경북 의성에 있는 수정사(영화에서는 '맙소사'로 현판을 바꿔 달았다) 촬영 때는 거기 주지 스님에게 이렇게 말했다. "스님, 영화 관객이 천만 명을 넘으면 이 절 이름을 아예 '맙소사'로 바꾸는 게 어떨까요?" 스님은 웃으시며 그러겠다고 고개를 끄덕였다. 흐흐, 절의 이름을 내 소설 속 절인 '맙소사'로 바꿀 수 있다니. 들뜬 마음으로 여름을 건넜고 마침내 가을이 찾아왔다. 영화가 개봉된 것이다. 음…… 절의 이름을 바꾸는 게 쉬운 일이 아니었군. 근데, 지난겨울의 악전고투 끝에 넘긴 소설은 왜 아직 책으로 모습을 바꾸지 않는 거야! 혹시 그사이에 출판사가 사라진 게 아냐? 의심이 들어 몰래 문학동네 홈페이지에 들어갔더니 변함없이 소설책들이 발간되고 있었다. 천만 관객에 몰두해 있는 동안 잠시 내 소설들에 소홀했군. 그래서 이메일로 조연주씨에게 넌지시 안부를 물었다. "잘 지내시죠?"

다시 내 소설들을 한 편 한 편 찬찬히 들여다본다. 오호, 이게 뭐야? 미처 눈치채지 못했던 점들이 눈에 들어왔다. 그러니까 내 소설들은 그동안 전국 순회공연을 했던 것이다. 「북대」는 부산에서 발행되는 문예지 『좋은소설』에 발표했던 것이고, 「떡」은 광주의 문예지 『문학들』에 실린 것이니 각각 경상도와 전라도 순회공연을 마친 셈이다. 그뿐인가. 「저 언덕으로 건너가네」는 충청도의 문예지 『시에』의 청탁을 받은 것이다. 삼도 공연을 마치고 서울까지 올라갔으니(나머지 소설은 서울의 문예지와 웹진에 게재되었다) 나름대로 뿌듯한 마음을 감출 길이 없다. 더군다나 존경하는 모 평론가 선생님은 이 소설들을 모두 들고 아메리카에까지 건너갔다 오셨으니 황송하기 이를 데 없다(물론 약속한 해설은 포기하셨지만!). 저간의 사정이 이러하니 강원도 대관령 산골짜기에 사는 나를 불러준 모든 분들에게 고맙고 또 고맙다. 더욱이 바쁜 와중에도 해설을 맡아준 젊은 불문학자인 정의진 형에게 감사를 전한다. 구 년 동안 불란서에서 형이 겪었을 고독을 생각하는 저녁이다.

천지사방에 따스한 함박눈이 내렸으면 좋겠다.

| 수록작품 발표지면 |

꾸꾸루꾸꾸 빨로마 ······ 『21세기문학』 2005년 가을

떡—병점댁의 긴 하루 ······ 『문학들』 2008년 봄

메밀꽃 질 무렵 ······ 문장 웹진 2006년 6월

바람자루 속에서 ······ 『현대문학』 2009년 2월

북대 ······ 『좋은소설』 2007년 여름

사람 살려! ······ 『현대문학』 2007년 6월

이별전후사의 재인식
—그녀와 그의 연평해전, 그리고 즐거운 트위스트 ······ 『문학동네』 2008년 봄

저 언덕으로 건너가네 ······ 『시에』 2006년 가을

문학동네 소설집

이별전후사의 재인식

ⓒ 김도연 2010

초판 인쇄 | 2010년 11월 30일
초판 발행 | 2010년 12월 6일

지은이 김도연
펴낸이 강병선

책임편집 박지영 | 편집 이경록 조연주 | 디자인 엄혜리 유현아
마케팅 신정민 서유경 정소영 강병주 | 온라인 마케팅 이상혁 한민아 정진아
제작 안정숙 서동관 정구현 김애진 | 제작처 한영문화사

펴낸곳 (주)문학동네
출판등록 1993년 10월 22일 제406-2003-000045호
주소 413-756 경기도 파주시 교하읍 문발리 파주출판도시 513-8
전자우편 editor@munhak.com | 대표전화 031)955-8888 | 팩스 031)955-8855
문의전화 031) 955-8890(마케팅) 031) 955-8864(편집)
문학동네카페 http://cafe.naver.com/mhdn

ISBN 978-89-546-1342-2 03810
* 이 책의 판권은 지은이와 문학동네에 있습니다.
  이 책 내용의 전부 또는 일부를 재사용하려면 반드시 양측의 서면 동의를 받아야 합니다.
* 이 도서의 국립중앙도서관 출판시도서목록(CIP)은 e-CIP 홈페이지(http://www.nl.go.kr/ecip)에서
  이용하실 수 있습니다.(CIP제어번호: CIP2010004258)

www.munhak.com